KB041240

헤세,
사랑이 지나간
순간들

헤세,
사랑이 지나간
순간들

Hermann Hesse

헤르만 헤세 지음

송영택 옮김

문예출판사

차 례

* 옮긴이 주는 〔 〕로 표기했습니다.

빙판 위에서

무척 춥고 긴 겨울이었다.

아름다운 슈바르츠발트의 강은 몇 주 동안 꽁꽁 얼어붙었다. 혹독하게 추웠던 첫날 아침, 그 강을 건널 때 느꼈던 야릇하고도 섬뜩할 정도로 황홀한 느낌을 나는 아직도 잊을 수 없다.

그 강은 수심이 깊을 뿐 아니라 얼어붙었을 때는 하도 맑아서 얇은 유리를 통해 내려다보는 것 같았다. 얼음판 밑으로 푸른 물과 돌이 뒤섞인 모래 바닥, 환상적으로 얼키설키 자라난 수초, 이따금 자유롭게 헤엄치는 물고기의 푸른 등이 보였다.

거의 한나절 동안을 나는 친구들과 함께 얼음을 지치며 놀았다. 뺨은 상기되어 붉어지고 두 손은 시려서 파래지며, 힘차고 율동적인 동작의 스케이팅으로 가슴은 한껏 부풀었다. 또한 소년 시절에는 누구나 그렇듯이 놀이에 재미를 붙여 정신 없이 놀고 싶을 따름이었다. 우리는 달리기, 멀리뛰기, 높이뛰기, 숨바꼭질 등을 했다. 우리 대부분은 장화에 끈으로 붙잡아매서 신는 구식의 상아 스케이트를 신었는데, 그렇다고 해서 속도가 떨어지는 것은 아니었다.

그런데 아버지가 공장 주인인 한 친구는 '할리팍스' 한 켤레를 가지고 있었다. 그것은 끈이나 벨트 없이도 고정할 수 있고, 손쉽게 신고 벗을 수 있었다.

할리팍스는 그때부터 몇 년 동안 내 크리스마스 소망표(크리스마스 때 갖고 싶은 물건을 적는 표)에 씌어 있었지만 가질 수는 없었다. 그러고 나서 12년 후에야 나는 비로소 좋은 품질의 고급 스케이트를 살 기회가 생겼다.

설레는 마음으로 할리팍스를 주문했다. 그러나 주인은 웃으면서, 할리팍스는 이미 시대에 뒤떨어진 구식 스케이트로 이제 최상품은 아니라고 나를 일깨워주는 것이 아닌가. 그 순간 어릴 적부터 간직해온 소박한 꿈은 야릇한 고통과 함께 물거품이 되고 말았다.

나는 홀로 얼음을 지치는 것을 좋아했다. 어느 때는 서녘으로 해가 질 때까지 얼음을 지친 적도 있었다. 얼음을 지치는 동안 나는 빠른 속도로 질주하기도 하고, 또 원하는 곳에서 능숙하게 멈추거나 방향을 바꾸는 법을 연습하면서 하늘을 나는 듯한 기분으로 몸을 날렸으며, 몸의 균형을 잡고 멋지게 선회하기도 했다.

내 친구들 가운데 여럿은 얼음판에서 시간을 보내면서 소녀들의 꽁무니를 쫓아다녔고, 그녀들의 비위를 맞추는 데 정신이 팔려 있었다. 나에게는 함께 뛰어놀 만한 여자 친구가 없었다. 다른 아이들이 소녀들에게 기사도를 발휘하고, 애틋한 마음을 품고 수줍어하며 소녀들에게 접근하거나 대담하게 짝을 지어 노는 동안, 나는 홀로 스케이팅의 기쁨을 만끽했다. 나는 여러 친구들로부터 소녀들에게 환심을 사기 위한 자신들의 행동이 사실은 별 재미가 없다는 고백을 들었기 때문에, 그들에게 동정이나 조롱을 보낼 뿐이었다.

겨울이 거의 끝나갈 무렵의 어느 날, '북쪽의 멍청이'로 불리는 한 아이가 스케이트를 벗고 있는 에마 마이어에게 또 한 번 키스를 했다는 소문이 내 귀에까지 흘러 들어왔다. 이 소식을 들은 나는 머리끝까지 피가 치솟았다.

'키스를 하다니!'

이것은 '소녀의 기사騎士'들이 만끽하는 최고의 환희, 말하자면 여자아이들과 나눈 싱거운 대화나 수줍어하며 건넨 악수와는 비교도 할 수 없는 행동이었다.

'키스를 하다니!'

이것은 낯설고 밀폐된 세계로부터 흘러나오는 소리였고 신비스럽고 시적詩的인, 무어라 형용할 수 없는 느낌을 내포하고 있었다. 또한 은밀한 감미로움, 몸서리쳐지도록 유혹적인 세계였다.

그 세계에 대해서는 우리 모두가 굳게 입을 다물고 있었다. 하지만 풍부한 상상력을 통해, 그리고 예전에 학교에서 퇴학당한 소녀 영웅들의 전설 같은 연애 사건을 통해 조금은 알고 있었다.

북쪽의 멍청이는 함부르크 출신의 열네 살 소년으로, 그때까지만 해도 우리에게 거의 알려지지 않았었다. 그러나 그 소식 이후로 나는 그를 몹시 숭배하게 되었고, 멀리서 들려오는 그에 대한 풍문으로 종종 잠을 이룰 수 없었다. 금발의 에마 마이어는 나와 동갑내기로, 게르버사우의 여학생 중에서 가장 예쁘고 약간 콧대가 높은 소녀였다.

그날부터 여러 가지 계획과 근심이 내 머릿속에서 떠나질 않았다. 소녀에게 키스한다는 것은 내 상상력을 뛰어넘는 일이었다. 그 행위 자체가 그러했거니와 교칙으로도 엄격히 금지되어 있었기 때문이다. 그러나 얼음판에서 하는 정중한 구애라면 아주 안성맞춤의 기회라는 생각이 불현듯 머리를 스쳤다.

먼저 나는 할 수 있는 한 나의 외모를 정성껏 가꾸려고 애썼다. 머리를 다듬는 데 시간과 노력을 아끼지 않았고, 옷을 깨끗하게 입는 데 온 신경을 썼다. 예의 바르게 이마를 반쯤 가릴 정도로 털가죽 모자를 썼고, 누이들에게 애걸복걸하여 장미처럼 붉은 비단 머플러도 얻어냈다.

그 후 나는 얼음판에서 주목을 받는 몇몇 소녀들에게 인사를 하기 시작했다. 특별한 경의를 표하는 나의 행동이 이상하게 느껴지긴 해도 크게 거슬려 하지는 않는 눈치였다.

나는 여태껏 어느 소녀에게도 같이 춤을 추자는 식의 부탁을 해본 적이 없었기 때문에 맨 처음 시도할 때가 무척이나 어려웠다. 그래서 이런 진지한 예식을 치르는 친구들의 모습을 은밀히 지켜보았다.

상당수 아이들은 그저 몸을 굽혀 인사하면서 손을 내밀었고, 몇몇은 알아듣지 못할 말을 더듬더듬 내뱉었다. 하지만 그보다 훨씬 많은 아이들은 "영광입니다"라는 품위 있는 말을 사용했다. 이 말은 나에게 경외심을 불러일으켰고, 나는 내 방에 있는 난로 앞에 서서 정중하게 허리를 굽히며 좀 더 품위 있는 말을 연습해보았다.

드디어 아주 어렵게 첫걸음을 내딛는 날이 왔다. 전날 나는 구애할 생각을 갖고 있었지만, 아무것도 행동으로 옮기지 못한 채 풀이 죽어서 집에 돌아왔었다.

그날도 역시 두렵고 떨리기는 했지만, 간절히 열망하는 일이니만큼 무조건 해보겠다고 마음속으로 굳게 다짐했다. 두

근대는 가슴을 안고 죄 지은 사람처럼 마음을 졸이면서 스케이트장으로 갔다.

스케이트를 신을 때 내 두 손이 떨렸던 것이 생각난다. 그러고 나서 팔을 힘차게 흔들면서 사람들 틈으로 질주했고, 평소대로 침착하고 자연스런 표정을 지으려고 애썼다. 스케이트장을 전속력으로 두 번 돌고 나자 찬 공기와 빠른 속도감 때문에 마음이 상쾌해졌다.

다리 아래에서 나는 갑자기 누군가를 향해 온 힘을 다해 달려갔고, 순간 당황해서 옆으로 비틀거렸다. 얼음판 위에는 아름다운 에마가 고통을 꾹 참으며 쓰러져 있었고, 나무라는 듯한 시선을 나에게 보내는 것 같았다. 갑자기 눈앞의 세상이 빙빙 돌았다.

"얘들아, 나 좀 부축해줘."

그녀가 자기 친구들에게 말했다. 그제야 비로소 나는 얼굴이 홍당무가 된 채 모자를 벗고 옆에 무릎을 꿇고 앉아 그녀를 일으켜 세웠다.

나는 당황해서 한마디도 못 하고 그저 예쁜 에마의 얼굴만 쳐다볼 뿐이었다. 그녀의 얼굴과 머리카락, 그리고 모피 외투는 나의 온몸을 마비시켜버렸다. 용서를 구해야겠다는 생각을 했지만, 나는 여전히 모자를 손에 들고 어물거렸다. 갑자기 나의 두 눈이 베일에 가려진 것처럼 뿌예지자, 나는 기계적으

• 눈이 내린 제탈, 1933

로 넙죽 머리를 숙이며 "영광입니다"라고 어물어물 말해버리고 말았다.

그녀는 아무런 대답도 없이 고운 손으로 내 두 손을 잡았다. 그 손의 따스함이 장갑을 통해서 내 온몸으로 전해져왔다. 나는 그녀와 함께 나아갔다. 이상야릇한 꿈을 꾸는 듯한 기분이었다. 행복, 부끄러움, 따스함, 쾌감, 당혹스러움 때문에 나는 거의 숨이 막힐 지경이었다. 한 15분쯤 우리는 함께 달렸다. 그러고 나서 잠시 쉬게 되자, 그녀는 내 손을 잡고 있던 작은 손을 천천히 놓으며 "고마워"라는 말을 남기고는 서서히 멀어져갔다.

뒤늦게 나는 털모자를 벗고 한동안 그 자리에 선 채로 머물러 있었다. 그때 비로소 나는 그녀가 나와 함께 있는 동안 단 한마디도 하지 않았다는 생각이 떠올랐다.

얼음이 녹으면서, 나는 구애를 위한 그러한 시도를 다시 할 수 없게 되었다. 이것이 내가 겪은 첫사랑의 전부다.

몇 년이 흐른 후 내 꿈은 실현되었고, 그녀의 붉은 입술에 입맞춤을 할 수 있었다.

너무 늦게야

부끄러움이 많던 소년 시절
곤경에 처한 그녀에게 갔을 때
그대는 미소 지었고
내 사랑으로
하나의 놀이를 하였네.

이제는 그대가 지쳐 더 이상 놀이를 하지 않고
당황한 나머지
슬픈 눈으로 이쪽을 바라보네.
그러곤 언젠가 내가 그대에게 바쳤던
사랑을 갖고 싶어 하네.

아! 그 사랑은 오래전에 꺼져버린
돌아올 수 없는 사랑 —
언젠가 그 사랑은 그대의 것이었네.
이제 그 사랑은
아무런 이름도 더는 모르고
홀로 있고자 하네.

사춘기를 몇 해 앞둔 소년의 사랑 능력은 두 성性을 내포할 뿐 아니라 감각적인 것과 정신적인 것을 내포하고 있다. 만년晩年에 이르러서도 선택받은 사람들과 시인들에게만은 이따금씩 되돌아오는 사랑의 마력과 동화 같은 변신력을 모든 것에 부여해준다.

사랑은 우리를 행복하게 해주기 위해서가 아니라, 우리가 고뇌와 인고 속에서 얼마나 강할 수 있는지를 보여주기 위해 존재한다고 나는 믿는다.

우리는 사랑을 겪는다. 그러나 우리가 헌신적으로 사랑을 나누면 나눌수록 사랑은 우리를 강하게 만든다. 가장 힘들게 얻은 것일수록 가장 좋아하게 마련이다.

사랑은 모든 탁월성과 모든 이해력이고, 고통 속에서도 미소를 지을 수 있는 모든 능력이라고 한다. 우리 자신과 우리

운명에 대한 사랑, 우리가 아직 신비로운 것을 간과할 수 없고 이해할 수 없는 곳에서 우리와 함께 신비로운 것을 익히고 계획하는 그것에 대한 진심 어린 동의, 이것이 우리의 목표다.

저녁에 시인은 무엇을 보았는가

남쪽의 7월 하루는 그 빛을 발하며 저물고, 푸른 산은 황혼 속에서 그 봉우리들을 장밋빛으로 물들이며 넘실대고 있다. 들판에는 무더운 여름 한낮 동안 무르익은 살진 옥수수들이 넘쳐흐르고, 너른 밀밭의 밀은 이미 베어져 있다. 들판과 정원에서 풍겨오는 달콤하면서도 은은한 꽃향기는 한적한 시골 거리의 퇴비 냄새 속으로 흘러든다. 울창한 수림에는 아직도 한낮의 열기가 머물러 있고, 촌락의 황금빛 지붕들은 이제 막 시작되는 황혼 가운데 따뜻한 여광餘光을 내뿜고 있다.

이쪽 마을에서 저쪽 마을로 이어지는 무더운 길 위로 한 쌍의 연인이 지나가고 있다. 그들은 아무런 목적도 없이 그저 이별이 아쉬운 양 천천히 걷고 있다. 때로는 잡고 있던 손을 풀고 때로는 팔짱을 낀 채 서로의 어깨를 맞대며, 가볍고 조심스러운 발걸음으로 태양열이 식어가는 저녁 어스름 속을 걸어가고 있다.

하얀 얼굴과 하얀 목덜미의 소녀, 갈색으로 그은 남자. 둘 다 늘씬하고 곧은 체격이 아름답다. 둘은 시간의 흐름 속에서 하나가 되었고, 마치 하나의 심장에서 비롯된 듯 가까워지며 서로에게 몰입되었다.

그러나 둘은 아주 다르고 서로에게서 멀 수도 있으리라. 동료 의식에서 사랑의 감정을 느끼게 되고 단순한 어떤 놀이에서 운명의 끈으로 묶이게 되는 변화는, 바로 시간의 흐름 속에서 이루어진다. 그들은 사랑으로 묶이게 된 그 운명에 미소 지었고 슬프리만치 아주 진지했다.

어느 누구도 그 시간에 마을과 마을을 잇는 그 길을 지나가지 않는다. 들판의 농부들도 이미 하루의 일과를 끝냈다. 나무들 사이로는 아직도 태양의 잔재가 머무르고 있는지, 근처 시골집에서 밝은 빛이 새어 나오고 있다. 한 쌍의 연인은 길 위에 멈춰 서서 서로를 포옹하고 있다. 남자가 소녀를 낮은 담이 뻗어 있는 거리의 한 모퉁이로 부드럽게 이끈다. 그들은 계속해서 밀어를 속삭이기 위해 앉았다. 마을과 사람들에게서 분리되었다. 행인들이 지나다니는 그런 길 위에서의 휴식은 이제 필요치가 않은 것이다. 그들은 패랭이꽃과 범의귀가 피어

나고 덩굴손이 뻗어 있는 거리 한 모퉁이의 낮은 담 위에 조용히 앉아 있다.

어린아이들이 노는 소리, 어머니들이 아이들을 부르는 소리, 남자들의 웃음소리, 고통스런 피아노 소리 들이 거리에 피어나는 먼지와 향기를 뚫고 들려온다. 그들은 조용히 앉아 있다. 서로 기댄 채 아무 말도 하지 않았다. 그들 위로 어둡게 드리워진 나무 이파리와, 그들을 둘러싼 황홀한 향기와 따뜻한 공기를 느끼면서…….

소녀는 무척이나 젊고 아름다웠다. 길고 가는 목에 하얀 팔과 손이 드러나는, 소매가 짧은 밝은색의 옷을 입은 그녀는 날씬하면서도 가냘파 보였다. 그녀는 자신의 남자 친구를 사랑했고, 그 또한 자신을 매우 사랑한다고 믿었다.

그리고 그에 관해서 많은 것을 안다고 생각했고, 사실이 그러했다. 오랜 시간 그들은 친구로 지냈다. 그들은 한동안 자신들의 성性을 의식해서 악수하는 것조차 완곡히 피하기도 했다. 그는 그녀의 친구였고, 어느 면에서는 충고자이자 신뢰자이며 연장자였고 더 많은 것을 아는 사람이기도 했다. 그리고 어느 순간에는 그들의 우정에 약한 번개가 스쳐 가기도 했는데, 이럴 때는 짧지만 사랑스럽고도 애교스런 기억들, 즉 그들 사이에 신뢰감과 동료감은 사라지고 공허감, 호기심, 달콤한 적개심과 성적 매력에 끌리기도 했다. 지금 이 순간 그와 같은 것이 실현되었고, 동료애는 사랑하는 연인의 감정으로 바뀌게 되었다.

남자에게는 소녀가 지닌 정열적인 발랄함과 싱싱함 같은 것이 없었지만 그 역시 아주 멋있었다. 그는 소녀보다 훨씬 나이가 많았다. 인생에서 실패와 성공을 경험해보았고, 사랑도 해보았으며, 남다른 운명을 겪기도 했다. 아주 깊은 통찰력과 확신이 그의 수척하고 갈색으로 그은 얼굴에 강하게 드러났고, 그의 이마와 광대뼈에는 그가 살아온 운명이 기록되어 있었다.

그러나 그는 아주 부드럽고 헌신적으로 보였다. 그의 손은 소녀의 손을 잡았으며 그녀의 어깨와 가슴을, 팔과 목덜미를 느린 동작으로 아주 소중하고도 부드럽게 쓰다듬었다. 그녀의 입술이 황혼에 반사되며 마치 벙그는 한 송이의 꽃과도 같이 조용하고 부드럽게 그를 향해 다가오는 동안 그에게 있던 연정은 흥분되어 솟구치는 듯한 격정이 일었다. 그러나 그는 여름날 저녁 자신과 함께 걸었던 많은 여자를 생각했다. 자신의 손이 지금과 똑같이 부드럽게 머물렀던 다른 팔, 다른 머리카락, 다른 어깨와 다른 얼굴을 기억했다. 그러면서 그는 자신이 이미 경험한 것과 똑같은 행동을 다시 하고 있다는 사실을 깨달았다.

그에게 그 순간 일고 있는 감정은 소녀가 생각하는 것처럼 아름답다거나 사랑스럽다는 감정과는 약간 차이가 있었고 더 이상 새롭지도, 신선하지도 않았다.

— 그는 생각했다. 이 술잔 역시 나는 들이마실 수 있어. 그리고 그는 이번 잔도 역시 달콤하고 놀라울 것이라고 생각했다. 나는 이 싱싱한 한 떨기 꽃을 아마도 훨씬 더 사랑할 수 있을 것이고, 더 잘 알게 될 것이며, 더욱 소중하게 여길 수 있을 거야. 나는 10년 전이나 15년 전보다, 그리고 젊은 녀석들보다 훨씬 순수할 수 있어. 그는 그녀의 첫 번째 경험의 문턱을 어느 누구보다도 훨씬 부드럽고 친근하게 이끌어줄 수 있고, 이 순결하고 고결한 소녀를 어느 젊은이보다 더 소중하게 지킬 수 있을 거라고 생각했다.

그러나 또 한편으로는 이렇게 생각했다. 내가 한번 몰입한 뒤에는 반드시 싫증을 내게 된다는 것을 그녀에게 숨길 수가 없을 것이며, 그녀가 항상 꿈꾸는 그 첫 번째의 몰입을 능가하는 사랑의 연기를, 전혀 냉정해지지 않는 그러한 연기를 더는 해 보일 수 없음을 숨길 수가 없을 것이다. 그러면 나는 그녀가 놀라서 우는 모습을 보게 될 것이고, 나는 냉정해질 것이며, 그러한 상황을 참을 수 없게 될 것이다. 나는 그렇게 되는 순간을 두려워한다. 아니, 지금 이미 두려워하고 있다.

왜냐하면 그녀가 나의 냉정함을 알아차린 듯한 눈으로 보고 있고, 이제 내가 보기에 그녀는 더 이상 한 떨기의 꽃이 아니라 잃어버린 순결에 대해 놀랍고 당황한 듯한 얼굴을 하고 있기 때문이다.

그들은 말없이 잡초들이 무성하게 자라난 돌담 위에 앉아 있다. 서로 가까이 붙어 앉아서 기쁨에 들떠 서로에게 더욱 친밀하게 몰입한다. 그들은 거의 아무 말도 하지 않고 중얼거리듯이 어린아이들 같은 말만 하고 있다.

사랑— 연인— 아이— 나를 사랑하시나요?

그때 어두운 나뭇잎들 속에서 그 빛이 퇴색하며 조금씩 희미해지기 시작하는 어스름을 배경으로 어느 시골집에서 어린아이가 나왔다. 열 살쯤 되어 보이는 조그마한 소녀였는데, 신발은 신지 않은 채 짙은 색깔의 짧은 옷을 입었으며 회갈색 얼굴에 긴 머리를 하고 있었다. 그 소녀는 당황한 기색으로 손에 줄넘기를 든 채 조심스럽게 약간은 망설이면서 그들이 있는 쪽으로 오고 있었다.

그 소녀는 놀이를 하듯 연인이 앉아 있는 곳 맞은편으로 깡충거리며 다가왔다. 소녀는 연인 앞에까지 이르자 마치 자기가 그들에게로 가는 것을 주저하는 듯 마지못해 하며 그 사이를 지나갔다.

소녀는 작은 소리로 그들에게 인사했다.

"부오나 세라 Buona sera〔저녁 인사로 '안녕하세요'라는 뜻〕."

담 위에 앉아 있던 그녀가 친근하게 고개를 끄덕였고, 남자도 정답게 인사했다.

"Ciao, cara mia('그대여, 사랑해요'라는 뜻)."

그 소녀는 머뭇거리며 천천히 지나갔고, 50걸음 정도 떨어진 곳에서 멈칫멈칫 돌아섰다가 다시 가까이 오고, 또다시 그 연인의 곁을 지나가면서 당황한 듯이 미소를 짓더니 이내 시골집 정원으로 사라졌다.

"아주 귀여운 아이로군!"

남자가 말했다.

시간이 조금 지나자 황혼은 더욱더 깊어졌고, 그때 정원 문에서 또 다른 여자아이가 나왔다. 그 아이는 잠시 서 있다가 거리를 살펴보고는 돌담과 주변의 나뭇잎을, 그리고 연인을 바라보았다.

그런 다음 아이는 달리기 시작했다. 거의 해진 가죽 신발을 신고 빠른 걸음으로 연인의 앞을 지나갔고, 다시 돌아와서는 정원 문까지 달려갔다가 잠시 쉬고 다시 한 번, 두 번, 세 번, 조용하게 혼자서 달려가곤 했다.

연인은 말없이 그 아이를 보고 있었다. 어떻게 달려가는지, 어떻게 돌아갔다가 오는지를 보았다. 그들은 그 여자아이의 빠른 걸음걸이가 자신들과 관계있음을 알았고, 자신들에게서 마법의 힘이 생겨나 이 어린 소녀의 조그마한 소녀다운 꿈속에 사랑의 예감과 조용한 감정의 속삭임이 일렁거리고 있음을 느꼈다.

소녀의 걸음걸이는 한바탕 춤사위가 되었다. 그 소녀는 부드러운 동작으로 흔들어대면서 그들 가까이 다가왔다가 다시 이리저리 움직이며 깡충깡충 뛰기도 했다.

그 소녀는 아무도 없는 저녁의 거리에서 혼자 춤을 추고 있었다. 그녀의 춤은 곧 구애의 표시였으며 미래에 대한, 사랑에 대한 기도요 노래였다. 그 소녀는 이쪽저쪽으로 흔들어대면서 진지하고도 헌신적으로 몰입하여 춤을 추더니 어두운 정원 안으로 사라졌다.

"그녀가 우리에게 매혹되었나 봐요."

돌담 위의 소녀가 말했다.

"그 어린 소녀가 사랑을 느꼈나 봐요."

그러나 남자는 침묵했다. 그는 그 어린 소녀가 사랑에 의해 앞으로 경험하게 될 그 무엇보다도 그녀의 춤 속에서 뭔가 아름답고 완전한 것을 향유했으리라 생각했다. 그는 또 자신들이 사랑에 의해 뭔가 최상의 것, 아주 온유한 것을 이미 향유했다고 생각했다. 그래서 이제 그들 앞에 남은 것이라곤 어떤 공허함뿐이라고 느꼈다.

남자는 먼저 일어서며 자신의 여자 친구를 돌담에서 일으켜 세웠다.

"자, 이제 가야겠어. 너무 늦었어. 저 십자로까지 내가 데려

• 목련꽃, 1928

다주지."

그들이 정원 문을 지날 때 주위의 집들과 정원은 고요히 잠들어 있었다. 문 위의 석류 열매들이 적막한 밤에도 밝고 빨간 빛을 내고 있었다.

서로 껴안은 채 그들은 십자로까지 왔다. 그들은 이별하기 전에 열정적인 키스를 했고, 서로 헤어져 각자의 길을 향해 등을 돌렸다. 그러다 돌아서서 다시 한 번 열정적으로 키스를 했다. 그러나 키스는 그들에게 더 이상 행복감을 주지 못했다. 오히려 심한 갈증만 일으킬 뿐이었다. 소녀는 급히 자기 길을 갔고, 남자는 오랫동안 그녀를 바라보았다. 그 순간 과거의 일들이 그의 눈 속에 아로새겨졌다. 지나간 날의 갖가지 이별, 수많은 키스, 다른 입술, 다른 이름, 다른 슬픔이 그를 엄습해 왔다. 그는 나무 위로 별이 떠 있는 길을 따라 천천히 되돌아갔다.

그가 잠들 수 없었던 그날 밤, 그는 이러한 결론을 얻었다. 전에 일어났던 일들을 반복한다는 것은 부질없는 짓이다. 나는 앞으로도 많은 여자를 사랑할 수 있을 것이고, 몇 년간 나의 눈과 손은 밝고 부드러울 것이며, 뭇 여성은 나의 키스를 아주 사랑할 것이다. 그러고는 또 이별을 하겠지. 오늘 나 스스로 선택한 이별은 패배와 의심 속에서 이루어진 것이었고, 정말 굴욕적이었다. 나는 그 때문에 단념했고 이별을 해야만 했다.

오늘 나는 많은 것을 배웠고, 아직 많은 것을 배워야만 한다. 조용한 춤으로 우리를 매혹하던 그 어린 소녀에게서도 나는 많은 것을 배워야만 한다. 그 어린 소녀가 저녁에 연인 한 쌍을 보았을 때 사랑이 불타올랐으며 사랑의 기쁨에 대한 불안한 예감이 그 소녀를 흥분시켰다. 그러나 그 소녀는 아직 사랑할 수 없었기 때문에 그저 춤을 추기만 했다. 그러므로 이제 나는 춤추는 것을 배워야 하고, 사랑의 유희에 대한 욕구를 음악으로 변화시킬 수 있어야 하며, 관능을 기도로 변화시킬 수 있어야만 한다. 그렇게 되면 나는 항상 사랑할 수 있을 것이고, 아무런 소용 없는 지난 일들을 더는 반복하지 않아도 될 것이다.

자, 이제 나는 그 길로 되돌아갈 것이다.

붓꽃 사랑

유년 시절, 안제름은 봄의 푸른 정원을 거닐곤 했다. 그의 눈에는 붓꽃이 제일 예뻐 보였다. 그는 자신의 뺨을 선명한 푸른 잎사귀에 대보고, 손가락으로 뾰족한 꽃봉오리를 살짝 눌러보았다. 그리고 꽃의 향기를 음미하고선 오랫동안 그 속을 경이롭게 들여다보았다.

그곳에는 연한 푸른색을 띤 화반花盤으로부터 손가락 같은 노란 행렬이 솟아나 있었다. 그 사이로 가느다란 통로가 저 멀리 아래쪽의 아늑하고 푸른 꽃받침과 꽃의 비밀 속으로 숨어들었다. 그는 그것이 매우 사랑스러운 듯 오랫동안 그 속을 들여다보았다. 연한 노란빛의 마디들은 마치 궁궐 정원의 황금빛 울타리처럼 서 있고, 또 어떠한 바람에도 흔들리지 않는 아름다운 환상의 나무들 사이로 겹쳐진 길이 있는 것처럼 보였다. 그 사이에는 맑은 유리처럼 연하고 생기 있는 그물맥을 통과하는 은밀한 길이 내면으로 통하고 있다. 웅장한 아치형으로 끝없이 둥글게 펼쳐진 황금빛 나무 사이의 오솔길 뒤쪽으로, 생각할 수조차 없는 심연으로 사라져버렸다. 그 길 위에 보라색의 아치가 당당하게 휘어져 놓여 있고, 신비롭게 조용히 기다리는 듯한 놀라움 위로 얇은 그림자가 드리워져 있었다.

안제름은 꽃의 입술(푸른 꽃받침 위로 노랗고 화려하게 자란 꽃에는 그들의 심장과 생각이 담겨 있다고 생각했다)과 유리처럼 투명한 잎사귀의 그물맥으로 그들의 호흡과 꿈들이 들어가고 나오는 것이라고 생각했다.

활짝 핀 꽃과 함께 아직 피어나지 않은 작은 봉오리들이 있었는데, 그 봉오리들은 단단하고 끈끈한 줄기와 푸른 갈색의 껍질로 된 작은 꽃받침 위에 놓여 있었다. 어린 꽃들은 줄기로부터 조용하고 힘차게 솟아나 연한 초록과 엷은 자주색으로 빽빽이 휘감겨 있었다. 그 위로는 팽팽하고 부드럽게 감겨졌으며 연한 끝을 가진 어린 진보랏빛 꽃이 들여다보였다. 그리고 이렇게 단단하게 말린 어린 꽃잎에서 맥상脈像의 무늬와 몇백 가지의 징후를 볼 수 있었다.

안제름이 집과 잠과 꿈, 그리고 낯선 세계에서 돌아오는 아침이면 화원은 언제나 새롭고 아늑한 모습을 하고서 그를 기다렸다. 어제 아침 푸른 껍질로 단단하게 덮여 있던 연두색의 꽃봉오리가, 오늘 아침 공기처럼 연하고 푸른 꽃받침에 마치 혀나 입술처럼 매달려 있었다. 그러면서 꽃은 오랫동안 꿈꾸던 모습을 참되게 원하고 있었다.

그리고 그 밑에서 꽃은 그의 껍질과 조용히 싸움을 하고 있었다. 그곳에서 사람들은 이미 연한 노란색의 잎사귀와 투명하게 그물맥이 진 길이 멀리 향기로운 냄새와 함께 영혼의 낭떠러지로 떨어졌으리라는 것을 예감할 수 있으리라. 아마도 한낮 또는 저녁이 되면 그 꽃들은 활짝 피어서 황금빛 꿈의 초원 위에 푸른 비단 천막을 둥그스름하게 짓고, 그들의 첫 꿈과 사념, 그리고 경이로운 노랫소리가 깊은 심연에서 조용히 흘러나와 숨 쉴 것이다.

한낮이 되면 온통 푸른 풍령초가 잔디 속에 있을 것이다. 새로운 속삭임과 향기가 정원에서 갑작스레 퍼져 나왔다. 태양은 붉게 황금빛으로 매달려 있고, 슈베르트 릴리꽃〔영어에서는 아이리스로 불린다〕은 더 이상 거기에 없었다. 황금빛으로 울타리 진 좁은 길은 연한 내음을 풍기는 은밀한 속으로 나 있지 않았으며 릴리꽃들은 가버렸다. 딱딱한 잎사귀들이 날카롭고 냉담하게, 낯설게 있을 뿐이었다. 그러나 붉은 딸기들이 덤불 속에서 익어갔고, 별꽃 위로 나비들이 소리 없이 하늘하늘 자유롭게 날아왔다. 또 진주 빛 등을 가진 탐닉자들이 불그스름한 갈색의 투명한 날개를 윙윙거리며 그곳으로 날아왔다.

안제름은 나비나 암석과 이야기했다. 풍뎅이와 도마뱀을 친구로 사귀었고, 새들은 그에게 자신들의 이야기를 들려주었다. 고사리는 잎사귀 밑에 비밀스럽게 모아놓은 갈색의 씨를 보여주었고, 유리 조각은 푸른 수정처럼 그에게 햇빛을 반사해주었다. 그것들은 이내 궁전, 정원, 그리고 보물창고가 되어버렸다. 붓꽃이 지면 니겔라 꽃이 만발했고, 장미가 시들면 나무딸기가 갈색으로 변했다. 언제나 그곳에서 모든 것이 변했고, 사라졌고, 또 시간이 되면 다시 돌아왔다.

또한 바람이 차갑게 전나무들 사이로 불어오고 정원에는 나뭇잎이 창백하게 시들어 보스락보스락 소리를 내는, 그러한 불안하고 놀라운 날들이 찾아와도 여전히 노래와 체험담이 함께 있었다. 결국 모든 것이 소멸하여 창밖으로 흰 눈이 내리고, 창가에는 종려나무들이 자라고, 은빛 종을 가진 천사들이 저녁 하늘을 날아다니며 말라버린 과일나무의 뒤를 이어 초원과 땅 위에 향기를 내뿜는다. 이 성스러운 세상에는 '우정'과 '신뢰'가 결코 사라지지 않는다. 그리고 언젠가 다시 검은 소나무 잎과 더불어 작고 하얀 솔방울들이 은밀하게 빛을 발하고 처음으로 새들이 푸른 하늘 위로 높게 날아오를 때, 마치 모든 것이 변함없이 그곳에 존재했던 것처럼 정확하게, 그리고 그와 같은 것을 희망했던 날들이 붓꽃의 줄기로부터 다시 푸르스름한 꽃봉오리가 나타나기 시작할 때 찾아온다.

그 모든 것은 아름다웠다. 안제름은 모든 것을 흡족하게 여기고 친숙하게 느꼈으며, 또한 신뢰를 보냈다.

그의 소년 시절, 매력과 은총의 위대한 순간은 해마다 붓꽃과 함께 시작되었다. 안제름은 붓꽃의 꽃받침에서 처음으로 어릴 적 꿈나라에서 느낀 놀라움을 발견했다. 그 향기와 나부끼는 여러 겹의 푸른빛은 그에게 창조의 부름과 열쇠였다.

그리하여 그와 더불어 붓꽃은 순결의 세월을 걸어갔으며, 여름이 되면 새롭고 점점 더 신비로 가득 차며 감동적으로 변해갔다.

다른 꽃들도 역시 입을 가지고 있었고, 향기와 희망을 전해주었다. 작고 달콤한 꽃 속으로 벌과 풍뎅이를 유혹했다. 그러나 소년에게는 다른 어떠한 꽃보다 붓꽃이 사랑스럽고 중요했다.

그것들은 안제름에게 명상할 만한 가치가 있는 모든 것과 경탄의 비유와 모범이 되었다. 그가 꽃받침을 바라보면서 생각에 잠겨 신비스런 노란 꽃가루 사이를 따라 어두워지는 꽃의 심연으로 내려갈 때면, 그의 영혼은 현상이 수수께끼가 되고 눈에 보이는 것이 단지 예감이 되어버리는 입구에 서게 된다. 그는 한밤중에 때때로 이런 꽃받침을 꿈꾸기도 했고, 그것이 천국의 거대한 문처럼 그의 앞에 열린 것을 보기도 했다.

백조의 날개에 올라타 그들과 더불어 온 세상을 날아다니고, 말을 타고 광활하고 푸른 초원을 질주했다. 마력에 이끌려 숭고한 꽃의 심연으로 들어가면 모든 기대가 충족되고 모든 예감은 참이 되었다.

지상에서의 모든 현상은 비유이며, 모든 비유는 열린 문이었다. 이러한 문을 통해 영혼이 세계의 내면으로 들어갈 각오가 되어 있는 곳에서 '너와 나', 그리고 '낮과 밤' 모두는 하나가 된다. 모든 인간에게 있어 그의 삶 속에서 여기저기 열린 문은 방해가 되고, 언젠가 각자에게 모든 가시적인 것은 비유일 뿐이라는 생각이 든다. 그리고 이러한 비유는 은밀한 곳에 정신과 영원한 삶이 깃들어 있다는 생각을 떠오르게 한다. 소수의 사람들은 이러한 문을 통과하여 내면의 예견된 실제를 위해 현재의 아름다운 가상을 희생하는 것이다.

그리하여 소년 안제름에게는 그 꽃송이들이 열린 조용한 질문으로 보였고, 그의 영혼은 성스러운 대답의 빛나는 예견으로 받아들여졌다. 그리고 다시 사물의 사랑스런 다양함이 그를 풀과 바위, 뿌리와 수풀, 동물과 온갖 세상의 친근성과의 대화와 유희 속으로 끌어들였다. 종종 그는 자기 자신에 대한 관찰에 깊이 빠져들어 자기 육체의 경이로움에 몰두하곤 했다. 눈을 감고 노래를 부르거나 호흡을 할 때면 입과 목에서 이상한 흥분과 느낌이 감돌았고, 또한 그곳에서 영혼이 영혼화되는 길과 문을 감지하려고 노력했다.

그는 눈을 감고 보랏빛 암흑 속에 나타나는 의미 있는 색의 형체들, 푸른빛과 진한 빨강, 그리고 그 사이에 있는 유리처럼 맑은 윤곽들의 얼룩과 반원들의 형체를 관찰했다. 때때로 안제름은 놀라운 감흥에 젖어 눈과 귀, 냄새와 촉각 사이의 섬세하고도 다양한 관계를 감지했다. 그는 순간순간 음색과 소리와 글자가 유사하다거나 또는 빨강과 파랑이, 연한 것과 부드러운 것이 동일하다고 생각했다. 또한 잎사귀와 벗겨진 나무껍질의 냄새를 맡을 때는 경이로움에 가득 찼다. 그는 특이하게도 냄새와 맛은 밀접하게 연결되어 있으며 종종 서로 옮겨가서 하나가 될 수 있다고 느꼈다.

비록 강함과 약함이 모두 동일하지 않다고 하더라도 소년들은 그렇게 느꼈다. 대부분 소년이 글자 읽기를 채 배우기도 전에, 이러한 모든 것은 이미 사라져 없어지거나 애초에 없었던 것으로 여겨지기 쉽다. 몇몇 사람에게는 유년 시절의 비밀이 오랫동안 가까이 머물러 있기도 한다. 그들은 그 비밀에 대한 기억이나 회상과 백발이 될 때까지, 그리고 임종하는 시각까지 동반한다.

그들이 아직 신비 가운데 머무는 한 모든 소년은 끊임없이 영혼 속에서 매우 중요한 일에 몰두한다. 자기 자신과 다른 사람의 세계에 대한 수수께끼 같은 연관성에 열중한다. 구도자와 현자는 도를 완성함으로써 이러한 일로 다시 돌아온다. 그러나 대부분 사람은 진실로 중요시해야 할 내면의 세계를 너무 일찍 버리고 근심과 원망, 그리고 목적에 둘러싸인 가지각색의 생각 속에서 일생 동안 혼돈스럽게 살아가는 것이다. 그러한 것은 결코 그들의 가장 깊은 내면에 존재하지 않으며 그것을 다시금 내면으로, 영혼의 집으로 데려올 수는 없다.

소년 안제름의 여름날과 가을은 살며시 왔다가 소리 없이 떠나버리곤 했다. 갈란투스, 제비꽃, 금빛 니스와 릴리, 행초와 장미는 이전의 날들처럼 아름답고 풍요롭게 피어나고 시들어 갔다.

그는 그들과 더불어 살았다. 꽃과 작은 새는 그에게 말을 건넸고, 나무와 샘은 그의 말에 귀 기울였다.

그는 화단에 있는 각양각색의 암석에다 맨 처음 알파벳을 썼고, 그곳에서 처음으로 진지하게 친구 걱정을 하고 어머니에 대해 생각했다.

봄은 또다시 찾아왔다. 그러나 안제름에게는 옛날처럼 아름다운 노래가 울려 퍼지고 향기가 나는 봄이 아니었다. 이제 더는 노래도 푸른 붓꽃도 만발하지 않았고, 어떠한 꿈과 동화도 꽃받침의 황금 울타리로 된 작은 길 위에 떠오르지 않았다. 딸기는 푸른 그늘 밑에 숨어서 웃었고 나비는 키 큰 산형화 위를 유유히 날아다녔지만, 모두는 예전의 것이 아니고 다르게 느껴졌다.

소년은 때로 어머니와 다투었다. 소년 자신도 그 이유를 알지 못했다. 왜 슬퍼해야 하는지, 그리고 무엇이 자신을 항상 괴롭히는지 알 수 없었다. 그가 아는 것이라곤 세계가 변해버렸다는 사실과, 지금까지 지속되어온 시간들이 자신을 거부하고 고독하게 남겨둔다는 것뿐이었다.

세월이 흐르고 또 한 해가 지나갔다. 안제름은 이제 소년이 아니었다. 화단가에 놓인 여러 가지 돌들의 생김새도 이제는 지루했다.

그는 풍뎅이를 바늘로 찔러 상자 속에 꽂아두었다. 꽃은 벙어리가 되어버렸고, 그의 영혼은 길고 삭막한 길로 접어들었으며, 이전의 기쁨은 다 사라지고 시들어버렸다.

안제름은 그가 이제 막 시작하려는 삶으로 급격히 빠져 들어갔다. 비유의 세계는 흩날려 망각되었고, 새로운 소망과 여정이 저 멀리서 그를 유혹했다. 아직은 어린 시절의 모습이 어렴풋이 남아 있었지만, 그러한 시절이 설령 기억 속에 맴돈다 할지라도 그는 그것을 결코 좋아하지 않았다. 머리는 짧게 잘랐고, 그의 눈길에서는 그가 할 수 있는 것보다 더 많은 모험과 지식을 추구하는 것이 엿보였다. 그는 지루하게 기다리는 시간을 통해서 변덕스럽게 변했다. 착한 학생과 친구가 되었는가 하면 곧 혼자 남겨지고, 또 어떤 때는 아주 수줍어했지만 사나워지기도 했다.

안제름은 고향을 떠나야만 했다. 그는 성인이 되었으며, 정장 차림으로 어머니를 보려고 며칠 동안 고향을 방문하곤 했다. 그는 친구를 데리고 오거나 두툼한 책 몇 권을 가지고 왔는데, 올 때마다 달라 보였다. 그리고 그가 옛 정원을 거닐 때면 정원은 그의 무관심한 시선에 침묵하고 말았다.

그는 더 이상 돌과 나뭇잎에 새겨진 이야기를 읽으려 하지 않았으며, 푸른 붓꽃 속에 신神과 영원성이 깃들어 있다는 것을 생각지 않았다.

안제름은 이제 대학생이 되었다. 예전의 빨간 모자는 학사모로 바뀌었고, 입술 위의 솜털은 구레나룻으로 자라 있었다. 그는 낯선 언어로 쓰인 책을 들고 다녔고, 한때는 개를 데리고 다녔다. 가슴 위의 가죽 주머니 속에 비밀스런 시집을 넣고 다니거나 고대 현인들의 경구를 가지고 다니고, 귀여운 소녀들의 사진이나 연애편지를 가지고 다니기도 했다.

그는 고향을 떠나 먼 이국을 여행하거나 대양大洋을 항해하는 큰 여객선에 오랫동안 머무르기도 했다. 그가 다시 돌아왔을 때 그는 짐과 모자와 암갈색 손가방을 든 젊은 학자였다. 그리고 고향 사람들은 그가 아직 무명이었음에도 지나가는 그에게 모자를 벗어 인사하며 교수라고 불렀다.

다시 고향으로 내려왔을 때, 그는 검은 상복을 입고 느린 마차 뒤에서 가냘프고 우울한 모습으로 나타났다. 흰 꽃으로 장식된 관에는 그의 늙은 어머니가 잠들어 있었다. 그 후로 그는 고향에 나타나지 않았다.

안제름은 이제 대도시에서 학생을 가르치는 유명한 학자가 되었다. 그는 세상의 다른 신사들처럼 세련된 외투에 모자를 쓰고 근엄하면서도 친절하게 사람을 대하고, 열성적으로, 때로는 피곤에 지친 눈을 감으며 산보하는 보통 사람이었으며, 그가 되고자 했던 학자가 되었다. 그 무렵 그가 유년 시절의 마지막에 느꼈던 체험들이 되살아났다.

갑자기 그는 수많은 세월이 자신의 뒤에 남겨져 있음을 떠올렸고, 그가 항상 추구하던 세상 한가운데에 혼자만 외롭게 존재한다고 느끼며 허전해했다. 왜냐하면 자신이 교수라는 사실은 근원적인 행복이 될 수 없으며, 많은 시민과 학생에게 환대받는 일 역시 충만한 욕구가 아니라는 것을 스스로 느꼈기 때문이다. 이러한 모든 것은 시들어버린 낙엽처럼 진부한 것이었다. 그리고 행복은 저 멀리 미래에 놓여 있어, 그곳으로 향하는 길은 뜨겁고 먼지가 가득 찬 일상적인 것으로만 생각되었다.

그러할 즈음에 안제름은 한 친구의 집을 종종 방문했다. 그리고 그 친구의 여동생에게 마음이 끌렸다. 이제 그는 그녀의 귀여운 얼굴을 무심하게 바라볼 수만은 없었으며, 세상의 모든 것이 다르게 보였다. 그에게 행복이란 특이한 방법으로 다가왔고, 결코 자신과 무관한 것이 아님을 깨달았다. 친구의 누이동생은 그의 마음을 몹시 흡족케 했다. 그리고 그는 진실로 그녀를 사랑하고 있다고 믿게 되었다.

그녀는 아주 특이했다. 그녀의 발걸음과 목소리는 그녀만의 고유한 자질로 채색되고 수놓아져 있었다. 그녀와 함께 산보를 나갈 때면 그녀의 동일한 걸음걸이를 보기가 쉽지 않았다. 안제름은 때때로 저녁에 아무도 없는 집에서 아래위로 오르내리면서 텅 빈 거실을 통해 울려오는 자신의 발소리를 유심히 듣곤 했다. 그러면서 그는 그녀에 대한 생각으로 내적인 갈등을 겪었다.

그녀는 안제름이 결혼하고자 원했던 여자들보다 약간 더 나이가 많았다. 그리고 아주 유별났기 때문에 그녀와 더불어 생활하며 그의 학문적인 명예욕을 충족시키기란 매우 어려울 듯싶었다.

그녀는 그의 지적 명예욕에 대해 전혀 알려고 하지 않았을 뿐 아니라, 튼튼하거나 건강한 것도 아니었다. 게다가 사교적 모임이나 축제 분위기에 잘 어울리지도 못했다. 그녀가 가장 좋아하는 것은 바로 꽃과 음악, 그리고 약간의 책과 더불어 혼자만의 정적 속에서 삶을 꿈꾸는 것이었다. 그녀는 그러한 고독 속에서 누군가가 자신에게 다가오기를 소망하고 꿈꾸었으며, 주변의 세계는 그대로 흘러가게 내버려두었다. 상처받기 쉬울 정도로 너무나 예민해서 때때로 낯선 일들이 그녀를 슬프게 했고, 그녀를 울게 만들었다. 그러고 난 후 그녀는 은밀한 행복에 잠겨 조용하고 순수한 모습으로 반짝였다.

그러한 모습을 지켜본 남자들은 이 아름답고 고상한 여인을 위해서 안제름이 어떤 의미 있는 일을 하는 것이 얼마나 어려운가를 알게 되었다. 안제름도 종종 그녀가 자신을 사랑한다고 생각했지만, 한편으로는 그녀가 어느 누구도 사랑하지 않는 것 같기도 했다. 단지 그녀는 누구에게나 친절하고 상냥했는지 모른다. 이 세상에서 그녀는 정적 이외의 어떠한 것도 갈망하지 않았다. 그러나 안제름은 그녀와는 다른 삶의 무언가를 동경했다.

그는 자신이 만일 결혼을 한다면 생기와 울림, 그리고 많은 손님이 집을 가득 채울 것이라 생각했다.

"일리스!"

그는 그녀에게 말했다.

"일리스, 당신을 사랑하오. 설령 세상이 바뀐다 할지라도, 꽃과 상념, 그리고 아름다운 음악을 가진 평온한 세상 말고는 결코 다른 것이 존재하지 않는다 할지라도, 나는 일생 동안 당신 곁에 서서 당신의 이야기를 들으며 당신의 생각 속에서 함께 살기를 원하고 있소. 일리스란 이름을 내가 상상할 수는 없지만, 당신의 이름은 나에게 기쁨을 주고 어떤 경이로움으로 가득 차게 한다오."

"당신은 무엇을 일리스라고 부르는지 알고 있지요?"

그녀가 말했다.

"푸른 붓꽃을 그렇게 부르지요."

"그래요."

그는 설레는 가슴을 진정시키며 조용히 대답했다.

"물론 잘 알고 있습니다. 그리고 그것은 아주 아름답다는 것을 의미하죠. 그러나 내가 당신의 이름을 부를 때 그 이름은 언제나 나에게 그 밖의 다른 무엇을 회상하게 합니다. 나는 그것이 무엇인지 알 수 없답니다. '일리스'는 나에게 매우 뜻 깊고 가치 있는 먼 기억과 연결시켜줍니다. 그러나 그것이 무엇으로 존재하는지 알지 못하며 볼 수도 없답니다."

일리스는 말없이 서서 손으로 이마를 닦는 그를 바라보며 미소 지었다.

"제게도 항상 그렇답니다."

그녀는 작은 새와 같은 음성으로 안제름에게 말했다.

"꽃향기를 맡을 때 제 심장은 언제나 그러하죠. 아름다운 향기와 더불어 기억은 너무나 아름답고 값진 상념으로 연결되어요. 그것은 언젠가 한번쯤 나의 것이었으나 나에게서 사라져버렸죠. 음악을 들을 때도 그러한 생각이 떠올라요. 간혹 시를 읽을 때도 그러하답니다. 그때에는 갑자기 무엇인가 떠올라, 마치 오랫동안 잃어버렸던 고향이 골짜기 밑에 놓여 있는 것을 발견했을 때와 같은 기쁨을 느낍니다. 그러나 곧 사라져 잊히고 말지요. 사랑하는 안제름, 우리는 지상에서 이러한 의식을 가지고 회상과 동경, 그리고 잃어버린 희미한 음색을 주의 깊게 들어보려고 한답니다. 그곳에 우리의 참된 안식처가 놓여 있답니다."

"당신은 참으로 아름답게 말하는군요."

안제름은 기분이 좋았다. 그러나 그는 고통스런 박동을 느꼈다. 심장 속에 숨겨진 나침반은 거역할 수 없이 삶의 먼 목표점을 지시하고 있었다. 이러한 목표는 그가 삶에 부여한 것과 완전히 달랐다. 그것은 슬픈 일이었다. 왜냐하면 그의 삶을 이 귀여운 소녀의 꿈속으로 몰입시키는 것이 과연 가치 있는 일인가 하는 의문이 들었기 때문이다.

어느 날 안제름은 이러한 망설임 속에서 고독한 방랑 끝에 집으로 돌아왔다. 그리고 공허한 연구실에 자신이 춥고 우울하게 초대되었다는 것을 느끼자, 그는 친구의 집으로 달려가 아름다운 '일리스'에게 청혼을 하고 싶어졌다.

"일리스!"

그는 그녀에게 말했다.

"나는 이제 더 살 수가 없습니다. 당신은 언제나 나의 가장 친밀한 친구였소. 하지만 이제 당신에게 모든 것을 말할 수밖에 없군요. 나는 결혼을 해야만 하겠소. 그렇지 않으면 나의 삶은 텅 비어 없어지고 말 거요. 사랑스런 꽃 같은 당신 말고 누구를 나의 부인으로 원해야 한단 말이오? 일리스, 그렇게 해주십시오. 당신이 화초를 기르고 수많은 꽃을 보기 원한다면, 이 세상에서 가장 아름다운 정원을 가질 수 있을 겁니다. 저와 결혼하지 않겠습니까?"

일리스는 오랫동안 조용히 그를 바라보았다. 그녀는 결코 웃거나 부끄러움에 낯을 붉히지도 않았다. 그리고 잠시 후에 그에게 딱딱한 음성으로 대답했다.

"안제름, 나는 당신의 청혼에 놀라지 않아요. 내가 당신의 부인이 되리라고는 결코 생각지 않았지만, 그러나 나는 당신을 사랑해요. 자, 나의 친구여, 내가 당신의 부인이 된다면 나는 당신에게 많은 요구를 할 겁니다. 다른 신부가 요구하는 것보다 더 많이 말이에요. 당신이 꽃을 선물한다는 것은 매우 좋은 일입니다. 하지만 나는 꽃 없이 살 수 없듯이 음악 또한 없다면 견딜 수 없을 거예요. 꽃과 음악 가운데 한 가지라도 없다면 살 수 없을 거예요. 나는 내 마음속의 음악이 가장 중요해요. 그것이 없다면 단 하루도 살 수가 없을 거예요. 만일 남편과 함께 생활한다면 그의 내면의 음악이 나의 것과 잘 일치해야만 해요. 그래서 그의 고요한 음악이 순수하게 나의 것과 함께 울려 퍼지는 것이 그의 유일한 욕망이어야 합니다. 아시겠어요, 안제름 씨? 그렇게 되면 아마도 당신은 유명해지거나 영예를 얻지 못할 겁니다. 당신의 집은 정적으로 가득 차고 당신의 이마에서 몇 년 동안 보아온 주름도 이제 다시 늘어날 겁니다. 아, 안제름, 그렇게 되어서는 안 돼요. 생각해보세요. 만일 그렇게 생활한다면 당신은 언제나 당신 이마의 주름살에 대해 연구할 테고 끊임없이 새로운 근심이 생길 겁니다. 당신은 어쩌면 내가 생각하는 모든 것을 사랑하며 귀엽다고 생각할 수도 있습니다. 그러나 그것은 다른 사람과 마찬가지로 당신에게도 단지 놀이에 지나지 않지요. 아, 다시 한 번 잘 들어봐요. 당신에게는 장난감으로 존재하는 것이 나에게는 바로 삶 그 자체이며, 그것이 당신에게도 존재하는 것입니다. 또한 당신의 모든 노력과 근심이 나에게는 하나의 장난감에 지나지 않습니다. 사람들은 그것을 위해 살아가지만 나에겐 아무런 가치가 없어요. 오, 안제름, 나는 더 이상 변화되지 않을 겁니다. 왜냐하면 나의 마음속에 있는 법칙을 따라 살아가기 때문이랍니다. 당신은 다르게 변화될 수 있어요. 만약 당신이 완전하게 변화된다면 그때 나는 당신의 부인이 될 수 있을 겁니다."

안제름은 너무 당황한 나머지 그녀의 의지 앞에 침묵하고 말았다. 그녀에게 그는 너무나 나약한 장난감에 지나지 않았던 것이다. 그는 말없이 책상에 놓여 있던, 자신이 가져온 꽃을 흥분된 손으로 움켜잡았다.

그때 갑자기 일리스가 그의 손에서 꽃을 빼앗았다(그것은 그의 가슴속에 심한 질책을 충동질했다). 그러고는 사랑스럽게 미소 지었다. 마치 어둠 속에서 예기치 않은 길을 발견하기라도 한 듯이…….

"내게 한 가지 생각이 떠올랐어요."

나직이 말하는 그녀의 얼굴은 홍조를 띠고 있었다.

"그것이 무엇인지 상상할 수 있으세요? 결코 기분 좋은 생각은 아닙니다. 듣고 싶으세요? 만일 당신이 내 제안을 받아들인다면, 그것은 당신과 나의 일을 결정 내릴 수도 있는 것이죠."

안제름은 그녀의 말을 이해하지 못한 채 창백한 얼굴로 그녀를 바라보았다. 그녀의 미소는 신뢰를 가지고 '예'라고 말할 것을 강요하는 듯했다.

"나는 당신에게 한 가지 청을 하겠어요."

일리스는 다시 진지해졌다.

"그러시죠. 그것이 당신의 진심이라면……."

안제름이 말했다.

"그것은 나의 진실이랍니다."

그녀는 말을 이어갔다.

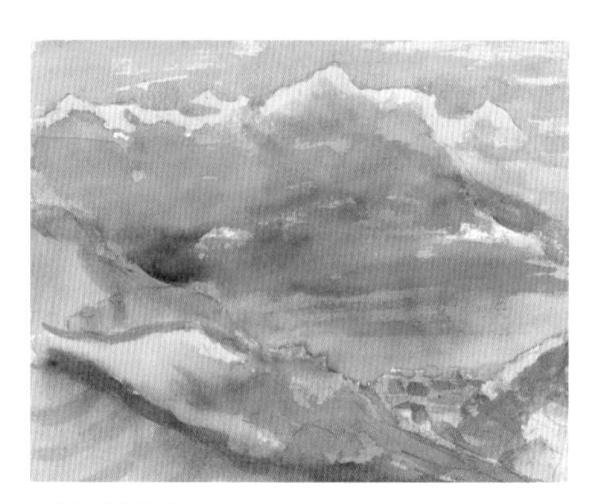

• 겨울 아침 풍경, 1933

"그리고 어쩌면 나의 마지막 말일 수도 있죠. 당신은 이것을 나의 영혼에서 울려 나오는 말로 받아들여야 해요. 설령 당신이 그것을 곧바로 알아차리지 못해도 그 점에 대해서 값을 흥정하거나 막아서는 안 됩니다."

안제름은 약속했다. 그녀는 일어나서 그에게 손을 건네며 말했다.

"당신은 때때로 나에게 말했죠. 당신이 나의 이름을 부를 때면 언제나 무엇인가 잊혔던 것이 다시 되살아나는 것 같다고 말입니다. 그러한 망각은 언젠가 당신에게 소중하고 성스러운 경험이 있었음을 일깨워주는 거예요. 당신은 그것을 나의 이름을 통해서 회상하곤 했죠. 그것은 하나의 '기호'입니다. 안제름, 그것이 바로 당신이 나를 매혹시킨 점입니다. 당신은 중요하고 성스러운 것을 당신의 영혼 속에서 잃어버리고 망각해버렸습니다. 당신이 행복을 발견하고 그것을 당신의 소유로 규정하기 전에 당신은 예전의 것을 꼭 환기시켜야 해요. 잘 자요, 안제름! 나는 당신에게 악수를 청하고 싶어요. 그리고 당신의 기억 속에서 다시 그것을 찾을 수 있도록 기도하겠어요. 그럼 가보세요. 당신이 그것을 다시 발견하는 날, 나는 당신의 부인으로서 당신과 함께 어느 곳이라도 가겠어요. 당신 아닌 어떠한 희망도 더는 간직하지 않을 겁니다."

혼란스러워진 안제름은 당황한 나머지 그녀의 말을 가로막고, 이러한 요구는 변덕의 일종이라고 꾸짖었다. 그러나 그녀는 냉철한 눈으로 그에게 약속에 대해 주의시켰다. 그는 이내 침묵하고 말았다. 그는 그녀의 손을 잡고 입술을 갖다 대었다. 그리고 떠났다.

그는 일생 동안 많은 일을 계획하고 해결했다. 그러나 어떠한 일도 그녀와의 약속처럼 중요하거나 기묘하지는 않았다. 날마다 그는 주위를 맴돌며 피곤할 정도로 그것에 대해 생각해보았다. 그러나 날이 갈수록 절망스럽고 화가 났으며, 정신 나간 여자의 변덕이라는 생각이 들어 자신의 사고에서 떨쳐버리려고 애썼다.

그러나 그의 깊은 내면에서는 무엇인가 매우 섬세하고 은밀한 고뇌가 일어 온화하지만 결코 들을 수 없는 경고를 했다. 자신의 심연에 숨겨져 있던 그 가느다란 음성은 일리스에게 정당성을 부여하며 그녀와 똑같은 요구를 해왔다. 하지만 그러한 요구는 학식 있는 사람에게는 너무 어려운 것이었다.

그는 오랫동안 잊혔던 것을 다시 회상해야만 했으며, 침잠해 있던 세월의 거미집에서 한 가닥의 질긴 황금 실을 다시 뽑아내야 했다. 그는 두 손으로 무엇인가를 잡아야 했고, 그것을 그녀에게 바쳐야 했다. 그것은 바로 슬피 우는 새의 외침이거나, 음악을 들을 때 느끼는 약간의 희열이나 슬픔의 흔적 같은 것이었다. 또한 생각보다 더 미세하고 일시적이며, 형체가 없어서 한밤중의 꿈보다 더 공허하고, 새벽안개보다 더 희미한 실체였다.

낙담하여 모든 것을 자기 자신에게서 던져버리고 일상의 기분으로 되돌아와 있을 때면, 간혹 알 수 없는 무언가가 마치 멀리 있는 정원에서 불어오는 미풍처럼 그에게로 다가왔다. 그는 일리스의 이름을 열 번, 아니 그보다 더 여러 번 즐거움에 겨워 조용히 불러보았다. 그것은 마치 팽팽한 현악기의 음색을 점검하는 듯했다.

"일리스!"

그는 속삭였다.

"일리스!"

부드러운 아픔과 더불어 그는 자신의 내면에서 무엇인가 꿈틀거리는 것을 느꼈다. 오래전 사람들이 떠나버린 집에 아무런 이유 없이 문이 저절로 열려 덧문이 삐걱삐걱 소리를 내듯, 그의 내면도 그렇게 삐걱거리는 소리를 내고 있었다. 그는 자신의 심연에 잘 정돈되어 있는 기억을 천천히 음미해보았다. 그럴 때마다 그는 자신을 놀라게 하고 당황케 하는 것을 발견했다.

기억의 창고는 그가 추측했던 것보다 훨씬 작았다. 수많은 세월이 빠져 있거나 아무것도 씌어 있지 않은 공책처럼 텅 비어 있었다. 그는 어머니의 얼굴을 명확히 떠올리기 위해서는 대단한 노력이 필요하다는 것을 깨달았다. 또한 소년 시절에 한 해쯤 열렬히 구애를 하며 쫓아다니던 소녀의 이름도 까마득히 잊어버렸다. 학창 시절 일시적인 충동으로 사서 잠시 동안 함께 생활했던 개 한 마리가 생각났다. 그가 그 개의 이름을 기억하기까지는 또다시 많은 시간이 필요했다.

그의 눈앞에 한 남자가 나타났다. 불쌍한 남자는 점점 커져가는 슬픔과 고통스러운 불안 속에 서 있었다. 바로 자신이었다. 이제 텅 빈 그의 삶은 더 이상 그를 위해 있는 것이 아니고, 어떠한 것도 그에게 속하지 않고 낯설었으며, 그와는 아무런 관계도 없었다. 단지 그는 머릿속에 남아 있는 한때의 기억을 가지고 산산이 조각 난 기억의 단편들을 주워 모으려고 했다.

그는 쓰기 시작했다. 먼 세월 저편으로 돌아가 그에게 소중했던 체험들을 다시 움켜잡기 위해서 쓰기 시작했다. 그러나 그의 소중한 체험이란 무엇인가? 그가 교수가 된 일인가? 한때는 박사였고, 대학생이었고, 초등학생이었다는 사실인가? 또는 잊힌 시간 속에서 그에게 잠시 동안 호감을 준 소녀였단 말인가? 그것이 진정한 삶인가? 그것이 그의 모든 것인가? 그는 경련을 일으키며 생각해보았다. 그러고는 이마를 치며 격렬하게 웃었다. 그러한 시간이 흘러갔다. 시간이 이처럼 신속하고 냉정하게 스쳐 간 적은 결코 없으리라.

한 해가 지났다. 그러나 그는 아직도 일리스와 헤어졌던 바로 그 시간 그 장소에 있다고 생각했다. 그럼에도 그는 그 시간 속에서 매우 많이 변화되었다. 그의 외부에 있는 사람들은 그 변화를 보았으며 알고 있었다. 그는 이제 젊다기보다는 오히려 늙어 보였다. 그와 친했던 사람들은 그에게서 멀어졌고, 그를 이상하고 멍한 변덕쟁이라고 생각했다. 그는 기인奇人의 부름을 받았고, 유감스런 일이지만 오랫동안 젊은이의 집에 머물렀다. 그는 자신의 의무를 망각했으며, 학생들은 헛되이 그를 기다렸다. 그는 생각에 잠겨 거리를 걸어 다니거나 줄무늬 외투를 잠그지도 않고 집 뒤 처마의 먼지를 닦았다. 많은 사람은 그가 술을 마시기 시작했다고 생각했다. 한편으로는 강의 도중에 학생들 틈에 끼어 어린아이처럼 배꼽을 잡고 웃었다. 마치 아무도 그를 알아보지 못하는 것처럼 많은 학생의 마음으로 전달되는, 뜨겁고 감동적인 이야기를 했다.

오랫동안 그는 희망 없이 방랑하면서 멀고 먼 세월의 향수와 지워져버린 흔적으로부터 자신도 알지 못하는 새로운 의미의 세계로 다가갔다. 때때로 그는 지금까지 기억이라 부르던 것의 배후에는 또 다른 기억이 가로놓여 있다는 생각이 문득 들곤 했다. 그것은 오래전에 채색된 벽에 다시 색칠되어 걸려 있는 낡은 그림 뒤에 있는 것 같았다.

그는 그 무엇인가를 다시 생각하기로 했다. 예를 들어 한때 그가 여행하면서 하루를 보낸 어떤 도시의 이름이나 친구의 생일 등이었다. 그러한 가운데 그는 파편 같은 지나간 기억의 조각을 파내고 끄집어냈다.

그 순간 갑자기 그에게 완전히 새로운 것이 떠올랐다. 그것은 마치 5월의 아침 바람처럼, 또는 9월의 자욱한 안개처럼 그에게 엄습해왔다. 그는 그 향기를 음미했고, 그 진귀한 맛을 느꼈다. 그는 부드러운 살갗에서, 눈 속에서, 가슴 한가운데서 어둡고 눅눅한 감촉을 느꼈으며 오랜 후에야 그것들은 명확해졌다.

그것은 그 옛날 푸르고 따스한, 또는 차가운 회색빛의, 아니면 일상의 그런 날이었으리라. 그러한 날의 본질은 마치 희미한 기억으로 머물러 있듯이 그의 내면에서 출렁이고 있었다. 그는 확실히 음미하며 느낄 수 있었고, 봄과 겨울의 나날을 기억하고 그것이 결코 실제의 과거에서는 발견되지 않으리라는 것도 알았다. 그날은 어떤 이름이나 숫자가 아니었다. 아마도 그것은 학생 시절이거나 아직 요람에 있을 때인 듯싶었다. 그것의 향기를 자신의 내부에서 생생하게 느낄 수 있었다. 그러나 그는 그것을 뚜렷이 알지 못했고, 이름을 붙이거나 규정할 수도 없었다. 종종 이러한 회상을 통해 삶을 스쳐 지나가버린 지난 존재의 과거로 돌아가는 듯싶었다.

안제름은 회상의 심연을 말없이 방황하며 많은 것을 발견했다. 그를 사로잡는 것이 무엇인지, 그에게 놀라움과 근심을 안겨주는 것이 무엇인지 알아냈지만, 오직 하나, 일리스란 이름이 그에게 무엇을 의미하는지는 알 수 없었다.

그는 '아무것도 발견할 수 없는 것'과의 투쟁 가운데 옛 고향으로 찾아가 나무와 잔디, 돌계단과 울타리를 다시 보았다. 마치 유년 시절의 정원에 서 있는 듯 심장 위로 물결이 치는 것을 느꼈다. 과거는 꿈처럼 슬프고도 조용하게 그를 휘감았다. 그러나 그가 자신이 병에 걸렸음을 알았을 때 열망하던 모든 것은 이미 멀리 가버렸던 것이다.

누군가가 그에게로 왔다. 그가 일리스에게 구애를 하는 동안 한 번도 보지 못했던 그의 친구였다. 그 친구는 안제름이 힘없이 마루에 앉아 있는 것을 보았다.

"일어나."

그가 안제름에게 말했다.

"나와 함께 가자. 일리스가 너를 보고 싶어 해."

안제름은 황급히 일어났다.

"일리스? 무슨 일이야! 오, 알겠어, 알겠어."

"그래."

친구가 말했다.

"함께 가자! 그녀가 죽어가고 있어. 그녀는 오랫동안 아파 누워 있었어."

그들은 일리스에게로 갔다.

야윈 그녀는 힘없이 침대에 누워 있었다. 그녀는 밝게 미소 지으며 안제름에게 자신의 희고 가냘픈 손을 건넸다. 그 손은 그의 품 안에서 꽃처럼 놓여 있었다. 그녀는 눈동자를 빛내면서 말했다.

"안제름, 나를 나쁘다고 말하지 말아요. 나는 당신에게 어려운 일을 맡겼어요. 그리고 나는 알아요, 당신이 그 일을 진실하게 행했다는 것을. 그래요, 계속 찾아보세요. 당신의 목적지에 도달할 때까지 그 길을 가세요! 당신은 나 때문에 그 길을 찾게 되었지만 이제는 당신의 것입니다. 아시겠어요?"

안제름은 그녀에게 다가서서 말했다.

"물론 그러리라 생각했소. 그리고 나는 알고 있었습니다, 일리스. 그것은 아주 먼 길이라는 것을……. 일리스, 나는 오랫동안 과거로 돌아갔었습니다. 그러나 나는 어떤 귀로도 찾아낼 수 없었어요. 나에게 무슨 예기치 않은 일이 생길지 알 수가 없군요."

그녀는 슬픈 눈으로 그를 바라보았고, 그를 위로하듯이 가볍게 웃었다. 그는 그녀의 가느다란 손을 얼굴에 갖다 대고 오랫동안 울었다. 그녀의 손은 그의 눈물로 촉촉이 젖었다.

"당신에게서 일어날 일을……."

그녀는 기억의 환영에서 깨어난 듯한 목소리로 말했다.

"…… 당신에게 일어날 일을 물어서는 안 돼요. 당신은 삶에서 많은 것을 추구했지요. 당신은 명예를 추구했고, 행복과 지식, 그리고 저까지 얻으려 했습니다. 당신의 일리스까지……. 그러나 그 모든 것은 단지 하나의 가상에 지나지 않습니다. 이제 내가 당신의 곁을 떠나지 않으면 안 되는 것처럼, 그 모든 것은 당신에게서 떠나버렸어요. 나 자신도 그러하답니다. 나 또한 언제나 무엇인가를 추구했습니다. 그것은 늘 사랑스럽고 아름다운 형상이었어요. 그러나 다시 나에게서 떨어져 나가 시들어버렸지요. 하지만 이제 나는 더 이상 어떠한 형상도 알지 못하며, 더 이상 아무것도 원하지 않아요. 나는 지금 귀향길에 있어요. 몇 걸음만 옮겨놓으면 고향에 이르게 되죠. 안제름, 당신도 그곳으로 오세요. 그곳에서는 당신 이마의 주름살이 더 생기지 않을 거예요."

말을 끝낸 그녀의 얼굴이 매우 창백해졌다. 순간 안제름은 절망적으로 그녀를 불렀다.

"오, 일리스! 조금만 더 기다려요. 떠나지 말아요! 당신이 나를 잊지 않았다는 그 한마디라도……."

그녀는 고개를 끄덕이고는 옆에 있는 유리잔을 움켜잡았다. 그리고 그에게 싱싱하게 만발한 푸른 붓꽃을 선사했다.

"여기 나의 꽃, 일리스를 잡아요. 그리고 나를 잊지 말아요. 내가 보고 싶을 때 일리스를 보세요. 그러면 당신은 내 곁에 영원히 있게 돼요."

안제름은 눈물을 흘리며 그 꽃을 받았고 그녀에게 이별을 고했다.

친구가 그에게 사람을 보냈을 때, 그는 그녀의 관을 꽃으로 장식하는 것을 도와 묘지로 옮겼다.

그의 삶은 그녀가 죽은 뒤부터 허물어져갔다. 그는 이제 운명의 실을 계속 엮는 것이 불가능하다고 생각했다. 그는 모든 것을 단념했다. 도시와 관직을 떠났고 세상에서 잊혀갔다. 여기저기 떠돌아다니다가 갑자기 그의 고향에 나타나, 황폐한 옛 정원의 울타리에 기대어 있곤 했다. 가끔 마을 사람들이 그에게 말을 건네거나 그를 집으로 초대할 때면 번번이 그는 도망쳐버렸다.

붓꽃은 아직 그에게 사랑스러운 존재로 남아 있었다. 종종 그 꽃이 피어 있는 곳을 찾은 그는 그중 하나에 입을 맞추었다. 그리고 오랫동안 그 꽃을 바라보았다. 그러면 푸른 줄기로부터 모든 과거와 미래가 향기와 예감으로 다가오는 듯 느껴졌다.

그는 슬픔에 빠져 오랫동안 걸었다. 어떠한 것도 그를 충족시키지 못했기 때문이다. 그는 반쯤 열린 문 옆에서 무엇인가 엿들었다. 흡사 그 문 뒤에 이 세상에서 가장 아름다운 비밀이 숨겨져 호흡하고 있기라도 하듯이……. 그와 같은 것을 생각할 때면, 이제 모든 사물이 그에게 헌신하여 그를 충만하게 채워주는 것 같았다. 그러나 문은 떨어져 나가고, 세상의 바람은 그의 고독 위로 세차게 불어닥쳤다.

꿈속에서 어머니가 그에게 말씀하셨다. 어머니의 모습은, 긴 세월 동안 결코 느끼지 못했던 이전과는 달리 뚜렷하고 더 잘 보였다. 이번에는 일리스가 그에게 말했다.

그가 잠에서 깨어났을 때 어떤 여운이 메아리쳤고, 그는 그것에 매달려서 한나절을 소비했다.

그는 집도 없이 낯선 땅을 방랑했다. 친절한 집에서, 때로는 들판과 숲 속에서 밤을 지새우며 딱딱한 빵과 딸기를 먹었고, 포도주나 숲 속 나뭇잎에 맺힌 이슬을 마셨다. 사람들은 그를 바보라고 손가락질하거나, 마술사라고 하며 사랑했다. 그는 지금까지 결코 알 수 없었던 것을 배웠고, 어린이와 함께 그들의 진귀한 놀이를 즐겼으며, 부러진 나뭇가지나 바위와도 이야기했다. 또 그는 꽃 이파리 사이로 시냇물과 호수를 보았다. 그러는 사이 겨울과 여름이 그에게서 다시 지나가버렸다.

"형상."

그는 때때로 중얼거렸다.

"모든 것은 단지 형상일 뿐이다."

그는 자신의 내면에서 하나의 본질, 결코 형상이 아닌 그가 오랫동안 추구하던 본질의 실체를 느꼈다. 그는 때때로 내면의 본질이 이야기하는 대로 따랐다. 그 음성은 일리스와 어머니의 목소리였다. 그 소리는 희망이자 위안이었다.

경이감이 그에게 다가왔지만 결코 그를 놀라게 하지는 못했다. 어느 날 그는 눈 덮인 대지를 말없이 걸어갔다. 그의 수염에는 고드름이 자라 있었으며, 흰 눈 속에는 마치 고독하고 아름다운 꽃을 갈망하듯이 가냘프게 일리스가 서 있었다.

그는 몸을 숙여 일리스에게 미소 지었다. 일리스는 그렇게 영원히 그에게 있다는 것을 그제야 깨달았기 때문이다. 그는 자신의 유년 시절의 꿈을 되새겨보았다.

황금빛 줄기 사이로 투명하고 푸른 물관이 신비스런 꽃의 심장으로 흘렀다. 바로 그것이 그가 찾던 실체였으며, 형상이 아닌 본질 그 자체였다.

그때 다시 새로운 경고가 그를 괴롭혔다. 꿈에 그는 어떤 오두막에 도착했다. 그곳에서 소년들이 그에게 우유를 주었고, 그는 그들과 더불어 놀았다. 그들은 그에게 많은 이야기를 들려주었고, 숯을 구울 때 나무들에게서 일어나는 경이에 대해 이야기해주었다. 그곳에서는 몇천 년 동안 스스로 열려 있던 정신의 혈관이 활짝 열려 있는 것을 볼 수가 있었다. 그는 귀를 기울였고, 사랑스러운 형상에 고개를 숙였다. 그리고 계속해서 걸어갔다. 아주 이상하고 청아한 목소리를 가진 새가 오리나무 앞에서 지절거렸다. 그는 그 새를 쫓았다. 새는 시내를 지나 온통 나무들뿐인 곳으로 날아갔다.

새소리가 멎고 더는 들을 수도, 볼 수도 없게 되었을 때 안제름은 그곳에 서서 사방을 둘러보았다. 그는 숲 속 깊은 계곡에 서 있었는데, 넓게 펼쳐진 푸른 나뭇잎 밑으로는 시냇물이 조용히 흘렀다. 그 밖에는 모두 적막한 가운데 쉬고 있었다. 그러나 그의 가슴속에서는 사랑스러운 음색의 새소리가 계속해서 울리고 있었다.

그는 푸른 이끼가 자란 암벽까지 걸어갔다. 암벽에는 이끼가 자라고 가운데 틈이 벌어져 있었는데, 그 틈 사이로 가늘고 좁은 길이 산의 내부로 통하고 있었다.

어떤 노인이 동굴 앞에 앉아서 안제름이 오는 것을 보고는 몸을 일으키며 말했다.

"돌아가시오, 방랑자여. 돌아가시오! 그곳은 정신의 문이오. 그곳으로 들어가면 누구도 다시 나올 수 없소."

안제름은 위를 쳐다보았다가 바위 문 안을 들여다보았다. 그곳에는 산 내부로 깊고 푸른 길이 나 있었다. 양쪽으로 황금색 기둥이 빽빽이 늘어서 있고 좁은 길은 자꾸 내부로, 마치 엄청나게 큰 꽃의 꽃받침처럼 아래로 뻗어 있었다.

그의 가슴속에서 새소리가 끊임없이 맑게 울려 퍼졌다. 안제름은 파수꾼 앞을 지나 그 틈새로 들어갔다. 황금 기둥을 지나 내면의 푸르스름한 비밀의 장소로 다가갔다. 그것은 일리스였다. 그녀의 심장으로 그는 들어가고 있었다. 그곳은 어머니의 정원에 핀 붓꽃이었다.

푸른 꽃받침 속으로 들어가 고요히 황금빛 여명을 마주 대했을 때 모든 기억은 살아 있는 것으로 존재했다.

내 나이
열여섯이었을 때

내가 열여섯 살이었을 때, 나는 조숙했던 탓인지 별나게도 우울했다. 나에게 기쁨은 무척 낯선 것이거나 마음속에서 소실된 것이었다. 나는 내 동생이 모래를 쌓고, 창던지기를 하고, 나비를 잡는 것을 보았다. 나는 내 동생이 그 당시에 느끼는 기쁨을 부러워했고, 또 마음속에서부터 정열적으로 기뻐하던 모습이 아직까지도 생생하게 기억난다.

그런 기쁨은 나의 마음속에서 이미 사라져버린 것이었다. 언제, 왜 없어졌는지 나로서도 알 수 없었다. 그런 데다 어른들의 기쁨은 아직 제대로 누릴 수 없었기 때문에, 소년 시절의 기쁨이 차지해야 할 내 마음속 자리에는 불만족스러움과 동경이 자리를 잡고 들어섰다.

꾸준하지는 않았지만 나는 때때로 강렬한 열의로 역사를 공부하고, 자연과학을 공부하고, 또 일주일 동안 매일같이 밤늦도록 식물 표본을 공부하고, 그러고 나서 다시 두 주 동안 괴테의 작품만을 읽었다. 나는 고독을 느꼈고, 또 내 뜻과는 달리 모든 관계에서 단절된 것 같은 느낌을 갖고 있었다. 삶과 나 사이의 균열을 나는 본능적으로 배움과 지식과 인식으로 메워보려고 애썼다. 처음으로 나는 우리 집 정원이 도시와 계곡의 일부이고, 계곡은 산맥이 움푹 팬 것이고, 산맥은 지표 경계의 한 조각이라고 생각했다.

또한 처음으로 나는 별들을 천체로, 산의 모양을 필연적으로 생성된 지력의 산물로 간주했고, 여러 민족의 역사를 지구 역사의 일부로 생각했다. 그 당시까지만 해도 나는 아직 그것을 표현하거나 이름을 붙일 수도 없었지만, 그것은 내 마음속에 자리를 잡고 살았다.

요컨대 그때에 나는 사고思考를 시작했던 것이다. 그래서 나의 삶을 제한적이고 한정된 것으로 인식했고, 또 그와 더불어 내 마음속에는 어린아이들로서는 아직 모르는 소원이 싹텄다. 그 소원이란 나의 삶을 가능한 한 착하고 아름답게 만들어 보고자 하는 것이었다. 추측컨대 모든 젊은이는 대체로 이와 비슷한 체험을 하는 것 같다. 그러나 나는 마치 그런 소원은 나만이 갖고 있는, 완전히 개인적인 체험인 것처럼 이야기하고 있다.

나는 만족하지 못하고 도달할 수 없는 것에 대한 동경으로 가슴을 불태우면서 몇 달 동안을 지냈다. 끊임없이 동요하고, 감정을 불태우고, 온기를 요구하는 그런 생활이었다. 그러는 사이에 자연은 나보다 더 현명해서 나의 이러한 고통스런 수수께끼를 해결해주었다. 어느 날 나는 사랑에 빠졌고, 그럼으로써 뜻밖에도 삶의 모든 관계를 다시 보게 되었는데, 예전보다도 더 강력하고 다양했다.

그 후로 나는 오랫동안, 좀 더 귀중한 시간과 날들을 맞게 되었다. 비록 몇 주나 몇 달 만에 끝나기는 했지만, 항상 밀려오는 감정으로 충만하고 따스해지는 날들이었다. 내 첫사랑 이야기를 굳이 여러분에게 말하고 싶지는 않다. 그것은 대수롭지 않은 일이고, 또 외적인 상황이 여러분이나 나나 다를 수가 있기 때문이다. 그러나 나는 그 당시의 내 삶을 약간이나마 묘사해보고 싶다. 물론 그리 잘되지 않으리라는 것을 알고 있기는 하지만…….

성급하게 얻은 것은 쉽게 잃고 만다. 나는 갑자기 생동하는 세계의 한가운데 서 있었고, 몇천 겹의 힘줄로 땅과 사람들하고 연결되어 있었다. 내 생각은 변했고, 더욱더 예민해지고 생기발랄해졌다. 특히 보는 눈이 달라졌다. 예전과는 완전히 다른 시각으로 보게 된 것이다. 예술가처럼 좀 더 밝고 다채롭게

• 덩굴이 우거진 정자 아래에 있는 꽃병이 놓인 탁자, 1919

보게 되었고, 순수하게 직관하는 것에서 기쁨을 느꼈다.

내 아버지의 정원은 여름이 되면서 장관을 이루었다. 정원에는 드높은 하늘 아래 울창한 나무와 관목 숲이 있었고, 소나무가 높은 버팀담을 따라 자라났으며, 그 너머 산에는 불긋불긋한 바위와 검푸른 전나무 숲이 있었다. 나는 그 모든 것을 바라보았고, 또 그 모든 것 하나하나가 놀랍도록 아름답고 생기 있고 다채롭고 찬연하다는 사실에 감동했다. 많은 꽃이 줄기 위에서 가볍게 흔들렸고, 색색의 꽃받침이 섬세하고 친밀하게 느껴졌다. 나는 시인의 시처럼 그 꽃들을 사랑했고 향유했다. 또한 전에 내가 귀 기울여 듣지 않던 소리들이 갑자기 들려와서 나의 마음을 빼앗았다. 전나무와 잔디에서 부는 바람 소리, 초원의 귀뚜라미 울음소리, 먼 곳에 있는 뇌우와 번개, 둑에 부딪혀 흐르는 강물 소리, 새들이 지저귀는 소리가 바로 그것이었다.

저녁때 나는 황금빛 낙조 아래 파리 떼를 보았고, 연못의 개구리 소리에 살며시 귀 기울였다. 하찮은 숱한 일들이 갑자기 내 마음에 들어왔고, 중요해졌으며, 마음을 뒤흔들었다.

예를 들어 아침에 소일거리로 정원에 있는 화분 몇 개에 물을 뿌리면 흙과 뿌리가 감사하다는 듯 열심히 그 물을 받아 마시는 것을 볼 때, 파랗고 조그만 나비가 한낮의 햇살을 받으며 술에 취한 듯이 너울너울 날아다니는 것을 볼 때, 혹은 어린 장미꽃이 만발한 것을 관찰할 때나 저녁 무렵 조그만 배 위에서 물속에 손을 담그고 손가락에 닿는 부드럽고 미지근한 강물의 흐름을 느낄 때…….

어찌할 바를 모르던 첫사랑의 고통이 나를 괴롭히고, 그리움과 희망과 실망이 나의 마음을 움직이는 동안에 우울과 사랑의 불안에 빠져 있음에도 불구하고 가슴 깊은 곳에서는 매 순간 행복감을 느꼈다.

내 주위에 있는 모든 것이 사랑스럽고 내게 뭔가 할 말이 있는 것처럼 생각되었으며, 세상에는 죽어 있고 공허한 것은 아무것도 없다고 여겨졌다. 그 모든 것은 내게서 더 이상 소실되지 않았지만 그때처럼 그렇게 힘차고 끊임없이 되돌아온 적은 없었다. 그리고 그것을 다시 한 번 체험하여 꼭 내 것으로 만들고 싶었다. 그 모든 것이 지금 내게는 행복의 표상처럼 되었다.

그때부터 오늘날까지 나는 사랑에 푹 빠져 있다. 내가 알게 된 모든 것 중에서 그 무엇도 여인들을 사랑하는 일만큼 고결하고 열렬하고 매혹적인 것은 없는 듯하다.

내가 여인들 또는 소녀들과 항상 관계를 맺고 있는 것은 아니었다. 또한 의식적으로 특정한 어느 여인을 사랑하지는 않았지만 나의 생각은 언제나 사랑에 관계되어 있었고, 또 아름다운 것에 대한 나의 숭배는 본래 여인들에 대한 영원한 흠모였다.

사랑에 관한 얘기를 여러분에게 하고 싶지는 않다. 언젠가 나에게도 몇 달 동안 애인이 있었고, 때에 따라서는 별로 마음에도 없는 여인과 키스와 뜨거운 사랑을 나눈 적도 있었다.

그러나 내가 정말 사랑했었다면 나는 항상 불행했을 것이다. 그리고 이제 와서 곰곰 생각해보니 희망 없는 사랑 때문에 겪게 되는 고뇌와 불안과 겁내는 마음, 또 잠 못 이루는 밤들이 정말 자그마한 뜻밖의 행운과 성공을 비롯한 그 모든 것보다도 훨씬 더 아름다웠다.

그 여름날 저녁에

나는 열린 창가에 기대어 하천을 바라보았다. 그 하천은 나의 지루한 날들이 흘러 지나가버리듯 한결같은 모습으로 끊임없이 먼 데로 흘러갔다. 그 지루한 나날들 덕분에 모든 게 유쾌했으며, 잃는 일 없이 가치 있게 지낼 수 있었고 지내야만 했다. 또한 그 나날들 때문에 하루하루가 여느 날처럼 아무런 가치나 추억도 없이 지나가버렸다.

그렇게 몇 주가 흘러갔고 나는 어떻게, 그리고 언제 달라져야 하는지를 몰랐다. 나는 스물세 살이었고, 하루하루를 보잘것없는 사무실에서 보냈다. 그곳에서 나는 일에 상당하는 돈을 얼마간 받을 수 있었으며, 그래서 조그마한 다락방을 빌리고 최소한의 음식과 옷을 살 수도 있었다. 나는 낮과 밤, 이른 아침 시간을 여름 낮과 마찬가지로 내 작은 방에서 뒹굴거리며 보냈다. 내가 가지고 있는 몇 권의 책을 읽기도 하고 창작에 골똘히 몰두하기도 했다. 나는 그 창작을 완성하기는 했으나 결과는 번번이 실패로 돌아갔다.

저 아름다운 여름날 저녁에 나는 친숙한 사람들만 모이는 정원회합의 일원으로 겔프케 박사의 초대에 응해야 하는지를 결정하지 못했다. 사람들과 어울려 그들의 얘기를 경청하고 질문에 대답해야 하는 일을 나는 원치 않았다. 나는 그런 일에 너무 지쳐 있었고 무관심했다. 왜냐하면 그곳에서는 내가 잘 지내고 잘 정돈되어 있는 것처럼 행동하고, 마지못해 거짓말을 해야만 했기 때문이다. 그곳에는 맛있는 음식과 좋은 술이 있었다. 정원에는 꽃과 덩굴이 향기를 뿜어내고 있었으며, 장식 수풀과 오래된 관목들 사이로는 고요하고 쾌적한 오솔길이 나 있었다.

상점에서 함께 일하는 몇몇 나의 가난한 동료들을 제외하고는, 겔프케 박사가 그 도시에서 내가 알고 있는 유일한 사람이었다. 나의 아버지는 그와 그의 아들에게 언젠가 어떤 호의를 베풀었고, 나는 2년 전에 어머니의 권유로 그를 방문했었다. 그 친절한 박사는 이후로 가끔씩 나를 초대하곤 했는데, 이제는 사교적인 자리에도 거리낌 없이 초대했다. 그러나 그러한 자리에 참석한다고 해서 나의 교양과 옷차림이 나아지는 것은 아니었다.

박사네 정원의 아늑함에 대한 생각은 좁고 곰팡내 나는 내 방을 몹시 불쾌하게 만들었다. 그래서 나는 그곳에 가기로 결심했다. 나는 비교적 좋은 윗옷을 걸치고 셔츠의 깃을 고무로 문질러 닦았다. 바지를 솔질하고 장화를 신은 뒤에 습관대로 문을 잠갔다. 도둑이 들더라도 아무것도 가져갈 게 없겠지만…….

그 당시 항상 그랬듯이 나는 조금 피곤한 몸을 이끌고 이미 땅거미가 지는 좁은 골목길 아래로 내려갔다. 조용한 다리를 건너고 도시의 번화한 거리를 지나 박사의 집으로 갔다. 그의 집은 시외에 있어서 어느 정도는 목가적이었고, 고풍적이며 검소한 귀족풍을 띠었다. 넓고 낮게 지어진 집, 덩굴장미가 무성하게 자라난 조그만 문과 크고 아늑한 창문을 미지에 대한 동경으로 올려다보았다.

나는 나지막이 종을 울렸고, 하녀 곁을 지나 어스름한 복도로 당황해하며 들어갔다. 그 당황스러움은 낯선 사람들과 함께하는 모든 회합 전에 엄습해오는 것이었다. 마지막 순간까지 나는 겔프케 씨가 그의 아내와 자녀들하고만 있기를 바랐다. 그때 정원에서 낯선 목소리들이 들려왔다. 나는 망설이면서 조그마한 홀을 지나 정원으로 나갔다. 정원은 단지 몇 개의 등만으로 밝혀져 있었다.

박사 부인이 다가와 나의 손을 잡고는 덩굴장미가 우거진 원형 화단으로 이끌었다. 손님들은 그곳 불빛 아래에 놓인 두 개의 탁자에 둘러앉아 있었다. 천성적으로 친절하고 쾌활한 박사가 먼저 나에게 인사를 건넸고, 다른 손님들도 고개를 숙여 인사했다. 몇몇 손님은 자리에서 일어나기도 했다.

그들은 자신들의 이름을 밝혔고, 나는 인사말을 속삭였다. 그리고 밝은 옷이 불빛에 희미하게 빛나는, 잠시 나를 눈여겨 보고 있는 몇몇 부인들에게 인사를 했다. 그런 다음 나는 노처녀와 소녀 사이에 앉았다. 여자들은 오렌지 껍질을 벗기고 있었으나 나에게는 버터 빵과 햄, 그리고 포도주 잔이 나왔다. 잠시 나를 쳐다본 노인들은 내가 언어학자인지, 그리고 나와 이미 여차여차한 곳에서 만난 적이 있지 않은지를 물었다. 인사를 한 뒤 나는 상인이며 본래는 기술자였다고 말했다. 그러나 그들이 곧 다른 이야기에 관심을 돌리고 경청하지 않았기 때문에 나는 조용히 좋은 음식들을 먹기 시작했다. 아무도 나를 방해하지 않았고, 15분쯤 즐거운 시간을 가질 수 있었다.

왜냐하면 풍성하고 훌륭한 저녁 식사를 하는 것이 내게는 예외적인 축제였기 때문이다. 나는 좋은 백포도주 잔을 천천히 기울였고, 무슨 일이 일어나기를 기다리면서 한가로이 앉아 있었다.

그때 한마디 말도 나눈 적이 없는 젊은 여인이 뜻밖에도 내게로 다가오더니, 가늘고 부드러운 손으로 반쯤 껍질을 벗긴 오렌지를 건넸다. 나는 그녀에게 고마움을 표시하고 그 과일을 받았다. 그리고 즐겁고도 야릇한 기대를 하게 되었다. 낯선 사람과 가까워지려면 꾸밈없는 친절을 베푸는 것보다 더 좋은 방법은 없을 거라고 생각했다. 그제야 나는 비로소 내 곁에 있는 여자를 주목했다. 그녀는 아름답고 우아했다. 어쩌면 나와 같거나 나보다 조금 더 커 보였고, 아주 연약해 보이는 가냘픈 얼굴이었다. 적어도 그 순간에는 그렇게 보였다. 왜냐하면 그녀는 처음에 몹시 말라 보였지만, 건강하고 아름답고 기민하다는 것을 잠시 후에 분명 알게 되었기 때문이다. 그녀가 일어나서 정원을 거니는 순간 내 도움을 필요로 할 거라는 생각은 곧 사라졌다. 그녀의 걸음걸이와 행동이 아주 당당하고 자주적으로 보였기 때문이다.

나는 오렌지 반쪽을 먹고 나서 생각에 잠겼으며, 그녀에게 공손하게 몇 마디를 건네며 제법 예의 바른 인간으로 나를 나타내고자 애썼다. 그것은 그녀가 조금 전 내가 먹는 모습을 주의 깊게 보면서, 나를 먹는 데만 급급해서 곁에 있는 사람은 안중에도 두지 않는 조야粗野한 사람으로 여기거나 굶주림에 지친 사람으로 생각하지 않을까 하는 의혹이 갑자기 떠올랐기 때문이다. 그리고 그 생각이 거의 맞을 거라는 판단이 들자 나는 무척 고통스러웠고, 그녀가 나를 희롱한 것 같아 기분이

상했다. 그러나 나의 의심은 근거가 없었다. 적어도 그녀는 선입견이 없이 태연하게 말하고 행동했다. 그녀는 내 말에 더 관심을 기울이며 공손하게 응했고, 결코 나를 교양 없는 대식가로 여기는 것 같지도 않았다.

그럼에도 불구하고 그녀와의 대화는 잘 되지 않았다. 나는 그 당시 내 또래의 젊은 사람들 대부분보다 생활 경험에서는 앞섰지만, 외적인 예절과 사교적인 행동 등은 그들만 못했다. 어쨌든 예절을 갖춘 젊은 여인과의 예의 바른 대화는 나에게 모험이었다.

또한 나는 시간이 흐름에 따라 아름다운 그녀가 나의 의도를 알아차리고 나를 보살피고 있다는 생각이 들었다. 그 생각은 나를 흥분시켰으나, 어색하고 당황한 기색이 역력한 나의 태도를 진정시키지는 못했다. 나는 처음에는 기분 좋게 시작했지만 점점 더 혼란스러워졌으며, 자신이 없어졌고 절망적인 기분에 빠져버렸다. 그래서 나는 그녀가 다른 사람들의 대화에 주의를 기울였을 때 그녀를 잡아두려고 애쓰지 않고 무표정한 얼굴로 우울하게 앉아 있었다. 그녀가 다른 사람들과 쾌활하고 즐겁게 이야기를 나누는 동안 누군가가 내게 담뱃갑을 내밀었다. 나는 한 개비를 꺼내 물고는 저녁 대기 속으로 푸르스름한 담배 연기를 내뿜었다. 얼마 안 가 더 많은 사람이 잡담을 하면서 정원을 산책하기 시작했을 때, 나는 살며시 일어나서 나무 뒤로 갔다. 그곳에서는 어느 누구의 방해도 받지 않고 담배를 피우면서 먼 곳의 여흥을 관찰할 수가 있었다.

유감스럽게도 단 한 번도 바뀌지 않는 나의 꼼꼼한 성격과 어리석고 고집 센 행동 때문에 새삼 화가 치밀었다.

그러나 아무도 나를 눈여겨보지 않았으므로 그들과 다시 어울리기가 멋쩍었다. 결국 나는 30분 동안 조용한 나무숲에서 서성거리다가, 집주인이 나를 불렀을 때에야 비로소 사람들이 있는 곳으로 갔다. 겔프케 박사는 자신의 탁자로 나를 잡아끌었다. 나는 내 생활과 형편에 대해 묻는 그의 호의적인 질문에 회피하는 듯한 태도를 취하면서 다시 사람들의 무리에 서서히 섞여 들어갔다.

하지만 내가 자초했던 소외의 여운은 쉽게 가시지 않았다. 날씬한 소녀는 내 맞은편에 앉아 있었다. 그녀가 나를 오래도록 응시하면 할수록 나는 조금 전의 성급한 회피를 후회했고, 그녀와 다시 이야기를 나누려고 애썼다. 그러나 그녀는 이제 거만해져서 새로운 대화를 위한 나의 허약한 시도에 건성으로 응했다. 그녀와 나의 시선이 마주쳤을 때, 나는 그 시선이 나를 무시하거나 언짢아하는 것은 아닐까 생각했다. 그러나 그 시선은 단지 냉정하고 무관심할 뿐이었다.

나에게는 비참함, 그리고 회의와 함께 공허하고 불유쾌한 일상의 분위기가 새롭게 찾아왔다. 나는 희미하게 비치는 길

사이로 검은빛을 띤 나뭇잎이 있는 아름다운 정원을 바라보았다. 그리고 하얀 천으로 덮여 있는 탁자 위의 램프와 과일 껍질들, 꽃, 배, 오렌지와 잘 차려입은 신사들, 밝고 귀여운 블라우스를 입은 부인들과 소녀들을 보았다. 나는 꽃을 갖고 노는 여인의 하얀 손을 보았고, 과일의 향내와 좋은 담배의 푸르스름한 연기를 맡았다. 그리고 훌륭한 사람들이 쾌활하고 공손하게 나누는 이야기를 들었다. 그러나 이 모든 것이 나에게는 끝없이 낯설게 느껴졌고, 나의 일부분이 될 수 없으며 정말 나에게 미칠 수 없는, 허락되지 않은 것으로 여겨졌다. 나는 낯선 침입자였고, 좀 천하고 가련한 세계에서 온 공손하고 인내심이 많은 손님일 뿐이었다.

신분 상승의 꿈이 잠시 동안은 나를 그럴듯하고 품위 있는 존재로 만들어주었으나, 현실은 다시 희망 없는 존재의 집요한 억압 속으로 빠져들게 했다.

그렇게 나는 그 아름다운 여름날 저녁의 즐거운 모임을 불쾌감 속에서 보내고 말았다. 그 불쾌감은 내가 유쾌한 주위 환경을 기뻐하는 대신에 어리석게도 극단적으로 자기학대를 한 데서 비롯되었다.

11시 무렵 맨 먼저 돌아가는 손님과 함께 나 또한 짧은 작별 인사를 하고, 잠자리에 들기 위해 지름길로 해서 집으로 돌아왔다. 왜냐하면 내가 일하는 동안 빈번하게 싸워야만 했고 내 여가 시간의 모든 순간을 우유부단하게 보내게 만든 태만과 졸음이 몇 시간 전부터 지속적으로 나를 엄습해왔기 때문이다.

며칠을 평소의 관행대로 보냈다. 비극적인 비상 상태에서 사는 의식이 나에게서 거의 사라졌다. 나는 사고력도 없이 무관심에 빠져서 무감각하게 살아왔고, 수많은 나날이 덧없이 내 뒤로 미끄러져 가는 것을 보았다. 그것들은 나에게 모든 순간이 다시 돌이킬 수 없는 짧은 청년 시절의 생애임을 일깨워 주었다. 때가 되면 일어나서 상점으로 나가 기계적으로 일했고, 그 대가로 빵과 달걀을 샀다. 나는 시곗바늘처럼 움직였다. 다시 일하러 가고, 저녁이면 늘 하던 대로 나의 다락방 창가에 누웠다.

겔프케 박사네 정원에서 보낸 저녁 시간에 대해 나는 더 생각하지 않았다. 그날은 추억도 남기지 않고 내게서 사라졌다. 내가 가끔 꿈속에서 생각하는 다른 시간은 먼 어린 시절이었다. 그것은 잊히고 전설이 되어버린 전생에 대한 회상처럼 나를 기쁘게 했다.

무더운 정오의 시간이 회상에서 나를 다시 현실로 불러냈다. 날카로운 손종을 들고 작은 차에 탄, 하얀 옷을 입은 이탈리아 사람이 골목길에서 딸랑딸랑 소리를 내며 아이스크림을 팔았다. 나는 몇 달 만에 처음으로 갑작스런 충동에 이끌려 곧 사무실을 빠져나왔다. 나의 지나치게 면밀하고 검소한 규칙에도 아랑곳없이, 나는 지갑에서 동전을 꺼내 그에게서 연분홍색의 과일 아이스크림을 조그만 종이컵에 하나 가득 채워 사고는 복도에서 다 먹어치웠다. 사람을 고무해 맑게 하는 청량제인 양 그날의 아이스크림은 내게 매우 값진 것이었다.

나는 축축한 접시를 탐욕스럽게 깨끗이 핥던 내 모습을 상기했다. 그래서 집으로 가서 평상시에 먹는 빵을 먹고 잠시 동안 꾸벅꾸벅 졸았다. 그리고 다시 사무실로 돌아왔다. 나는 편안하지 못했고, 곧 엄습해온 가혹한 육체의 고통을 겪어야 했다. 책상에 바싹 달라붙어서 몇 시간 동안 그 고통에 시달렸다.

작업이 끝난 후 급히 의사에게로 달려갔다. 나는 의료조합에 등록되어 있어서 담당 의사에게 가보라는 지시를 받았던 것이다. 그러나 그는 여름휴가 중이어서, 나는 그를 대리하는 다른 의사를 다시 찾아가야만 했다. 그는 젊고 친근한 신사였다. 그는 나를 자신의 동년배처럼 대했다. 나는 그가 묻는 기본적인 질문들에 나의 상태와 일상의 습관을 아주 자세히 말했고, 그는 나에게 구빈소救貧所로 갈 것을 권했다. 그곳이 나의 열악한 주거 환경보다 훨씬 나을 것이라고 말했다. 내가 고통을 호소하자, 그는 미소를 지으면서 말했다.

"당신은 아직 그리 병들지 않았어요."

정말 나는 열 살인가 열한 살이 될 때까지 병을 앓아본 적이 없었다. 그러나 의사는 거의 내키지 않는 듯이 말했다.

"당신의 생활방식이 당신을 죽이고 있습니다. 당신이 그렇게 강인하지 않았다면 이미 오래전에 병이 들었을 겁니다. 지금 당신은 그 대가를 치르는 중입니다."

나는 금줄 시계를 차고 안경을 낀 그의 말이 옳다고 생각했지만, 사실은 지난 시절의 무질서한 생활이 병의 진짜 원인이라는 것을 알았다. 그리고 어떤 도덕적인 허세를 느꼈다. 격심한 고통이 정상적인 사고와 호흡을 곤란하게 만들었다. 나는 의사가 준 종이를 집어 들었다. 그에게 고맙다는 인사를 하고, 그의 지시에 따라 보고를 하려고 구빈소로 갔다. 그곳에 이르러 나는 혼신의 힘을 다해 종을 잡아당겼고, 넘어지지 않으려고 계단에 앉아서 기다려야 했다.

거기서 나는 상당히 난폭한 취급을 당해야 했다. 그러나 곧 나의 상태가 알려졌기 때문에, 나는 미지근한 목욕탕에 들어갔다가 침대로 옮겨졌다. 나의 모든 의식은 낮은 신음 소리와 고통 속으로 사라졌다. 사흘 동안 나는 '이제 죽게 되나 보다' 하고 생각했고, 그렇게 기력 없고 고통스런 상태에 경악을 금치 못했다.

모든 시간은 내게 무한히 길게 느껴졌으며, 사흘이 지났을 뿐인데도 마치 여러 달째 드러누워 있는 것처럼 여겨졌다. 잠을 몇 시간 자고 깨어났을 때, 나는 비로소 상황을 인식할 수 있었고 시간 감각을 되찾았다.

손끝 하나를 움직이기조차 어려웠기 때문에 내가 얼마나 허약해졌는지 알 수 있었다. 나에게는 눈을 뜨고 감는 것 자체가 큰 일이었다. 나를 간호하러 온 간호사에게 말을 건넸다. 말을 크게 했다고 생각했는데 그녀는 등을 구부려 들어야 했고, 그래도 내 말을 거의 알아듣지 못했다. 그래서 나는 내가 쉽게 회복되지 못할 것임을 예감했다.

별다른 고통은 없었지만, 불확실한 시간과 낯선 사람에게 내 몸을 의존하는 어린애 같은 상태를 받아들여야 했다. 힘이 다시 솟기 시작할 때까지 참으로 오랜 시간이 걸렸다. 단지 미음 한 숟가락에 불과했지만 음식이 가득 찬 작은 입은 나를 항상 고통스럽고 불만스럽게 만들었다.

이렇게 주의할 만한 시기였지만 나는 놀랍게도 우울하거나 화가 나지 않았다. 지난 몇 달 동안의 기력 없던 삶의 숨 막히는 무의식이 점점 더 뚜렷해졌다.

내가 놓였던 상태를 생각하니 말할 수 없이 놀라웠고, 다시 의식을 되찾아 내심 기뻤다. 나는 오랜 시간 동안 잠들어 있었고, 그제야 비로소 나의 눈과 사고가 다시 새로운 욕망을 품고 먹이를 찾아 나서게 되었다. 그때, 몽롱한 인상과 이처럼 음울하고 헛된 시간의 체험에 일치하는 것이 있었다. 그것은 내가 거의 잊어버렸다고 믿었는데, 이제 놀라운 화신이 되어

불같은 빛깔로 내 앞에 나타났다. 내가 지금 낯선 병동에서 혼자 즐기고 있는 형상들 가운데, 겔프케 박사의 정원에서 내 곁에 앉아 껍질을 반쯤 벗긴 오렌지를 내밀던 날씬한 아가씨의 형상이 가장 또렷했다.

나는 정작 그녀의 이름조차 몰랐지만, 몇 시간 동안 그녀의 모습과 그녀의 아름다운 얼굴을 아주 또렷하고 명료하게 그려볼 수가 있었다. 오랫동안 알고 지낸 사람들이나 할 수 있는 것 같은, 그녀의 행동과 그녀의 말과 목소리와 감정 등이 모두 하나의 그림이 되었다.

그 화사한 아름다움 앞에서 나는 어머니 품에 안긴 아이처럼 편안하고 온화해졌다. 내게는 그녀가 오랫동안 알고 친숙하게 지낸 사람처럼 여겨졌고, 그녀의 우아한 모습은 시간의 법칙이라는 모순을 초월하여 마치 동반자처럼 내 기억 속에 각인되어 있었다. 어린 시절의 기억에까지도!

나는 뜻밖에도 가깝고 소중해진, 잊히지 않는 이 사랑스러운 모습을 늘 새로운 만족감으로 다시 관찰했다. 봄의 벚꽃과 여름의 마른 풀 냄새를 인간이 기꺼이 받아들여 돌보는 것처럼, 나는 놀람이나 자극 없이 내적으로 만족하여 온화한 그녀의 존재를 나의 사고 세계에 감사하는 마음으로 받아들였다.

내가 극도로 쇠약해져 인생의 의미를 잃고 누워 있을 때, 나의 아름다운 꿈에 나타난 그녀의 순수하고 욕심 없는 태도는 그처럼 오랫동안 지속되었다. 내가 기력을 회복해서 조금씩이나마 음식을 소화시키고 별로 힘들이지 않고 침대에서 일어나는 것이 가능해지자마자, 그녀의 형상은 순결한 채로 내게서 멀어져갔다.

그리고 순수하고 고통이 없던 환영의 자리에 타오르는 욕구가 들어섰다. 나는 부지중에 점점 더 빈번히 날씬한 아가씨의 이름을 알고 싶다는 격렬한 충동을 느꼈다. 그 이름을 애정어린 목소리로 속삭이고 싶고 나지막이 노래하고 싶은 욕망을 느꼈다. 그러나 끝내 그녀의 이름을 알지 못한다는 것이 나에게는 실제적인 고통이었다.

아틀리에의 여인

바람이 나뭇가지를 애무하는가 하면 세차게 몰아쳐서 휘게 도 했으므로, 나무는 신음과 웃음을 동시에 머금은 것 같았다. 그처럼 정열은 나를 우롱했다. 언덕배기에서 나는 머리를 조아리고 엎드리고 뛰고 신음하고 발로 땅을 구르고 모자를 던지고 얼굴로 풀을 헤쳐 나가고 나무를 흔들면서 울고 웃고 흐느끼고 부끄럼을 느끼고 행복에 취하기도 하면서 미치도록 괴로워했다.

한 시간쯤 지났을 무렵 후텁지근한 더위 때문인지 온몸이 축 처지고 숨이 찼다. 나에게는 뭘 어떻게 하리라는 생각은 물론이고 아무런 느낌도 없었다. 언덕을 내려온 나는 몽유병자처럼 거리를 헤맨 끝에 변두리 길거리에서 늦도록 문을 열고 있는 대폿집을 발견했다. 나는 바트란트 주酒 2리터를 시켜 새벽녘까지 마신 다음 거나하게 취해 집으로 돌아왔다.

그날 이후 아리에티 양을 방문했을 때, 그 여자는 깜짝 놀란 표정이었다.

"무슨 일이에요? 편찮으신가요? 아주 심하게 앓은 사람 같은데요?"

"별일 아닙니다. 엊저녁에 아주 취했던 것 같습니다. 그뿐입니다. 시작해주시죠."

나는 의자에 꼼짝 말고 앉아 있으라는 지시를 받았다. 나는 그대로 실천했다. 그러나 앉자마자 잠이 들어버려 저녁나절 내내 아틀리에에서 드르렁거렸다.

나는 고향에서 보트를 새로 단장하는 꿈을 꾸었다. 아마 화가의 아틀리에에서 풍기는 테레빈유油 냄새 때문이었으리라. 나는 자갈밭에 누워서 아버지가 페인트 통과 칠붓을 들고 일하는 모습을 보고 있었다. 어머니도 곁에 있었다. 내가 먼저 어머니에게 물었다.

"어머니께선 아직 살아 계셨던가요?"

어머니는 나지막이 대답했다.

"죽긴? 내가 죽으면 너도 결국 네 아버지같이 쓸모없는 인간이 될 텐데."

눈을 뜨면서 나는 의자에서 떨어져 바닥에 뒹굴었다. 순간 눈앞의 상황이 바뀌어, 내가 엘미니아 아리에티의 아틀리에에 있다는 것을 알고 깜짝 놀랐다. 그 여자의 모습은 보이지 않았으나 옆에 딸린 자그만 방에서 그릇, 나이프, 포크 같은 것들이 부딪치며 쟁그랑거리는 소리가 들려왔다. 저녁 식사 때가 된 것이리라.

"깨셨어요?"

저편에서 그 여자가 말을 걸었다.

"예, 오래 잤죠?"

"네 시간이에요. 부끄럽지도 않으세요?"

"부끄럽긴요, 난 근사한 꿈을 꾼걸요."

"무슨?"

"아가씨가 나와서 날 용서해준다면 얘기하죠."

그 여자는 나왔다. 그러나 내가 꿈 얘기를 끝낼 때까지는 용서를 보류하자고 했다.

나는 이야기를 시작했다. 꿈 얘기를 하는 동안 잊어버리고 있던 유년 시절로 깊숙이 들어갔다. 얘기가 다 끝났을 때 밖은 이미 어두워져 있었다. 그사이에 나는 그 여자에게, 그리고 나 자신에게 유년 시절의 얘기를 전부 털어놓은 것이다. 그 여자는 악수를 한 다음 구겨진 내 겉옷을 문질러 펴주고, 내일 다시 나와주었으면 좋겠다고 말했다. 나는 그 여자가 오늘의 무례를 이해하고 용서해준 것이라고 생각했다.

그로부터 며칠 동안 나는 몇 시간이고 그 여자를 위해 앉아 있었다. 그 여자와 나는 말을 거의 주고받지 않았다. 나는 마치 최면에 걸린 사람처럼 앉거나 선 채로 스케치용 연필이 움직이는 것을 보면서 약하게 풍겨오는 유화구油畫具 냄새를 맡았다. 그리고 사랑하는 여인의 눈동자가 끊임없이 나를 지켜보고 있다는 것 말고는 아무것도 느끼지 못했다. 아틀리에의 하얀 벽을 비추는 햇빛 속에 졸린 듯한 파리 몇 마리가 창가에서 윙윙거렸다. 자그마한 옆방에서는 알코올램프가 노래하듯 소리를 내며 타고 있었다. 나는 그녀의 모델이 된 뒤로 매일 커피를 한 잔씩 대접받았다.

집으로 돌아와서도 나는 가끔씩 아리에티를 생각했다. 그 여자의 예술을 이해할 수 없다는 사실이 내 정열을 동요시키거나 감소시키지는 못했다. 그 여자는 예쁘고 친절하며 상냥하지 않은가. 그 여자의 그림이라는 것이 나하고 무슨 상관이란 말인가. 아니, 오히려 나는 그 여자의 열성적인 제작 태도에서 어떤 비장함 같은 것을 느끼고 있었다.

살기 위해 몸부림치고 있는 여성, 늠름하고 묵묵히 참는 과감한 여성이 아닌가. 그건 그렇다 치고, 사랑하는 사람에 대해 이러한 생각을 하는 것처럼 어리석은 짓은 없다. 생각의 줄거리란 마치 민요나 군가 같은 것이니까. 여러 갈래이긴 하지만 결국 후렴구에서는 들쭉날쭉 전혀 걸맞지 않아도 집요하게 되풀이되는 것이 아니던가.

이제 와서 다시금 떠올려보면 그 여자가 어떤 머리를 하고 있었고, 또 어떤 옷차림을 했었는지 나는 지금 기억하지 못한다. 도대체 몸집이 컸는지 작았는지조차 기억하지 못할 정도다. 그러나 내가 기억하고 있는 아름다운 이탈리아 여인에 관한 상상이 결코 희미한 것만은 아니다. 가까이 있는 사람에 비해 멀리 있는 쪽에 느끼는 일이 훨씬 많고 가지가지 특징도 남게 마련이다.

그 여자를 생각할 때 우선 눈앞에 떠오르는 모습은 검은 머리의 품위 있는 헤어스타일과 창백하지만 생기가 도는 얼굴, 예리하게 빛나지만 그리 크지 않은 두 눈, 의젓한 성숙함을 보이면서 초승달처럼 아름다운 얇은 입술이다.

정말 그 여자를 사랑하던 시절의 모든 일을 떠올리고 짜내보아도, 머리에 떠오르는 것이라곤 언제나 따사로운 바람이 호수의 수면을 스치는 가운데 환희하고 때로는 울부짖으며 미쳐 날뛰던 언덕배기에서의 그날 밤뿐이다. 그리고 또 하나, 다른 날 밤에 일어났던 일이다.

지금 내가 하고자 하는 이야기가 바로 그것이다.

무슨 수를 쓰든 여류 화가에게 마음을 털어놓고 구애해야겠다는 생각이 굳어졌다. 만약 그 여자가 내게서 멀찍이 떨어져 있었다면, 나는 그 여자를 은근히 사모하면서 그녀를 얻기 위한 고통에 남모르는 고뇌를 했으리라. 하지만 날마다 그 여자를 만나 말하고, 악수하고, 그 여자의 집을 드나들면서 언제나 마음속에 가시를 안고 있는 것은 오래 견딜 수 있는 일이 아니었다.

예술가인 그녀와 그녀의 친구들이 모여 조촐하게 여름 잔치를 베푼 적이 있었다. 한여름의 무더운, 그러나 아름다운 밤이었다. 호숫가의 깨끗하고 조용한 정원에서 우리는 포도주와 빙수를 들면서 음악을 듣는 한편, 나뭇가지 사이에 매달린 듯 밤의 꽃을 이룬 붉은 불빛을 바라보기도 했다. 웃으면서 잡담을 나누고 노래를 불렀으며, 목소리는 점점 높아져갔다.

어느 남루한 청년 화가 한 사람이 로맨틱한 기분을 잔뜩 내어 베레모를 눌러쓰고는 난간에 비스듬히 기대어 기타를 치고 있었다. 비교적 이름이 알려진 몇 사람의 예술가는 오지 않았고, 그나마 참석한 몇몇은 비슷한 연배들 사이에 끼여 있었다. 여자들 가운데서도 젊은 축에 드는 몇 사람은 여름옷을 차려입고 왔지만, 다른 여자들은 언제나처럼 시원찮은 옷차림을 하고 있었다. 특히 내가 보기 싫었던 것은 나이 들고 못생긴 여자 대학생이었다. 그 여자는 단발머리에 남자용 밀짚모자를 쓰고, 잎담배를 물고서는 주위에 아랑곳없이 술을 마시면서 큰 소리로 떠들어대고 있었다.

리하르트는 전과 다름없이 소녀들을 상대하고 있었다. 나는 여간 흥분해 있었던 게 아니지만, 술도 별로 많이 마시지 않고 냉정하게 아리에티를 기다렸다. 그녀와 나는 오늘 밤 보트를 함께 타기로 약속했던 것이다. 드디어 그녀가 내게로 왔다. 그녀는 몇 송이 꽃을 나에게 주고 함께 보트를 탔다.

호수의 수면은 기름같이 매끄러웠으나 어둠 때문에 빛깔을 분별할 수가 없었다. 나는 노를 저어 한복판으로 갔다. 그러면서도 나와 마주 앉은 매혹적인 여성이 기분 좋은 만족감에 휩싸여 앉아 있는 모습에서 잠시도 눈을 떼지 않았다. 높은 하늘은 아직 푸르렀고, 별이 하나둘 반짝이기 시작했다. 기슭에서는 음악 소리가 징징거리고 들뜬 환성이 들려오곤 했다. 잔잔한 물은 촐랑촐랑 소리를 내면서 노를 받아들였다. 다른 보트들도 호수 여기저기에 떠 있었으나, 어두워서 거의 보이지 않았다.

그런 것에 마음을 쓸 때가 아니었다. 여자를 바라볼 때마다 나의 계획된 사랑 고백이 움찔거리면서 무거운 쇠처럼 두근거리는 가슴을 짓눌렀다.

시적인 밤의 경치, 이를테면 보트, 별, 뜨겁지도 차갑지도 않은 바람이 부는 잔잔한 호수 같은 모든 것이 내 마음을 설레게 했다. 또한 아름다운 잔디밭처럼 여겨져, 나는 그 안에서 감상적인 한 장면을 연출하지 않으면 안 될 것 같았다. 두근거리는 가슴, 거기에 우리 두 사람 모두 침묵하고 있었기 때문에

• 테신 강의 여름, 1919

깊은 정적 가운데 답답증이 치솟았다. 나는 그에 반항하듯 힘껏 노를 저었다.

"정말로 힘이 센가 봐요?"

여류 화가가 침묵을 깨뜨렸다.

"살이 쪘다는 말인가요?"

나는 물었다.

"아니죠, 근육을 말하고 있답니다."

그 여자는 웃었다.

"암요, 나는 힘이 셉니다."

이것은 그럴듯한 계기가 되지 못했다. 서글프고 울화가 치밀어 더욱 열심히 노를 저었다. 한참 있다가 나는 그 여자에게, 개인적인 이야기를 좀 해줄 수 없느냐고 물었다.

"어떤 이야기를 듣고 싶으신데요?"

"뭐든지."

나는 말했다.

"그러나 가장 듣고 싶은 건 사랑 이야기입니다. 그렇게 해주시면 나도 내 유일한 사랑 이야기를 해드리죠. 아주 짧지만 아름답고 지고한 사랑의 이야기를 말이에요. 아마 아가씨도 재미있다고 생각하실 겁니다."

"좀 들려주세요."

"아니죠, 아가씨부터 시작해야죠. 그렇잖아도 내가 아가씨에 대해 알고 있는 것보다 아가씨가 나에 대해 알고 있는 것이 훨씬 많지 않나요? 아가씨가 정말 사랑을 해본 적이 있는지, 또 내가 두려워하는 것처럼 사랑을 하기엔 지나치게 영리하고 콧대가 높은 건 아닌지 알고 싶군요."

아리에티는 한동안 생각에 잠긴 듯 호수만 쳐다보다가 입을 열었다.

"그것이 당신의 로맨틱한 생각 중 하나인가요? 밤에, 그것도 이처럼 컴컴한 물 위에서 여자에게 말을 시키려 하시다니, 난 그렇게는 못 하겠어요. 당신 같은 시인들은 뭐든 아름다운 것을 말로 표현하지만, 자신의 감정을 그렇게 표현하지 않는 사람에게는 감정이 없을 거라고 생각하는 버릇이 있지요. 내가 보기에는 당신이 잘못 생각하신 거예요. 왜냐하면 나처럼 열렬하게 사랑할 수 있는 사람이 또 있다고는 생각지 않기 때문이죠. 나는 다른 여자의 남자를 사랑하고 있어요. 그 사람도 나 못지않게 나를 사랑하고 있고요. 하지만 두 사람이 함께 있게 될 날이 언제 올지 어머니는 모르고 있죠. 편지를 주고받으면서 가끔 만나기도 하지만……."

"그 사랑이 아가씨를 행복하게 하고 있습니까, 아니면……."

"사랑이란 건 우릴 행복하게 해주려고 있는 것이 아니라고 생각해요. 단지 우리가 괴로워하며 참고 견디는 것에 비해 얼마나 강렬한 것인지를 우리에게 보여주기 위해 있다고 생각하죠."

그 뜻은 알았지만, 순간 가느다란 신음 비슷한 것이 내 입에서 새어 나가는 것을 막을 수가 없었다. 아리에티는 그 소리를 또렷이 들은 듯싶었다.

"아, 당신은 아직 젊으신데도 벌써 그걸 알고 계신가요? 당신도 고백을 해주시겠어요?"

"다음에 하기로 하죠, 아리에티 양. 그게 아니라도 나는 오늘 밤 기분이 쓸쓸합니다. 아가씨 기분까지 상하게 한다면 여간 미안한 일이 아니겠지요. 우리 이제 그만 되돌아갈까요?"

"좋으실 대로……. 도대체 얼마나 왔을까요?"

나는 대답하지 않았다. 노를 무조건 물속에 집어넣고 방향을 돌려 쭉쭉 잡아당겼다. 보트는 북동풍이라도 만난 것처럼 빠르게 수면 위를 미끄러져 갔다. 가슴속에서 치미는 서글픔과 부끄러움의 소용돌이에 휘말려 식은땀이 얼굴로 흘러내리면서 오한이 밀려들었다. 까딱했더라면 머리를 조아리며 애원하거나 어머니 같은 인자함으로 거절하는 여자 앞에서 당황하는 애인 역을 연출할 뻔했다 싶은 생각이 들자, 뼈마디가 으스스해졌다. 정말 그 역만이라도 면한 게 다행이었다.

이젠 가슴속에 남아 있는 슬픔을 어떻게든 가라앉혀야만 했다. 나는 붙들려 매인 사람처럼 기슭을 향해 열심히 노를 저었다. 간단하게 작별을 고한 뒤 그 여자를 홀로 두고 자리를 뜨자, 그녀는 좀 의아스런 표정을 지었다.

호수는 여전히 빛을 반사하고 음악은 경쾌했으며 나무 사이의 불빛도 변함없이 화려하게 빛나고 있었지만, 나에겐 무엇이든지 부질없고 우스꽝스럽게만 보였다. 특히 음악이 그러했다.

폭 넓은 실크 리본으로 기타를 둘러메고 보란 듯이 자랑하는, 벨벳 상의를 입은 사내를 쥐어박고 싶은 생각이 얼마나 간절했던가. 더구나 사람들은 그때부터 불꽃놀이를 서두르고 있었다. 무슨 어린애 장난이란 말인가?

나는 리하르트에게서 돈 몇 프랑을 빌린 후 모자를 뒤통수에다 붙여 쓰고 마구 걸었다. 교외로 나와서도 한 시간, 또 한 시간을 앞으로 계속해서 걸어 나갔다. 어느 순간 나는 자꾸만 졸려서 풀밭에 그대로 털썩 주저앉아 잠들어버렸다가, 한 시간쯤 뒤에 이슬에 젖어 잠에서 깼다.

몸이 묵직하고 오한이 났다. 나는 가까운 마을로 걸어갔다. 이른 아침, 풀 베는 사람들이 먼지가 이는 좁은 길을 걸어가고 있었다. 잠에서 덜 깬 하인이 마구간 문에 서서 나를 힐끔힐끔 쳐다보았다. 여름날 이른 아침부터 농부들의 바쁜 일과가 시작되고 있었다.

조금 부끄러운 마음으로 마을을 빠져나왔다. 맥없이 걷는 사이 해돋이를 볼 수 있었다. 그때를 틈타 나는 참나무 아래의 마른 쑥밭으로 몸을 던졌다. 따스한 양지에서 오후 늦게까지 잠을 잤다. 눈을 떴을 때, 풀밭에서 향긋한 냄새가 풍겨왔고 찌뿌드드하던 몸은 가벼워진 듯했다. 신이 마련한 대지에서 실컷 자고 난 뒤에 느끼는 상쾌함이었다. 여름 놀이 잔치도, 보트 놀이도, 아니 어제 일어난 모든 일이 몇 달 전에 읽은 소설의 한 장면같이 슬펐고, 반쯤은 멀리 가버린 것처럼 느껴졌다.

나는 꼬박 사흘 동안 집을 떠나 무작정 떠돌아다녔다. 그러면서 문득문득, 고향으로 돌아가 아버지와 함께 마른 풀을 한 짐이라도 더 뜯는 게 옳은 일이 아닌가, 하는 생각도 했다. 물론 그런 일로 고통이 쉽게 가라앉는 것은 아니었다. 나는 시내에 돌아와서도 여류 화가와 만나는 것을 피했다.

그러나 오래 견딜 수 있는 일이 아니었다. 나중에 그 여자를 만나고 그녀가 말을 걸어왔을 때, 나는 그날의 처참함이 목구멍까지 치밀어 오르는 것을 억지로 참을 수밖에 없었다.

사랑할 수 있는
사람은 행복하다

나이가 들고 삶에서 느끼는 조그마한 만족들이 마음을 흡족하게 함에 따라, 기쁨과 삶의 원천을 어디에서 찾아야 하는지 명백해졌다. 나는 연인이 된다는 것은 아무것도 아니며 사랑이 전부라는 것을 깨달았다. 더욱이 현재 우리의 존재를 가치 있고 즐겁게 하는 것은 우리의 느낌 이외에 그 무엇도 아니라는 생각이 든다. 땅 위의 어느 곳에서 보이는 것들이 감각으로 구성되어 있을 때는 '행복'이란 말로 불릴 수 있을 것이다.

돈이나 권력은 아무것도 아니다. 이 둘을 모두 가졌지만 가련한 사람들이 있음을 안다. 아름다움 역시 아무것도 아니다. 멋진 남성과 여인의 아름다움에서도 가련함을 보게 된다. 또한 건강이라는 것도 큰 비중을 차지하지는 않는다. 모든 사람은 자신이 느끼는 것보다 더 건강하고, 병이란 삶에 대한 의욕이 끝나기 직전에 발생한다. 그리고 건강한 사람들은 슬픔에 대한 두려움으로 가득 차서 허약해진다.

행복이란 인간이 격렬한 감정을 느끼고 그러한 감정을 쫓아버리거나 억누르지 않고 행하고 누리는 곳이면 어디에나 있다. 아름다움이란 그 자체를 지니고 있는 사람을 행복하게 하는 것이 아니라, 그것을 숭배할 줄 아는 사람을 행복하게 한다. 겉으로 보기에는 다양한 감정이 있지만 근본적으로는 하나다. 모든 감정은 의지 또는 이러저러한 것으로 불리는데, 나는 그것을 모두 사랑이라 부른다.

행복이란 곧 사랑이며 다른 어떤 것이 아니다. 사랑할 수 있는 사람은 행복하다. 우리들 영혼 속에서 스스로 느끼고, 자신이 살아 있음을 느끼는 움직임이 사랑이다. 또한 많이 사랑할 수 있는 사람은 행복하다. 그러나 사랑과 열망은 같은 것이 아니다. 사랑이란 슬기로워진 욕구다. 사랑은 소유하려고 하지 않는다. 단지 사랑할 뿐이다. 그러기에 철학자 또한 행복하다. 그들은 사고의 그물로써 세계에 대한 자신의 사랑을 표현하고, 자신의 사랑의 그물로써 세계를 영원히 감싸기 때문이다. 그러나 나는 철학자는 아니다.

도의와 덕행으로 향한 길에서 나는 어떠한 행복도 건질 수 없다. 왜냐하면 나의 몸 안에서 스스로 느끼고 깨달아 길러지는 덕행만이 행복하게 만들 수 있음을 알기 때문이다.

하지만 어떻게 그 낯선 덕행을 나의 것으로 만들 수 있을까! 나는 예수가 가르쳤든 괴테가 가르쳤든 간에, 이러한 사랑이 내리는 명령이 세상 사람에게 잘못 이해되고 있음을 알았다.

그것은 전혀 명령이라고 말할 만한 것이 아니다. 그러니까 어떠한 명령도 존재하지 않는다. 명령은 인식한 사람들이 인식하지 못한 사람에게 알려주고, 그렇게 함으로써 인식하지 못한 사람들이 깨닫고 느끼게 되는 진리를 가리킨다. 그것은 잘못 파악된 진리다. 모든 지혜의 근간은 다음과 같다. 오직 사랑을 통해서만 행복이 온다. 내가 단지 '이웃을 사랑하라'고 말한다면, 그건 이미 위조된 가르침이다. 그보다는 아마도 '네 자신을 사랑하는 만큼 네 이웃을 사랑하라'고 이야기하는 것이 더 올바르다고 할 수 있다. 늘 이웃에서부터 시작하려 한다는 점이 근본적으로 잘못된 것이다.

어쨌든 우리 마음속의 가장 내면적인 것은 우리 바깥에 있는 것들과 기분 좋게 조화되기를 열망한다. 그리고 이러한 조화는 어떠한 사물에 대한 우리의 관계가 사랑 아닌 다른 것이 되는 순간 일그러질 것이다. 사랑에는 어떠한 의무도 없다. 단지 행복해야 할 의무가 있을 뿐이다. 덧붙여 우리는 세상에 홀로 존재한다. 모든 의무와 도의와 명령으로는 우리 서로를 행복하게 할 수 없다. 왜냐하면 그러한 것들로는 행복해지지 않기 때문이다. 착해지는 것은 우리 자신이 행복하고 스스로 조화를 이룰 때만 가능하다.

그리고 세계의 불행과 나 자신의 불행이라는 것은 사랑이 방해를 받았다는 데서 기인한다. 이러한 점에서 나는 신약성서의 다음과 같은 구절들의 의미를 깊이 깨닫게 된다.

'너희가 어린아이와 같지 않으면…….' 또는 '하늘나라는 너희 마음속에 있느니…….'

이 말은 세상에 있는 유일한 가르침이다. 예수가, 불타가, 그리고 헤겔이 각각의 신학에서 이 말을 했다. 모든 사람에게 세상에서 가장 중요한 것은 자신의 내면 가장 깊은 곳에 있는 것(자신의 영혼), 즉 사랑할 수 있는 능력이다. 만일 이러한 영혼이 제대로 되어 있어서 기장이나 케이크를 먹을 수 있고 누더기를 걸치고도 보석을 달고 다닐 수 있다면, 세계는 영혼과 순수하게 어우러져 선하고도 질서 있는 소리를 내게 될 것이다.

— 사람에게 자기 자신보다 더 사랑하는 것은 없다. 또한 자기 자신보다 더 두려운 것도 없다. 그래서 신화나 명령, 그리고 미개인들의 종교와 동시에 저 기이한 전달 조직과 가상 조직이 생겨난 것이다. 이것은 개개인에 대한 사랑 뒤에 나타나고 인간들이 금지된 것으로 간주하고 비밀로 여겨지고 숨겨지고 가려져야만 한다고 여긴다. 다른 사람을 사랑하는 것은

자기 자신을 사랑하는 것보다 더 고상하고 선하며 도덕적이라고 간주된다. 그리고 자신을 사랑하는 것은 단지 한때의 충동일 뿐이고 한 번도 올바르게 이루어진 적이 없었다는 점에서, 형식화된 자기 사랑이 상호간의 이웃 사랑이라는 모습으로 나타남을 발견한다.

그래서 가정, 혈통, 마을, 종교, 공동체, 백성, 민족 등이 신성한 것으로 인식되었다. 자기 자신만의 쾌락을 위해서는 아무리 작은 도덕적 방법이라도 허용되지 않았고, 다수를 위해서, 즉 공동체와 민족, 그리고 조국을 위해서 모든 것을 하도록 허용되었으며, 가장 놀랄 만한 것은 이렇게 엄금된 충동이 지금은 의무화되고 신성화되고 있다는 점이다. 그래서 인간성은 오늘날까지도 멀리 떨어져 있다. 어쩌면 민족을 우상시하는 사람들은 시간이 지남에 따라 사라질지도 모른다. 그렇게 되면 완전한 인간성으로 향한, 새로이 발견되는 사랑 안에서 그 옛날의 근원적 가르침이 다시 나타날지도 모른다.

그러한 인식은 천천히 다가온다. 사람들은 나사를 죄듯이 그렇게 인식에 다가선다. 그리고 그러한 인식이 생기게 되면 사람들은 껑충 뛰어서 순간적으로 그것에 이르렀다고 생각할 것이다. 그러나 인식이 삶은 아니다. 그것은 삶으로 향한 길이다. 몇몇 사람들은 그러한 길 위에서 영원히 머무르기도 한다.

나는 느낌과 센티멘털리즘을 배척하거나 증오하지 않는다.

단지 스스로 자문해볼 뿐이다. 만일 우리가 감정을 소유하지 못했다면, 도대체 우리는 무엇으로 고유하고 인간답게 생존할 수 있으며, 삶에서 무엇을 느끼겠는가?

나 자신이 아무것도 느낄 수 없고 내 영혼이 스스로 감동하지 않는다면, 많은 돈과 여러 개의 예금통장과 좋은 양복과 예쁜 여자가 나에게 무슨 소용이란 말인가? 아니다. 다른 사람의 센티멘털을 미워하면서 나의 것을 옹호한다는 것은 사치에 지나지 않는다. 감정, 연약함, 영혼의 급격한 흥분, 그것은 아마 나의 재능일 것이며, 그것 때문에 나는 나의 삶과 다투고 있는지도 모르겠다. 만일 근육의 힘에 의존하여 레슬링 선수나 권투 선수가 되었다면 어느 누구도 나를 능가하지 못하리라. 그러나 나는 근육의 힘을 무엇인가에 종속된 열악한 것으로 간주한다. 만일 내가 머리 회전이 빠른 큰 회사 간부라면 아무도 나를 저능아라고 비웃지는 못할 것이다.

그러나 많은 시인은 가장 젊은 시절을 열망하고, 또한 젊은 시인들은 자신에게서 영혼의 감수성, 자신과 사랑에 빠지는 능력, 그리고 사랑을 불태우고 헌신하는 능력을 찾아내고자 열망한다. 그리고 '감정의 세계'에서 '들을 수 없는 것', 어떤 '신비로운 것'을 경험한다.

— 그러나 진정한 시인이라면, 이러한 능력을 증오해야 하며 부끄러워해야만 한다. 그리고 모든 '센티멘털적인 것'에서

자신을 지켜야만 한다. 이제라도 물론 그렇게 해야만 한다.

그것은 나와 함께하는 것이 결코 아니다. 나의 감성은 지상의 모든 분별력보다 몇천 배나 더 사랑스럽다. 또한 이러한 감수성이 전쟁 기간 동안 판단의 센티멘털리즘과 함께하거나 인간을 살해하는 일에 몰두하는 것에서 나를 굳건하게 지켜주었다.

세계를 꿰뚫어보고, 설명하고, 비웃는 일은 아마도 대단한 사상가나 할 수 있는 일인지도 모른다. 그러나 나에게 유일한 것은 세상을 사랑할 줄 알고, 그것을 냉소하지 않고, 세계와 나 자신을 미워하지 않으며 오히려 사랑과 놀라움, 경외심으로 자신을 포함한 지상의 모든 존재를 고찰하는 일이다.

그와 마찬가지로 사랑의 양만큼 예술도 그러하다. 단지 위대함만을 사랑했던 자는 가장 미천한 것을 갈망했던 자보다 가난하고 열등하다.

사랑이란 놀라운 것이다. 예술도 마찬가지다. 사랑은 모든 교육, 지식, 비판으로는 불가능한 것을 가능케 한다. 사랑은 저 멀리 떨어져 있는 것을 연결한다. 또한 가장 오래된 것과 가장 새로운 것을 나란히 놓는다. 사랑은 시간을 초월한다. 사랑은 모든 것을 자신의 중심으로 향하게 한다. 그리고 사랑은 확실성을 부여하고 정당성을 가진다.

내가 우리 시대를 불신하면 할수록 인류가 점점 더 타락해

썩어간다고 여길 것이며, 이러한 몰락에 혁명이 대두되지 않으면 않을수록 나는 사랑의 마술에 대해 점점 더 숙고하게 된다. 어떤 일에 대해 왈가왈부할 때 침묵하는 것은 이미 무엇인가를 의미한다. 적개심 없이 인간과 제도에 대해 비웃는 것은, 소규모적이고 개인적인 사랑이라는 작은 보탬을 통해 세계에서 사랑의 단점과 투쟁하는 일이다. 노동에 대해 증가하는 신뢰, 더 많은 인내심, 비웃음과 비판에 대한 값싼 복수심의 근절을 통해서 인류의 마이너스적인 것과 싸우는 일이다. 그것은 인간이 가지 않으면 안 될 작은 길이다.

세계와 삶을 사랑하고, 더욱이 고통 속에서도 그것을 사랑하는 일은 모든 태양 광선에 보답하면서 자신을 개방하는 것이고 고통 속에서도 웃음을 잃지 않는 것이다. 모든 진실한 예술이 주는 이러한 교훈은 결코 낡거나 녹슬지 않으며, 더욱이 옛날보다 오늘날 더욱 필요하고 은혜로운 것이리라.

그러한 질문과 울림에 있어 결점은 아마도 다음과 같은 것이리라. 우리가 외부에서 주어진 무언가를 얻고자 한다면, 우리는 자신의 희생과 더불어 자기 내면에 도달하는 것을 가능케 해야 한다.

'우리는 삶에서 어떤 의미를 가져야 한다'고 열망한다. — 그러나 삶 자체는 단지 우리 스스로가 부여한 가능성보다 더 많은 의미를 지니고 있다. 개개의 존재는 삶을 불완전하게 할 뿐이기 때문에, 사람들은 그러한 의문에 대한 위안을 얻기 위해 종교나 철학을 추구하는 것이다.

이러한 질문에 대한 대답은 한결같이 동일한 것으로 귀착된다. 삶은 단지 사랑을 통해서만 그 의미를 획득할 수 있다. 즉 우리가 더 많이 사랑하고 우리 자신을 희생할 능력이 있다면 우리의 삶은 점점 더 의미가 충만해지는 것이다.

그들은 위안을 찾기 위해 자연으로 들어가지만, 곧 실망하고 만다. 왜냐하면 자연은 너무나 '수동적이고 무관심하게' 거기에 놓여 있을 뿐이기 때문이다. 그러나 그들이 자연에 대해 얼마나 많은 관심을 가졌었는가를 생각해보면, 그것은 당연한 귀결일 것이다. 곤충에서부터 나무에 이르기까지 모든 생명체가 싸우고 희생하면서 질서를 유지하고 그 법칙을 준수한다는 사실을, 그들은 결코 보지 못했기 때문이다. 그들은 자연과는 반대로, 자연에게 관심 없이 애착을 가지지 않고 대립한다. 여기에 중요한 문제가 있는 것이다. 나는 그것에 대해 더 말하지 않겠다. 그것은 여러분 스스로가 숙고해보아야 할 문제이기 때문이다.

이기심이 없는 헌신, 관심, 그리고 사랑이 우리를 더욱 풍부하게 하는 반면에, 소유와 권력에 대한 욕구가 우리의 힘을 빼앗아 가고 우리를 더욱 가난하게 한다는 사실은 아주 놀랍고 세상을 살아가는 데 있어 아주 간단한 비밀이다. 그러한 삶의

• 아스코나와 마지오레 호수의 전경, 1918

태도를 인도인들은 잘 알고 있으며 가르쳐왔다. 그리스의 현자, 예수, 수많은 철학자와 시인 또한 그러했다. 그들의 작품은 몇 세기를 지탱해왔지만, 부자와 권력자는 그 시대에만 잠깐 나타났다가 영원히 사라져버렸다.

여러분은 십자가의 예수나 플라톤과 실러, 또는 스피노자와 함께하는 편이 좋을 것이다. 그들 모두가 간직했던 최후의 예지叡智는 권력도, 소유도, 그리고 안다는 그 자체도 아니라 바로 숭고한 '사랑'이었다. 모든 몰아沒我적인 존재로 되는 것, 사랑의 포기, 활동적인 동정 등은 어쩌면 자신을 포기하고 단념하는 일인지도 모른다. 그럼에도 그것은 자신을 풍부하게 하는 과정이며, 위대함에 이르는 길이다. 그 길은 유일하게 전진하는 것이며 하늘로 상승하는 것이다. 이것은 옛 노래에 지나지 않으며, 나는 고약한 가수며 설교자다.

그러나 진리는 오래되어도 소멸하지 않으며 어느 곳에서나 항시 참되게 존재한다. 하나의 진리가 황무지 가운데 설파된다거나, 사람들 마음속으로 숨어버린다거나, 신문에 인쇄되어 나온다 할지라도 진리는 어느 곳에서나 존재한다.

우리가 신약성서 구절들을 신의 계명으로 받아들이지 않고 우리 인간 영혼들의 여러 가지 신비함에 대한, 비범할 정도로 깊은 지식의 언표로 받아들인다면 지금까지 인간의 입에 담긴 말들 중에서 가장 현명한 말, 즉 구약성서에도 이미 씌어 있는 '네 이웃을 네 몸처럼 사랑하라'는 이 말은 모든 처세술과 행복론의 짤막한 개념이다. 우리는 이웃을 우리 자신보다 더 사랑할 수 없다. 그러므로 우리는 이기주의자인 동시에 약탈자이면서 자본가인 동시에 부르주아다.

또 우리가 돈과 권력을 모을 수는 있지만 기쁜 마음으로 가질 수는 없으며, 영혼의 가장 고아高雅하고 아취雅趣 있는 기쁨 속으로 들어가는 문은 우리가 들어가는 것을 허락하지 않고 굳게 닫혀 있다. 혹 우리가 이웃을 우리 자신보다 더 사랑할 수 있게 된다 할지라도, 우리는 열등감과 모든 것을 사랑하려는 욕구로 가득 차 있을 뿐 아니라 자기 자신에 대한 원한과 괴로움으로 가득 차 있는 가련한 악마며 지옥에 살고 있는 셈이다. 그와는 반대로 사랑의 평형, 즉 여기저기 죄를 짓지 않을 수 있는 사람의 능력은 아무에게도 도둑맞지 않는, 자기 자신에 대한 사랑과 또 자신의 자아를 손상시키지 않고 지배하지 않는 다른 사람에 대한 사랑이다. 모든 행복과 지복至福의 신비가 이 말 속에 함축되어 있다. 그리고 우리가 원한다면 이 말을 인도식으로 바꿔볼 수 있다.

'이웃을 사랑하라, 이웃이 바로 네 자신과 한가지이므로!' 이것은 '타트 트밤 아시!tat tvam asi'〔인도의 철학 경전《우파니샤드》에 나오는 말로, '네가 그것이다'라는 뜻〕를 그리스도교적으로 번역한 것이다. 아, 모든 지혜가 이토록 오랫동안 이토록 간단하고 이토록 정확한 언어 형식에 담겨 있었다니! 모든 지혜가 왜 항상 우리의 소유가 되지 못하고 선한 날들인 경우에만 우리의 소유가 되는 걸까?

이 세상에는 사랑에 대한 믿음이 거의 없고 여기저기에서 사랑이 불신과 마주치기 때문에 사랑의 길은 이토록 가기가 힘들다. 이 세상은 부정不正이란 병을 앓고 있다. 또한 사랑과 인도주의와 형제 의식의 결핍으로 훨씬 더 병들어 있다. 무기를 지니고 몇천 명씩 같이 행진을 함으로써 고취되는 형제 의식은 군사적 형식이건 혁명적이건 간에 나로서는 받아들일 수 없다.

한 인간이 자기 자신에게 많은 요구를 한다면 나로서는 그것을 이해하고 시인할 수 있겠지만, 만일 이 요구를 다른 사람에게까지 확장하고 또 자신의 삶을 선을 위한 '투쟁'으로 만들어버린다면 나는 그것에 대한 판단을 단념하지 않을 수 없다. 왜냐하면 나는 투쟁과 전투와 적대 관계를 눈곱만큼도 중요시하지 않기 때문이다. 세상을 변화시키려는 모든 의지가 전쟁과 폭력으로 귀결되며, 또한 이 때문에 그러한 의지가 나를 적대 관계에 휘말려들게 할 수 없음을 알고 있다. 왜냐하면 나는 그러한 의지의 마지막 귀결들을 인정하지 않으며, 또 이 지상의 부정과 악의를 치유할 수 없는 것으로 간주하기 때문이다. 우리가 변화시킬 수 있고, 또 마땅히 변화시켜야만 하는 것은 바로 우리 자신이다. 즉 우리의 조급함, 우리의 이기주의(정신적인 이기주의까지도), 우리의 모욕감, 우리의 사랑과 관용의 결핍, 세상의 다른 모든 변화가 비록 최상의 의도에서 출발했다고 할지라도 나는 그것을 쓸모없는 것으로 간주하고 있다.

부드러움은 딱딱함보다 강하다.
물은 바위보다 강하다.
사랑은 폭력보다 더 강하다.

사랑이 풍부하지 못한 곳에서는 언제나 의심이 싹튼다.

환상과 감정이입 능력은 다름 아닌 사랑의 형식들이다.

내가 여러분에게 하고 싶은 충고가 있다면, 바로 인간을 사랑하라는 것이다. 약한 사람들까지도, 쓸모없는 사람들까지도 사랑하라는 것이다. 그러나 그들을 섣불리 판단하지는 말기를…….

당신이 사랑하는 어떤 책이나 예술 작품을 다른 사람들이 싫어한다고 해서 그들과 맞서거나 그것을 옹호하려고 드는 것은 헛된 일이다. 사람은 자신의 사랑을 마땅히 옹호해야 한다. 그러나 사랑의 대상을 두고 왈가왈부해서는 안 된다. 그것은 아무 쓸모도 없는 일이다. 시인의 책들은 설명이나 옹호를 필요로 하지 않는다. 그것들은 인내심이 있어서 기다릴 수 있다. 그리고 만일 그것들이 어느 정도 가치가 있다면 반드시 살아남게 마련이다.

죽음이 부르는 소리는 사랑이 부르는 소리이기도 하다. 만일 우리가 죽음을 긍정한다면, 삶과 변화의 위대하고 영원한 형식들 가운데 하나로 받아들인다면 죽음은 감미로워진다.

회상

널따란 바위가 폭풍우를 막아주던 구석에서 나는 점심을 먹었다. 검은 빵 사이의 소시지와 치즈 — 심한 바람을 맞으며 몇 시간 동안 산길을 걷고 난 뒤에 샌드위치를 곁들인 첫 번째의 휴식, 그것은 즐거움이다. 무엇에도 비할 수 없는 순수한 소년의 기쁨은 포만감이 들 때까지 먹을 수 있는 즐거움이다.

아마도 나는 내일쯤 율리와 첫 키스를 했던 너도밤나무 숲 속의 한 지점을 지날 것이다. 그 추억은 '화합'이라는 시민 클럽의 소풍에서 이루어졌는데, 나는 율리 때문에 거기에 가입했지만 그 소풍을 갔다 온 날 탈퇴했다.

그리고 일이 잘된다면 아마 모레쯤 나는 그녀를 다시 볼 것이다. 그녀는 헤르셀이라는 부유한 상인과 결혼했다. 세 아이를 낳았다는 소리도 들었다. 그 아이들 중 하나는 그녀를 꼭 닮았고 이름도 '율리'라고 했다. 그 밖에 그녀에 대해 더 알고 있는 것은 없다. 그것이면 충분하다. 그러나 나는 내가 떠난 후 1년 만에 그녀에게 보낸 편지에서, 돈을 벌 가망이 전혀 없으니 나를 기다리지 말라고 썼던 사실을 정확히 기억하고 있다. 그녀는 내가 나와 그녀의 마음을 불필요하게 무겁게 만든다고 답장을 보내왔다. 빠르건 늦건 내가 돌아올 때까지 기다리겠노라고 했다.

그러나 반년 후에 다시 보내온 편지에서, 그녀는 헤르셀을 위해서 자유롭게 되기를 청했다. 그 편지를 받은 나는 슬픔과 분노를 억누르지 못하고 답장을 하지 않았다. 대신 남은 돈으로 서너 마디의 사무적인 말이 담긴 전보만을 쳤다.

인생에서 그렇게 우스운 일이 일어나다니! 그것은 우연 아니면 운명의 장난이거나, 절망의 감정에서 비롯된 일이었다. 사랑의 행복이 깨어지자마자 성공과 승리와 돈이 마치 마법에 걸린 듯 들어왔고, 결코 기대하지 않았던 것들을 장난처럼 아주 쉽게 얻을 수 있었다. 그러나 그것은 가치 없는 일이었다. 나는 운명이 변덕을 부리고 있다고 생각했다. 동료와 함께 이틀 낮, 이틀 밤을 안주머니에 가지고 다니던 은행권을 다 써버릴 때까지 술만 마셨다.

내가 식사 후에 빈 소시지 종이를 바람에 날려버리고, 몸을 외투로 감싸고, 휴식을 취하면서 생각한 것은 나의 사랑 윤리였다. 고상한 눈썹과 커다랗고 검은 눈을 가진 홀쭉한 얼굴, 그리고 너도밤나무 숲 속의 그날을 생각했다. 그녀는 마지못해 천천히 나의 키스를 허락했다. 그러고는 부르르 전율하고 다시 키스를 하고……. 그녀의 속눈썹에는 아직도 눈물이 반짝거리는데 꿈에서 깨어나는 듯이 소리 없이 미소 짓던 그 모습…….

지나버린 일이다! 그러나 가장 멋졌던 일은 키스가 아니고, 저녁때 함께 산책했던 일도 아니고, 비밀스런 행동도 아니었다. 그것은 사랑에 의해 나에게 흐르던 힘이었다. 아주 기쁨에 찬 힘, 그녀를 위해 살고 그녀를 위해 투쟁하며 불 속이나 물 속이라도 함께 갈 수 있을 듯싶던 힘이었다. 순간을 위해 서로 버릴 수 있고, 한 여인의 미소를 위해 몇 년을 희생할 수 있는 것, 그것이 행복이다. 그리고 그것은 내게 있어서 잃은 것이 아니다.

날마다 얼마나 힘이 드는지!
어떤 불로도 나의 몸을 녹일 수 없고
어떤 태양도 더 이상 나에게 미소 짓지 않네.
모든 것이 공허하고
모든 것이 차갑고

연민도 없이

사랑스런 투명한 별들도

나를 절망적으로 바라보네.

내가 마음속에서 경험한 이후로

사랑도 죽을 수 있다는 것을…….

한스 디어람의 수업 시대

1

사람들이 피혁상 에발트 디어람을 제혁공製革工이라고 부른 것은 꽤 오래전의 일이다. 그에게는 많은 기대를 걸고 있는 한스라는 아들이 있었는데, 한스는 슈투트가르트에 있는 중학교에 다녔다. 건장하고 쾌활한 이 젊은이는 그곳에서 세월만 보냈을 뿐 지혜와 명예는 쌓지 못했다. 그는 한 학년 올라갈 때마다 유급을 당했으면서도, 평소 극장에 다니고 저녁마다 맥주를 마시며 방탕한 생활을 즐겼다.

마침내 열여덟 살이 된 그는 매우 의젓한 젊은 신사가 되어 있었다. 그러나 그의 학우들은 아직 수염도 나지 않은 미소년들이었다. 그는 학우들과 보조를 맞추지 않고 공부와는 거리가 먼 건달 생활에서 향락과 공명심의 무대를 찾았고, 그들마저 타락의 길로 끌어들이려 했다. 그러나 그러한 사실은 곧 그의 아버지에게 알려졌고, 마침내 화창한 어느 봄날에 한스는 착잡한 심정이 된 아버지와 함께 게르버사우에 있는 집으로 돌아왔다. 이제 문제는 이 방탕한 아이를 어떻게 처리하느냐 하는 것이었다. 가족회의를 해서 군대에 보내기로 결정했으나, 이미 때가 늦은 봄이었기 때문에 그럴 수도 없었다.

그러나 한스는 자신이 기능사가 될 소질이 있고 흥미도 느끼고 있으니 기계 공장에 견습공으로 보내달라는 요구를 함으로써 가족들을 놀라게 했다. 그에게 이 요구는 무엇보다도 심각한 것이었고, 아울러 그는 자신을 일류 공장들이 있는 대도시로 보내줄 거라는 희망을 마음속에 품고 있었다. 대도시에 가면 근무 시간 이외에 즐길 수 있는 많은 기회가 있으리라고 생각했던 것이다.

그러나 그의 생각은 빗나갔다. 그의 아버지가 그에게 애정 어린 충고와 함께, '소원을 들어줄 의향은 있지만 지금으로서는 일류 공장과 수업 장소는 없어도, 그 대신 유혹의 손길도, 나쁜 길에 발을 들여놓을 염려도 없는 이곳에 당분간 널 붙잡아두는 것이 현명한 조처라고 생각한다'는 말을 했기 때문이다. 훗날 밝혀졌지만, 아버지의 결정이 꼭 옳은 것만은 아니었다. 그러나 그 결정은 아들을 위한 아버지의 따스한 배려에서 나온 것이었다. 이렇게 해서 그는 조그만 고향 도시에서 아버지의 감시 아래 새로운 삶의 길로 접어들겠다는 결심을 하지 않을 수 없었다.

전문 기술자 하거는 그를 흔쾌히 받아주었다. 이제 방종한 이 젊은이는 옴짝달싹하지 못하고 매일같이 여느 철물공들과 마찬가지로 아마로 된 푸른 작업복을 입고 뮨츠 가街에서 아래쪽의 인젤 가로 출근했다. 지금까지 그는 매우 좋은 옷을 입고 사람들 앞에 나서는 데 익숙해 있었기 때문에 이런 작업복을 입고 일하러 다니는 것이 처음에는 고통스러웠다. 그러나 그는 곧 이런 모습에 만족할 줄 알게 되었고, 좀 과장되게 말한다면 자신의 아마 작업복을 마치 가장무도회 복장처럼 입고 다녔다. 그리고 학교에 있을 때는 수업 시간만 되면 멍하니 앉아 있었는데, 지금은 일을 한다는 것 자체가 매우 즐거웠고, 더구나 그 일이 마음에 들었다. 처음에는 그저 호기심을 불러일으키더니 나중에는 공명심을, 그리고 결국에는 그의 마음속에 뿌듯한 기쁨을 불러일으켰다.

하거의 작업장은 강 바로 옆 큰 공장의 언저리에 위치해 있었다. 공장의 기계들을 손질하고 수리하는 일이 이 젊은 기사의 주요한 일거리일 뿐 아니라 주 수입원이었다. 작업장은 좁고 낡은 곳이었다. 하거의 아버지는 불과 몇 년 전까지만 해도 이 작업장을 운영하며 돈을 잘 벌었다. 그는 학교 교육을 전혀 받지 않은 고집스런 수공업자였다. 이제 그의 아들이 작업장을 운영하고 있는데, 아들 역시 고지식할 정도로 엄격한 수공업자인지라 작업장을 확장하고 개조하겠다는 계획은 세웠지만 작은 문제도 시원시원하게 시작하지 못했다.

또 증기 운전, 모터, 기계 공장 건물에 대해 곧잘 이야기하곤 했지만 계속 옛날 방식으로 작업을 해왔고, 영국식 철제 선반 말고는 이렇다 할 새로운 설비를 갖추지도 못하고 있는 형편이었다. 그는 숙련공 두 명, 견습공 한 명과 함께 일했는데 새로 들어올 지원자를 위해 작업대나 나사 바이스vice에 각각 자리 하나씩을 비워두고 있었다. 공원 다섯 명이 자리를 잡고 일하면 이 좁은 작업장은 만원이 되었다. 숙련공들은 작업장을 이리저리 누비고 다니면서 열심히 일하라고 격려의 말을 하지만, 그것은 그저 빈말일 뿐이므로 그 말에 신경을 쓸 필요는 없었다.

기초부터 일을 배우려는 견습공은 겁먹은 얼굴로 고분고분 말을 잘 듣는 열네 살 된 사내아이였다. 신출내기들은 이 견습공에게까지 신경 쓸 필요는 없다고 생각하는 것이 보통이었다. 숙련공들 중 요한 쉼벡이라는 사람이 있었는데, 검은 머리에 수척한 외모의 그는 근검절약하며 열심히 노력하는 사람이었다. 또 한 명의 숙련공은 외모가 준수하고 체격이 건장한

스물여덟 살의 니크라스 트레프츠라는 남자였는데, 그는 주인 하거의 학교 친구였다. 그래서 그는 하거와 말을 놓고 지냈다. 니크라스는 매우 가족적인 분위기로 기사인 하거와 함께 작업장을 이끌어 나갔다. 그는 체격과 풍채가 튼튼하고 준수할 뿐 아니라 기사가 될 소질을 갖춘 영리하고 부지런한 기술공이었다. 그러나 하거는 사람들이 있는 데서는 걱정이 많고 일에 열심인 듯한 태도를 보였으나 실상은 현실에 매우 만족감을 느끼고 있었고, 한스에게서도 짭짤한 재미를 보고 있었다. 한스의 아버지가 아들의 수업료로 꽤 어마어마한 금액을 하거에게 지불했기 때문이다.

한스를 작업 동료로 받아들인 사람들의 겉모습은 이러했다. 적어도 한스의 눈에는 그렇게 비쳤을 것이다. 처음에 그는 새로운 사람들보다도 생소한 일에 훨씬 더 신경이 쓰였다. 그는 톱날 세우는 법, 숫돌과 나사 바이스 다루는 법, 여러 가지 금속을 식별하는 법을 배웠고 불 지피는 법, 망치 휘두르는 법, 줄질하는 법 등을 익혔다. 그는 천공기와 끌을 부러뜨리거나 줄로 거의 못쓰게 된 쇠를 이리저리 갈아보았다. 또한 그을음, 줄밥, 그리고 기계기름으로 온몸이 지저분해졌고 망치에 다치거나 선반에 끼이기도 했다. '이미 장성한 부잣집 아들이니까 일을 시작하는 모양이 저 꼴이지' 하고 쉽게 생각하는 주위 사람들의 묵시적인 조소를 받으면서도, 그는 이 모든 것을 묵묵히 배워 나갔다.

한스는 다른 사람들의 일하는 모습을 주의 깊게 지켜보았으며, 오후 휴식 시간에는 의심나는 것을 기사에게 묻고 그대로 시험해보곤 했다. 얼마 지나지 않아 그는 간단한 일쯤은 솜씨 좋고 쓸모 있게 처리하여, 그에게 거의 기대를 걸지 않았던 하거를 깜짝 놀라게 했다. 또한 그의 솜씨는 하거에게 이득을 안겨주었다.

언젠가 하거가 이렇게 말했다.

"난 당신이 그저 한동안 철물공 행세를 하겠거니 생각했소. 그러나 이대로 계속한다면 당신은 정말 훌륭한 철물공이 될 수 있을 거요."

학교 다닐 때 수업 시간에 듣는 선생님의 칭찬과 꾸지람을 공허한 잡음으로만 여기던 한스는, 자신의 능력을 처음으로 인정받자 굶주린 사람이 맛있는 음식을 한입 가득 베어 물었을 때와 같은 느낌을 맛보았다. 또 숙련공들이 점차로 자신을 인정하면서 멍텅구리를 보는 듯한 시선을 거두었기 때문에, 그는 마음이 홀가분해지고 기분이 좋아졌다. 그래서 그는 자기 주위의 사람들을 마음에서 우러나오는 인간적인 관심과 호기심으로 살펴보기 시작했다.

한스가 제일 마음에 들어 한 사람은 최고참 숙련공인 니크라스로, 그는 영리해 보이는 짙은 금발과 회색 눈을 가진 과묵

한 거인이었다. 얼마간 시간이 지나고서야 비로소 니크라스는 한스의 접근을 허락했다. 그동안 니크라스는 한스에게 한마디 말도 하지 않았으며, 한스에 대해서 불신의 감정을 품고 있었다. 니크라스 다음으로 고참 숙련공인 요한 쇰벡도 마음을 열고 한층 더 친근하게 대해주었다. 그는 한스에게서 이따금씩 담배도 받아 피우고 맥주도 얻어 마셨다. 그리고 더러는 이 젊은이의 호감을 사려고 애썼지만 숙련공으로서의 품위를 잃지는 않았다.

한번은 한스가 자기와 함께 저녁나절을 보내자고 쇰벡을 초대하자, 그는 다소 겸손하게 그 초대에 응하면서 다리 한가운데에 있는 조그마한 벡켄 술집에서 8시쯤 만나자고 했다. 물결치는 소리가 열린 창문을 통해 그들 둘이 앉아 있는 곳까지 들려왔다. 술이 좀 거나하게 취하자 쇰벡은 수다스러워졌다. 그들은 부드러운 붉은 포도주를 마시면서 담배를 피웠고, 쇰벡은 목소리를 낮추고는 하거의 공장에 관한 비밀들을 한스에게 털어놓았다.

쇰벡은 니크라스가 주인 하거를 싫어하고, 하거는 니크라스에게 머리를 숙인다고 했다. 니크라스는 아주 난폭한 사람이며, 옛날 하거의 아버지 밑에서 일할 당시 하거와 싸움을 해서 그를 흠씬 두들겨 패주기도 했다는 것이다. 니크라스는 적어도 일에서만큼은 열심히 일하는 좋은 기술자지만, 작업장

• 카사 카무치에 있는 헤세의 집 전경, 1927

을 제 손아귀에 쥐고 멋대로 휘저으며 땡전 한 푼도 없는 주제에 주인보다 더 허풍을 떤다는 것이었다.

"하지만 그 사람은 임금을 많이 받을 거야."

한스가 말했다. 쇰벡은 웃으면서 자기 무릎을 쳤다.

"아니, 그렇지 않아."

그가 눈짓을 하면서 말했다.

"니크라스 그 사람은 나보다 겨우 1마르크를 더 받을 뿐이야. 거기에는 그럴 만한 충분한 이유가 있어. 마리아 테스톨리니를 아니?"

"인젤 구역에 사는 이탈리아 여자?"

"응, 천민 여자 말이야. 마리아는 이미 오래전부터 니크라스와 교제해왔어. 그녀는 우리 공장 맞은편에 있는 직물 공장에서 일하고 있지. 그녀가 그에게 그리 애착을 느끼고 있다고는 생각되지 않아. 모든 아가씨가 건장하고 키가 큰 그를 좋아하고 있지만, 마리아는 연애라는 걸 특별히 거룩하게 생각하는 여자가 아니거든."

"그런데 임금하고 그것이 무슨 상관이야?"

"임금하고 말이야? 물론 상관있지. 음, 니크라스가 지금 그녀와 교제를 하고 있는데, 만일 그가 그녀 때문에 이곳에 남지 않았더라면 그는 이미 오래전에 훨씬 더 좋은 일자리를 얻을 수 있었을 거야. 그러니 주인에게는 이득이지. 주인은 임금을 더 지불하지 않아. 그리고 니크라스도 마리아 곁을 떠나고 싶지 않으니까 일을 그만두지 않는 거야. 게르버사우에서는 기능공을 쉽게 구하지 못해. 나도 올해까지만 이곳에 있지, 그 이상은 절대 있을 생각이 없어. 그러나 니크라스는 이곳에 아주 자리를 잡고 떠나갈 생각을 하지 않아."

쇰벡이 떠드는 이야기들은 이제 한스의 흥미를 끌지 못했다. 쇰벡은 하거 부인의 가족에 대해서, 또 하거 부인의 결혼 지참금이나 그녀의 아버지가 그 지참금의 나머지를 주지 않으면서 비롯된 결혼 생활의 불화에 대해서 아는 것이 무척 많았다. 한스는 이 모든 이야기를 인내심을 가지고 듣다가 결국 자리를 박차고 일어나고 말았다.

한스는 집으로 돌아오면서 방금 니크라스에 관해 들은 얘기를 생각해보았다. 애인 때문에 출세까지 마다했다고 해서 그를 어리석은 사람으로 간주하고 싶지는 않았다. 오히려 그 사실이 무척 마음에 들었다.

그는 쇰벡이 한 얘기를 전부 다 믿지는 않았지만, 니크라스와 마리아에 관한 것은 믿고 싶었다. 왜냐하면 자신의 생각도 니크라스와 비슷했기 때문이다. 그가 처음 몇 주 동안처럼 그렇게 자신의 새 작업에 대한 노고와 기대에 전적으로 매달리지 않게 된 이후, 조용한 저녁이 되면 애인을 갖고 싶다는 은밀한 소원이 그를 적잖이 괴롭혔다.

학생 시절 그는 이 분야에서 사고가로서의 몇 가지 경험을 쌓았다. 꽤 순진한 것들이었지만……. 그러나 이제 푸른색의 철물공 작업복을 입고 다니는 데다 밑바닥 생활로 전락했기 때문에, 그는 서민의 소박하고 억척스런 생활 풍습을 쫓아가는 것이 좋을 성싶었고 마음이 끌리는 것은 어쩔 수 없었다.

그러나 그 일은 진전될 기미가 보이지 않았다. 누이를 통해서 그가 알게 된 양갓집 아가씨들과는 무도회장이나 공공장소에서만, 그것도 그들의 엄격한 어머니들의 감시 아래에서만 이야기를 나눌 수 있었다. 그리고 한스는 아직까지 수공업자들과 공장주들 사이에서 자신을 그들과 같은 부류로 받아들이게 하는 데까지는 일을 진척하지 못한 형편이었다.

그는 마리아 테스톨리니를 기억해내려고 애썼지만 그럴 수가 없었다. 테스톨리니 집안 사람들은 비참한 빈민가에 사는 복잡한 가족 공동체였으며, 이탈리아 이름을 가진 몇몇 가족들과 함께 무수히 떼를 지어서 인젤 가에 있는 낡고 허름하고 조그만 집에서 살았다.

한스는 소년 시절의 기억을 더듬어보았다. 새해 첫날이나 그 밖의 다른 때에 종종 자기 집으로 동냥하러 오던 조그만 아이들이 우글우글하던 것이 기억났다. 그리고 그는 큰 눈에 가냘프고 까무잡잡한 이탈리아 소녀를 마음속에 그려보았다. 여기저기 누덕누덕 기운, 그리 깨끗하지 않은 옷을 입고 있었던 소녀. 그는 매일같이 작업장 옆을 지나가는 젊은 여공들 가운데 몇몇은 꽤 예쁘다고 생각했다. 그러나 마리아 테스톨리니의 아름다움은 그 여공들과는 비교도 할 수 없었다. 그녀에게는 그 여공들과는 다른 무엇이 있는 것 같았다. 그 후 두 주일도 채 지나지 않아서 그는 예기치 않게 그녀를 알게 되었다.

작업장에 딸려 있는, 거의 무너져 내릴 듯한 몇 개의 창고에는 강 쪽으로 칸막이가 되어 있고 온갖 저장품이 쌓여 있었다. 6월의 따스한 어느 날 오후, 한스는 그곳에서 몇백 개나 되는 쇠막대기의 수를 검산하는 일을 하고 있었다. 그는 반 시간 혹은 한 시간 동안 더운 작업장에서 떨어진 이곳에서 시원한 바람을 쐬면서 일을 하는 것이 한편으로는 유쾌하기까지 했다. 그러면서 그는 가끔씩 쇠막대기의 합계를 검은 나무 벽에 백묵으로 써놓았다. 그는 목소리를 낮추어 흥얼흥얼 수를 헤아렸다. 93, 94……. 그때 웃음 섞인 나지막한 여자의 목소리가 들려왔다.

"95, 백, 천……."

깜짝 놀란 그는 불쾌한 표정으로 홱 뒤돌아보았다. 유리창이 없는 낮은 창문가에서 아주 매혹적인 금발의 아가씨가 가볍게 고개를 숙이고는 그에게 웃음을 보냈다.

"무슨 일입니까?"

그는 수줍게 물어보았다.

"좋은 날씨야."

그녀가 큰 소리로 말했다.

"정말로, 네가 이곳에 새로 들어온 무급 견습공이니?"

"예, 그런데 당신은 누구십니까?"

"지금 나한테 존댓말 쓰는 거니? 그렇게 고상하게 굴어야만 하겠어?"

"응, 괜찮다면 나도 반말을 할 수 있어."

그녀는 창고 안으로 들어와서 이리저리 둘러보더니, 집게손가락에 침을 묻혀 그가 백묵으로 써놓은 숫자를 지워버렸다.

"그만둬, 너 뭐하는 거야?"

그가 소리쳤다.

"너는 이 정도도 암기하지 못하니?"

"백묵이 있는데 왜? 이제 처음부터 끝까지 다시 세야 되잖아."

"오, 그래! 내가 도와줄까?"

"그래, 좋아."

"그 일도 일이지만 나한테는 다른 일이 있어."

"그게 뭔데? 도대체 무슨 말인지 통 모르겠어."

"그래? 그런데 넌 왜 갑자기 거칠게 구니? 좀 다정하게 대해줄 수 없겠어?"

"어떻게 하면 되는 건지 네가 보여주면 그렇게 할게."

그녀는 미소 지으며 그의 곁으로 바짝 다가서더니, 따스한 손으로 그의 머리를 쓸어주고 그의 뺨을 어루만지며 그의 두 눈을 바라보았다. 그로서는 난생처음 겪는 일이라서 가슴이 울렁거리고 눈앞이 어지러웠다.

"넌 귀여운 아이야."

그녀가 말했다.

"너도 그래."

그 역시 이 말을 하고 싶었지만 가슴이 방망이질해서 입이 열리지 않았다. 그는 그녀의 손을 꼭 잡았다.

"아야, 꽉 누르지 마!"

그녀가 나지막이 소리쳤다.

"손가락이 아파."

그러자 그가 말했다.

"미안."

그 순간 그녀는 아주 잠시 동안 숱 많은 금발머리를 그의 어깨에 기대며 상냥하고 부드럽게 그를 올려다보았다. 그러고 나서 조용하고 그윽하게 웃으며, 다정하고 자연스럽게 고개 숙여 인사를 하고는 가버렸다. 그가 문밖으로 달려 나가 그녀의 모습을 찾았을 때, 그녀는 이미 사라지고 없었다.

그 후 한스는 오랫동안 쇠막대기 사이에 머물러 있었다. 처음에는 어리둥절하고 흥분하고 당황해서 아무 생각도 할 수 없었다. 그저 깊은 숨을 내쉬며 앞만 응시할 뿐……. 그러나 곧 마음이 진정되고, 억누를 수 없는 놀라운 환희가 그에게 밀려왔다. 사건이었다.

'이름도 모르는 아름답고 늘씬한 아가씨가 나에게 아양을 떨며 사랑을 속삭이다니! 게다가 나는 속수무책으로 빨려들어서 아무 말도 하지 못하고, 키스도 한 번 제대로 하지 못하다니!'

그런 생각이 온종일 머릿속에서 떠나지 않고 괴롭혀서 그는 은근히 화가 났다. 한편으로 그는 환희에 넘쳐서, 다음에는 오늘처럼 멍청하고 미련하게 굴지 말고 오늘의 아쉬움을 꼭 풀어야겠다고 굳게굳게 다짐했다.

이제 그는 이탈리아 아가씨를 생각하지 않게 되었다. 그보다는 '다음 기회'를 손꼽아 기다렸다. 그리고 그는 시간이 날 때마다 몇 분 동안 작업장 밖으로 나가서 사방을 둘러보았다. 그러나 금발의 아가씨는 나타나지 않았다.

저녁 무렵 그녀는 동료 한 명과 함께 아주 자연스럽고 태연하게 작업장 안으로 들어와서, 직조 기계의 부속인 조그마한 윤철을 갈아달라고 했다. 그녀는 한스를 아는 척하지 않았고, 쳐다보지도 않는 것 같았다. 그 대신 하거와 잠시 농담을 하더니, 부속을 갈고 있는 니크라스에게 다가가서 나지막이 이야기를 나누었다. 그녀는 인사를 하고 나가다가, 문간에 이르러

서야 비로소 뒤를 돌아보고 잠시 따스한 눈길을 한스에게 보냈다. 그러더니 그녀는 이마를 약간 찌푸리며 눈꺼풀을 깜박였다. 그녀의 이러한 행동은 '난 너와 나눈 비밀을 절대로 잊지 않고 있어. 너는 그 비밀을 마음속에 잘 간직해야 돼'라는 무언의 암시인 것 같았다. 그리고 그녀는 떠나갔다.

곧 쉼벡이 나사 바이스를 죄고 있는 한스에게 다가오더니, 입을 삐죽이며 속삭이듯 말했다.

"아까 그 애가 테스톨리니야."

"키 작은 애?"

한스가 물었다.

"아니, 키가 큰 금발 말이야."

그 말을 들은 한스는 나사 바이스 위로 몸을 숙이고는 찍찍 소리가 나고 작업대가 흔들릴 정도로 거칠게 줄질을 해댔다. 그러니까 이것이 연애 사건이란 말인가? 그러면 기만당한 사람은 누구인가? 최고참 숙련공인 니크라스인가, 아니면 한스 자신인가? 그렇다면 이제 어떻게 한담! 그는 사랑이 이렇게 복잡하게 시작되리라고는 생각조차 못 했다. 저녁 내내, 밤늦게까지 그는 다른 아무런 생각도 할 수가 없었다.

처음에 그는 '내가 포기해야겠지'라고 생각했다. 그러나 그는 24시간 내내 어여쁜 아가씨에 대한 순수한 연모의 정에 사로잡혔고, 또 그녀에게 입을 맞추고 그녀의 사랑을 얻고 싶은 욕구를 강렬히 느꼈다. 게다가 여자의 손이 그를 더듬고 여자의 입이 그에게 아양을 떤 것은 이번이 처음이었다.

청춘을 들끓게 만든 사랑의 감정은 이성과 윤리적인 의무에 의한 양심의 가책으로 괴로워했으나, 결코 그 감정이 사그라지지는 않았다. 원하는 대로 잘된다면 한스와 마리아의 사랑은 이루어질 수 있을 것이다.

물론 한스의 기분이 좋을 리 없었다. 그 후 그는 공장 계단에서 마리아를 만나자마자 말을 꺼냈다.

"너, 니크라스와 어떤 관계지? 그 사람이 정말로 네 애인이야?"

"응."

그녀가 웃으면서 말했다.

"그것 말고는 나한테 물어볼 거 더 없니?"

"있어. 네가 그 사람을 사랑한다면 너는 나를 사랑할 수 없어."

"왜 안 돼? 너도 알다시피 니크라스는 내 애인이야. 지금까지 그랬고 앞으로도 그럴 거야. 하지만 난 네가 귀엽고 어린 견습공이기 때문에 너를 좋아해. 너도 알겠지만 니크라스는 엄격하고 무뚝뚝해. 나는 너와 키스하고 싶고 너를 갖고 싶어. 싫으니?"

아니, 그는 싫어하지 않았다. 그는 조용하고 조심스럽게 매혹적인 그녀의 입술에 입을 맞추었다. 키스를 하는 그의 행동이 서툴러서 그녀는 웃었지만, 이해한다는 듯 더욱더 사랑스럽게 그를 안았다.

2

최고참 숙련공이자 하거의 절친한 친구인 니크라스는 지금까지 하거와 무척 의좋게 지내왔고, 집에서나 작업장에서나 사실상 입김이 제일 셌다. 그런데 요사이 두 사람 사이의 우정에 조금씩 금이 가는 것 같더니, 여름이 되면서 하거는 니크라스를 점점 더 냉소적으로 대했다. 때때로 하거는 니크라스에게 자신이 주인임을 과시하는 태도를 보였고, 조언을 구하지도 않을뿐더러 기회가 있을 때마다 이전의 관계로 돌아가고 싶지 않다는 자신의 의도를 분명히 했다.

하거에 대해서 우월감을 갖고 있는 니크라스가 그를 싫어하는 것은 감정적인 이유에서가 아니었다. 처음에 니크라스는 친구가 별난 변덕을 부려 자기에게 쌀쌀맞게 대하는 바람에 무척 놀라기도 했으나, 그저 웃으면서 조용히 감내했다. 그러나 하거가 점점 더 안달하며 변덕을 부리자 니크라스는 그 이유가 무엇일까 하고 세심하게 관찰하기 시작했고, 조만간 친구와 사이가 틀어진 이유를 알게 되리라고 생각했다.

결국 니크라스는 하거와 그의 부인이 서로 등을 돌리고 있다는 사실을 알게 되었다. 하거의 부인이 무척 영리해서 부부싸움을 하는 소리가 바깥으로 새어 나오지 않았을 뿐, 이들 부부는 서로를 피하고 있었다. 부인은 작업장에 한 번도 나타나지 않았고, 하거는 하거대로 저녁때 집에 있는 경우가 드물었다. 쉼벡이 알고 있는 것처럼 이 부부의 불화가 장인이 더 많은 지참금을 내놓지 않은 데서 싹튼 것이건, 혹은 부부간의 문제건 여하튼 집안 분위기는 어두웠다. 부인은 종종 눈물을 흘렸고 하거도 불쾌한 얼굴이었다.

가정의 불화가 자기에게 신경질을 부리고 거칠게 대한 원인이었음을 확신한 니크라스는 하거를 탓하지 않기로 했다. 오히려 니크라스를 은근히 괴롭히면서 울화를 치밀게 하는 것은 하거와 그의 사이가 틀어진 것을 이용하는 쉼벡의 교활함이었다. 즉 최고참 숙련공이 주인의 미움을 사고 있다는 사실을 안 이후로 쉼벡은 바지런히 알랑대면서 하거의 마음을 사려고 애썼던 것이다. 그리고 니크라스는 하거가 쉼벡의 아첨을 받아주고 그를 두둔하는 것이 기분 나빴을 뿐이다.

이러한 불편한 상황에서 한스는 전적으로 니크라스의 편을 들었다. 언젠가 한번 니크라스가 위력적인 힘과 남자다운 기세로 한스에게서 경외감을 불러일으켰기 때문이기도 했다. 아첨꾼 쇰벡은 차츰 한스의 눈 밖에 나게 되었다. 결국 한스는 니크라스에 대한 보상할 길 없는 죄를 자신의 행동으로써 상쇄시킨다는 생각을 하게 되었다.

왜냐하면 테스톨리니와의 성급한 밀회가 몇 번의 키스와 볼을 쓰다듬는 행동을 넘어서지는 않았다 하더라도, 그는 자신이 금지된 길을 가고 있다고 생각했고, 또 양심의 가책을 느끼고 있었기 때문이다. 그래서 그는 더욱더 완강하게 쇰벡의 뒷공론을 거부했다. 또 이러한 태도를 취하는 한스의 마음 한 구석에는 서서히 니크라스에 대한 경탄과 아울러 동정이 자리 잡기 시작했기 때문이기도 했다.

얼마 지나지 않아서 니크라스도 한스의 의도를 알아챘다. 전에는 신참 견습공인 한스에게 거의 신경을 쓰지 않고 그저 양갓집의 망나니 아들쯤으로 생각했는데, 이제 니크라스는 그에게 친근한 눈길을 보내며 말을 걸거나 오후 휴식 시간에 자기 옆에 앉도록 허락하기도 했다. 마침내 어느 날 저녁, 그는 한스에게 함께 나가자고 제의했다.

"오늘이 내 생일이야. 그래서 누군가와 술을 한잔하고 싶거든. 하거는 몹쓸 녀석이고 더러운 쇰벡 녀석은 필요 없고……. 한스, 괜찮다면 오늘 나와 함께 가지. 저녁 식사 후에 가로수 길에서 만났으면 좋겠는데, 어때?"

한스는 뛸 듯이 기쁜 마음으로 나가겠다고 약속했다.

7월 초순의 무더운 저녁이었다. 집에 돌아온 한스는 후다닥 저녁을 먹어치우고는 대충 씻고 급히 가로수 길로 달려갔다. 니크라스는 일요일에 입는 나들이옷을 입고 먼저 와 있었다. 그는 한스가 푸른 작업복을 입고 있는 것을 보고는 부드럽게 나무라듯 물었다.

"아직까지 작업복을 입고 있는 거니?"

급히 서두르느라 그랬다고 한스가 변명을 하자, 니크라스가 웃으며 말했다.

"흔히 하는 말이지, 뭐! 너는 신참 견습공이고 또 오랫동안 그 형편없는 작업복을 입고 다니지 않았으니까 싫지 않은 모양이군. 우리 같은 사람들은 일이 끝난 저녁에 외출할 경우에는 그 옷을 미련 없이 벗어 던져버리지."

그들은 나란히 어둑어둑한 밤나무 길을 걸어 내려가 교외로 나갔다. 가로수 길 끝에 있는 밤나무 뒤에서 갑자기 키가 큰 한 소녀가 나타나서 니크라스의 팔에 매달렸다. 마리아였다. 니크라스는 그녀에게 인사말도 건네지 않고 묵묵히 그녀를 동행시켰다. 니크라스가 오라고 해서 그녀가 온 것인지, 아니면 자발적으로 온 것인지 한스로서는 알 수가 없었다. 한스의 가슴은 두근두근 방망이질하기 시작했다.

"한스도 함께 왔어."

니크라스가 말했다.

"그래요? 신참 숙련공도 함께 오셨군요?"

마리아가 웃으면서 큰 소리로 말했다.

"예, 니크라스가 저를 초대했습니다."

"예, 이이는 좋은 사람이죠. 당신이 이렇게 함께 오시니 참 좋군요. 이렇게 멋있고 젊은 신사 분이!"

"쓸데없는 소리 하지 마! 한스는 내 동료야."

니크라스가 큰 소리로 말했다.

그들은 삼오정Drei Raben이라는 음식점에 도달했다. 그 음식점은 강 바로 옆의 조그마한 유원지에 있었다. 음식점 안에서 마부들이 카드놀이를 하면서 얘기하는 소리가 들렸다. 니크라스가 창문을 통해서 불을 좀 가져다 달라고 주인에게 소리쳤다. 그러고 나서 그는 바깥에 놓인, 널빤지로 만든 많은 탁자 중에서 하나를 골라 앉았다. 마리아는 그의 옆에, 한스와 마주 보는 자리에 앉았다. 음식점 주인이 현관에 걸려 있던 가물가물하는 램프를 가지고 와서 탁자 위에 있는 철사에 걸어 주었다. 니크라스는 고급 포도주 한 병, 빵과 치즈, 그리고 담배를 주문했다.

"여긴 좀 썰렁한데요."

그녀가 실망했다는 투로 말했다.

"우리만으로도 충분해."

니크라스가 조급한 목소리로 말했다.

그는 두꺼운 유리잔에 포도주를 따랐다. 마리아 앞에는 빵과 치즈를 놓아주고, 한스에게는 담배를 건네고는 불을 붙여주었다. 그들은 건배를 했다. 니크라스는 기술적인 문제에 대해 장황하게 늘어놓으며, 옆에 있는 마리아는 안중에도 없다는 듯이 한스와 대화하는 데 열을 올렸다. 그는 한쪽 팔꿈치를 탁자 위에 올려놓고 구부정하게 앉아 있었고, 마리아는 그의 곁에서 의자 뒤쪽으로 바짝 기대앉아 팔짱을 끼고는 태연하고 만족스런 눈으로 한스의 얼굴을 바라보았다. 그녀 때문에 마음이 불편해진 한스는 담배 연기를 자욱하게 내뿜어서 당황한 자신의 모습을 가렸다. 한스는 이렇게 셋이서 한 탁자에 나란히 마주 앉게 되리라고는 미처 생각지 못했다. 그는 자기 눈앞에서 두 남녀가 서로 다정한 행동을 하지 않아서 다행이라 여겼고, 의식적으로 고참 숙련공과 얘기를 나누는 데 몰두하려고 애썼다.

별이 총총한 하늘에는 군데군데 뿌연 구름이 덮여 있었고, 음식점 안은 이야기 소리로 시끌벅적했으며, 또 강물은 나지막이 소리를 내면서 흘렀다. 어스름한 불빛을 받으며 미동도 없이 앉아 있는 마리아는 두 사람의 대화를 흘려들으면서 한스를 뚫어져라 쳐다보았다. 마리아를 쳐다보지는 않았지만 그는 그녀의 시선을 느낄 수 있었다. 그녀의 시선은 그를 유혹하는 듯도 했고, 때로는 조롱하는 듯도 했으며, 또 때로는 날카롭게 관찰하는 것 같기도 했다.

그렇게 한 시간쯤 흘렀다. 대화가 점차 줄어들고 활기가 없어지더니 나중엔 모두 입을 다물고 말았다. 한순간 아무도 말을 하지 않았다.

마리아가 일어났다. 니크라스가 그녀의 잔에 포도주를 따르려 하자 그녀는 잔을 잡아채며 쌀쌀맞게 대했다.

"필요 없어요, 니크라스."

"도대체 왜 그래?"

"오늘은 당신 생일이에요. 말도 않고 키스도 안 해주고……. 옆에 앉은 당신 애인이 잠들 지경이에요. 포도주 한 잔과 빵 한 조각 말고 뭐가 있어요! 내 애인이 돌 같은 남자라니, 멋대가리가 하나도 없어요!"

"어유, 꺼져버려!"

니크라스가 불만스럽게 말했다.

"그래요, 꺼져버려요. 나도 꺼질 테니까. 나를 보고 싶어 하는 사람은 얼마든지 있어요."

니크라스가 벌떡 일어섰다.

"뭐라 그랬어?"

"사실을 말한 것뿐이에요."

"뭐? 그게 사실이라면 어서 모든 사실을 털어놓는 게 좋을걸. 너에게 눈독을 들이는 자가 도대체 누구야?"

"오, 한두 사람이어야 말이죠."

"알고 싶어. 넌 내 거야. 네 꽁무니를 쫓아다니는 녀석은 깡패야. 내가 손 좀 봐줘야 될 놈들일 거야."

"마음대로 해요. 하지만 내가 당신 거라면 당신도 내 거니까 그렇게 우악스럽게 굴지 말아요. 우리는 아직 결혼한 사이가 아니잖아요."

"그래, 마리아. 유감스럽지만 그건 그래. 너도 알다시피 나로서도 어쩔 수 없잖아."

"그럼 좋아요. 좀 더 다정하게 대해주고 그렇게 거칠게 굴지 말아요. 아휴! 한 시간 동안 당신은 뭘 했어요!"

"그래, 알았어. 그러지 말고 우리 한 잔 더 마시고 기분 풀자. 그렇게 하지 않으면 우리가 늘 이렇게 티격태격한다고 한스가 생각할 거 아냐. 어이, 주인장! 포도주 한 병 더……."

한스는 무척 불안했다. 갑작스럽게 싸움이 일어났던 것과 마찬가지로 그렇게 갑작스레 끝나는 것이 그에게는 이상하게 여겨졌다. 그러나 마지막 남은 한 잔을 즐겁고 화목하게 함께 마시는 데는 별로 이의가 없었다.

"자, 건배!"

니크라스는 이렇게 소리치며 두 사람과 잔을 부딪치더니 쭉 들이마셔 잔을 비웠다. 그러고 나서 잠깐 웃고는 평소와 다른 목소리로 말했다.

"자, 내 애인이 다른 사람과 사귀는 날엔 불행한 일이 있을 거라고 여러분에게 말해두고 싶어요."

"바보같이 또 무슨 생각을 하는 거예요?"

마리아가 나지막이 소리쳤다.

"그냥 말해본 것뿐이야."

니크라스는 태연하게 말했다. 그는 편안하게 뒤로 기대앉아 조끼의 단추를 풀더니 노래를 부르기 시작했다.

"한 철물공이……."

한스는 진지하게 생각해보았다. 그는 마리아를 두 번 다시 만나지 말아야겠다고 남몰래 결심했다. 두려워졌던 것이다.

그녀는 집으로 돌아가는 길에 다리 아래쪽에서 멈춰 섰다.

"집에 가는 길인데 같이 가지 않을래요?"

그녀가 말했다.

"자, 그럼."

니크라스는 이렇게 말하더니 한스에게 악수를 청했다.

한스는 인사를 하고 안도의 한숨을 내쉬면서 혼자서 계속 걸어갔다. 이날 저녁, 고통스런 공포가 그의 가슴속을 파고들었다. 고참 숙련공이 마리아와 함께 한 번 더 자기를 놀라게 하면 어떻게 될까 하고, 그는 몇 번이고 마음속에 그려보지 않을 수 없었다.

이런 끔찍한 생각으로 다시는 마리아를 만나지 않겠다는

• 정원으로 가는 문, 1931

결심을 굳히고 나니 마음이 한결 가벼워졌다.

일주일 후 그는 자신이 니크라스에 대한 의협심과 우정 때문에 마리아와의 유희를 포기한 것이라는 생각을 다시 한 번 하게 되었다. 중요한 것은 그가 이제 정말 그 아가씨를 피한다는 사실이었다.

그 후 며칠이 지나서 그는 우연히 그녀와 마주쳤다. 그는 그녀에게 이제 더는 그녀를 만날 수 없다고 서둘러 말했다. 그 말을 들은 그녀는 슬픈 표정을 지었다. 그녀가 그를 꼭 껴안으며 마음을 돌이키게 하려고 애쓰자 그는 마음이 무거워졌다. 그는 키스를 해주지 않고 태연한 척하면서 그녀에게서 벗어

나려고 했지만, 그녀는 그를 놓아주지 않았다. 그러나 불안을 느낀 한스가 니크라스에게 모두 말해버리겠다고 으름장을 놓자 그녀는 버럭 소리를 지르며 말했다.

"안 돼! 그러지 마. 그러면 난 끝장이야."

"넌 그 사람을 사랑하니?"

씁쓸한 기분으로 그가 물었다.

"뭐?"

그녀는 한숨을 내쉬었다.

"바보 같긴, 너를 훨씬 더 사랑한다는 것을 알잖아. 니크라스는 나를 죽일지도 몰라. 그는 그런 사람이야. 그에게 아무 말도 하지 않겠다는 뜻으로 나와 악수해줘."

"좋아, 그 대신 너는 나를 가만히 내버려둔다는 약속을 해야 돼."

"벌써 내가 싫어졌어?"

"그만둬! 난 그 사람을 속이고 싶지 않을 뿐이야. 그럴 수 없어. 이해해줘. 그러니 어서 약속해."

그녀는 그에게 악수를 청했다. 그는 그녀의 눈을 쳐다보지 않고 조용히 떠나갔다. 머리를 가로저으며 그의 뒷모습을 바라보는 그녀의 마음속에서는 분노가 치솟아 올랐다.

'저런 멍텅구리!'

그녀는 이렇게 생각했다.

한스는 이제 다시 고통스런 날들을 맞게 되었다. 마리아에 의해 강렬하게 솟구친 사랑의 욕구를 가라앉히려고 했지만, 오히려 더욱 뜨겁고 강렬하게 솟아나서 채워지지 않는 그리움의 길을 걷고 있었다. 오직 엄격한 일만이 매일매일 고통의 수렁에서 그를 구해주었다. 그러나 불볕더위가 점점 더 기승을 부리자 일을 하면서 느끼는 피로감은 갑절이 되었다. 웃옷을 벗어 던지고 일을 해야 할 만큼 작업장 안은 뜨겁고 무더웠다. 또 지독한 기름 냄새와 코를 찌를 듯한 땀 냄새가 뒤범벅되어 더욱 고통스러웠다.

가끔 한스는 저녁에 니크라스와 함께 도시 위쪽의 시원한 강에 가서 목욕을 했다. 그러고 나서 아주 피곤한 몸으로 침대에 쓰러졌는데, 다음 날 아침 일어나는 데 무지 애먹곤 했다.

쉼벡을 제외한 다른 사람들의 작업장 생활은 고달파졌다. 견습공은 욕을 먹고 따귀를 얻어맞았으며, 주인의 행동은 거친 데다가 또 언제나 흥분해 있었다. 니크라스는 변덕스럽고 성급한 주인의 태도를 참느라고 매우 애썼다. 그러나 그도 차츰차츰 불평을 터뜨리기 시작했다. 얼마 동안은 참을 수 있었지만, 이제 그의 인내심은 다 고갈되고 말았다.

어느 날 오후, 식사를 마친 니크라스가 하거를 마당에 불러세웠다.

"왜 그래?"

하거가 퉁명스럽게 물었다.

"너와 이야기를 좀 하고 싶어서 그래. 너도 그 이유를 알 텐데. 나는 네 일을 하고 있어. 그리고 넌 나에게 얼마든지 그걸 요구할 수 있어. 그렇지?"

"그야 그렇지."

"그런데 너는 내가 무슨 풋내기 견습공인 양 나를 대하고 있어. 네가 갑자기 나를 박대하는 데에는 틀림없이 무슨 까닭이 있겠지. 그렇지 않다면 우리 사이는 언제나 좋을 텐데 말이야."

"나 참, 무슨 말이 듣고 싶어서 그래? 난 평상시와 똑같아. 난 변하지 않았어. 네 생각이 고루할 뿐이야."

"그래, 좋아, 하거. 그러나 일할 때는 그렇지 않아. 그건 엄연히 다른 거야. 이 말만은 너에게 해줄 수 있어. 너는 네 스스로 사업을 망치고 있어."

"그건 네 일이 아니라 내 일이야!"

"그 말은 참 유감스럽군. 이젠 더 말하고 싶지도 않아. 아마 언젠가는 저절로 알게 될 날이 있겠지."

니크라스는 그 자리를 떠났다. 현관 앞에서 그는 쉼벡과 마주쳤다. 쉼벡은 그들의 얘기를 엿듣고 있었던 것이다. 쉼벡은 그를 보고 씩 웃었다. 니크라스는 그 녀석을 두들겨 패주고 싶은 기분이었지만 자제하고 조용히 그의 곁을 지나갔다.

이제 그는 하거와 자신의 사이가 불편해진 데에는 나름대로 어떤 이유가 있다는 것을 깨닫게 되었다. 그래서 그는 그 실마리를 풀어보기로 결심했다. 물론 이런 상황에서는 계속 일을 하기보다는, 오늘 당장에라도 그만두면 속이 시원할 것이다. 그러나 그는 마리아 때문에 게르버사우를 떠날 수 없었고, 또 떠나고 싶지도 않았다.

그와 반대로 하거는 니크라스가 일을 그만두게 되면 손해를 볼 것이 틀림없는데도 그를 붙잡아두는 일에 신경을 쓰지 않는 것 같았다. 1시가 되자 니크라스는 서글프고 분통이 터졌지만 작업장 안으로 들어갔다.

오후에 작업장 맞은편에 있는 직조 공장에서 가볍게 수리할 일이 있었다. 그곳의 공장주는 개조한 몇 대의 낡은 기계로 하거와 관련된 실험을 하고 있었기 때문에 빈번하게 수리할 일이 생겼던 것이다. 전에는 기계를 수리하고 변경하는 일들 대부분을 니크라스가 도맡아서 했었다.

그러나 요즘은 하거 혼자서 그 일들을 처리했다. 그리고 조수가 필요할 경우에는 쉼벡이나 견습공을 데리고 갔다. 니크라스는 이러한 처사에 대해서 이의를 제기하지 않았지만, 자신에 대한 불신의 징표인 것 같아서 감정이 상했다. 그는 그 공장으로 일하러 갈 때마다 그곳에서 일하고 있는 마리아를 만나곤 했다. 그래서 지금 그는 그녀 때문에 그 공장의 일을 했다는 소리를 듣고 싶지 않았으므로 그 일을 하겠다고 나서지 않았다.

오늘도 하거는 니크라스에게 작업장을 맡겨두고 쉼벡과 함께 직조 공장으로 갔다. 한 시간쯤 지나서 쉼벡이 몇 가지 공구를 가지고 돌아왔다.

"어떤 기계들이었어?"

그 공장 일에 흥미를 느낀 한스가 물었다.

"창가 쪽 모퉁이에 있는 세 번째 기계였어."

쉼벡은 이 말을 한 후 니크라스 쪽을 쳐다보았다.

"하거는 사람들과 얘기를 하느라고 정신이 없었기 때문에 일은 나 혼자서 전부 해야 했어요."

니크라스는 귀가 솔깃해졌다. 왜냐하면 마리아가 그 기계 앞에서 일을 하고 있었기 때문이다. 그는 하거가 누구와 얘기를 나누었는지 묻고 싶었지만 꾹 참고 쉼벡과 상대하지 않으려고 했다. 하지만 의지와는 다르게 궁금했던 물음이 그의 입에서 튀어나왔다.

"누구하고? 마리아하고?"

"바로 맞혔어요."

쉼벡이 웃으며 말했다.

"하거는 그녀에게 몹시 치근덕거렸어요. 그녀도 뭐 싹싹하게 굴었으니 이상할 건 없지요."

니크라스는 그 말에 대꾸하지 않았다. 그는 쉼벡의 입을 통해서 마리아에 대한 얘기를 듣고 싶지 않았던 것이다. 그는 다시 세차게 줄질을 해댔다. 줄질을 하지 않을 때는 온 신경을 쏟아 자기 일에 열중하는 것처럼 꼼꼼하게 측정기로 측정하는 척했다. 하지만 그는 딴생각을 하고 있었다. 마리아에 대한 고약한 의심이 그를 괴롭혔고, 또 생각하면 할수록 점점 더 과거의 모든 일이 자기가 의심했던 것과 들어맞는 듯했다. 하거는 마리아의 꽁무니를 쫓아다녔고, 그 때문에 항상 하거가 직접 그 공장에 갔으며, 니크라스 자신이 가는 것을 결코 용납하지 않은 것처럼 생각되었다. 또 그래서 하거는 이해할 수 없을 정도로 거칠고 과격하게 자신을 대했던 것이다. 니크라스는 질투심이 생겼다. 그래서 일자리를 그만두고 이곳을 떠날 생각까지 해보았다. 그러나 지금 당장은 떠나고 싶지 않았다.

저녁때 그는 마리아의 집으로 갔다. 그녀는 집에 없었다. 그는 집 앞에 있는 벤치에서 저녁 시간을 보내고 있는 청춘 남녀들 틈에서 밤 10시까지 그녀를 기다렸다. 그녀가 오자 그는 함께 집으로 올라갔다.

"기다리셨어요?"

계단을 오르던 도중에 그녀가 물었다. 그러나 그는 대답하지 않았다. 그는 아무 말 없이 그녀의 방까지 뒤따라갔고 문을 닫았다.

그녀가 돌아서서 물었다.

"무슨 일 있어요?"

그는 그녀를 쳐다보았다.

"어디서 오는 거야?"

"리나와 크리스티아네하고 함께 있었어요."

"그래?"

"그러는 당신은?"

"저 아래에서 기다렸어, 너와 얘기 좀 하려고."

"왜 또 이러는 거예요! 좋아요, 얘기해요."

"하거 때문이야. 그 녀석이 네 뒤를 쫓아다닌다는 걸 알고 있어."

"하거, 그 사람이요? 어머, 맙소사. 그 사람은 결부시키지 말아요."

"그럴 수 없어. 이유가 무엇인지 알고 싶어. 너희 공장에 무슨 일이 생기면 그는 언제나 자기가 직접 가지. 그리고 오늘도 그는 오후 내내 기계 앞에서 너와 함께 있었어. 그와 무슨 일이 있었는지 어서 말해봐."

"그는 아무 짓도 하지 않았어요. 잡담을 좀 했을 뿐이에요. 당신이 그의 그런 행동까지 못 하게 할 수는 없어요. 당신이 그런 걸 문제 삼는다면 전 견딜 수 없을 거예요. 유리 상자 속에 갇혀 있는 것하고 뭐가 다르겠어요!"

"농담하는 게 아냐. 그가 네게 뭐라고 지껄였는지 알고 싶어."

그녀는 따분하다는 듯 한숨을 내쉬더니 침대에 주저앉았다.

"하거는 아무 상관 없어요."

그녀는 초조한 나머지 소리쳤다.

"그 사람과 무슨 일이 있을까봐 그래요? 그는 나한테 반했는지 조금 치근거렸을 뿐이에요."

"넌 왜 그 녀석의 따귀를 갈겨주지 않았지?"

"맙소사, 차라리 당장에 그를 창밖으로 집어던지라고 하지 그래요! 얘기하게 그냥 내버려두고 그를 비웃었어요. 오늘 내게 브로치를 선물하고 싶다고 하기에……."

"뭐라고? 그래서 넌 뭐라고 말했지?"

"난 필요 없으니 부인에게나 갖다주라고 했어요. 이제 다 끝난 일이에요. 그런 데 너무 신경 쓰지 말아요."

"알았어, 알았어. 그럼 잘 자. 난 돌아가겠어."

그는 더 지체하지 않고 그곳을 떠났다. 그녀의 말을 못 믿는 것은 아니지만, 그래도 뭔가 께름칙했다. 그녀의 태도에서 자신을 두려워하고 있다는 느낌을 떨칠 수 없었기 때문이다. 그녀 곁에 있는 동안은 그녀의 말을 믿을 수 있었다. 그러나 그녀 곁을 떠나 이렇게 길을 걸으며 다시 생각해보면 믿음이 가지 않았다. 마리아는 허영심이 많으며 달콤한 말들을 듣고 싶어 하고 어렸다. 하거는 사장이고 돈도 많다. 평소에는 구두쇠라도 그녀에게 브로치를 선물할 수는 있지 않을까 싶었다.

니크라스는 한 시간가량 골목길을 이리저리 돌아다녔다. 창문의 불이 하나둘 꺼져갔고, 마침내 불을 켜놓은 곳은 술집들밖에 남지 않았다. 그는 정말 나쁜 일은 없었으리라고 생각하려고 애썼다. 그러나 그는 미래가, 하거와 함께 일하고 얘기해야 하는 그 모든 날이 두려워졌다. 하거 녀석이 마리아의 꽁무니를 쫓아다닌다는 것을 알게 된 마당에 이제 어떻게 할 것인가?

피곤하고 심란한 마음으로 그는 술집에 들어가서 맥주 한 병을 주문했다. 벌컥벌컥 들이켜며 마음을 진정시키려 노력했다. 그는 아주 화가 나거나 특별히 기분 좋을 때 말고는 좀처럼 술을 마시지 않았다. 그가 술에 만취해본 지도 거의 1년은 된 것 같았다. 이제 그는 반쯤은 무의식 상태인 자기 자신을 술에 내맡겼다.

그가 술집에서 나왔을 때는 굉장히 취해 있었다. 하지만 이런 상태로 자기가 세 들어 있는 하거의 집으로 가고 싶지는 않았다. 그는 가로수 길 아래쪽에 목초지가 있다는 것을 알았다. 그는 비틀거리며 그곳으로 가서 수북이 쌓아놓은 건초 더미에 몸을 던졌다. 그러고는 금방 잠이 들었다.

3

다음 날 아침, 니크라스가 피곤하고 창백한 얼굴이긴 하지만 제시간에 작업장으로 들어섰을 때, 하거는 쉼벡과 함께 그곳에 와 있었다. 니크라스는 잠자코 자기 자리에 가서 일거리를 손에 잡았다. 그러자 하거가 그에게 소리쳤다.

"그래, 드디어 오셨구먼?"

"다른 때와 마찬가지로 난 오늘 1분도 안 틀리고 정각에 나왔어."

니크라스는 애써 태연한 척하면서 말했다.

"그런데 밤새 어디서 잤어?"

"그게 너하고 무슨 상관이야?"

"난 그걸 알 권리가 있어. 너는 내 집에 살고 있고, 나는 집안의 질서를 유지해야 해."

니크라스는 큰 소리로 웃었다. 이제 그는 앞일이 어떻게 되든 아무 상관 없었다. 그는 하거의 어리석은 독선을 비롯한 모든 것에 신물이 났다.

"왜 웃는 거야?"

화가 치민 하거가 소리쳤다.

"하거, 난 웃지 않을 수 없어. 난 우스운 얘기를 들으면 웃음을 참지 못해."

"뭐가 우습다는 거야? 정신 차려!"

"어쩌면 네 말이 맞겠지. 하거 기사님, 질서라는 말, 너 그 말 한번 잘했다. 난 집안에서 질서를 지키고 싶어. 그러나 정작 너 자신은 지키지도 못하면서 질서에 대해 이러쿵저러쿵하는 게 웃기지 않아?"

"뭐? 무슨 소릴 하는 거야?"

"집안에 질서가 없다는 말 말이야. 너는 우리하고 언쟁을 하고, 별것도 아닌 사소한 일에도 예민하게 반응하지. 한 예로 네 부인과의 관계만 봐도 그래."

"그만! 개자식, 네 녀석은 개자식이야."

하거는 벌떡 일어나 니크라스 앞으로 달려와서 위협적인 기세로 마주 섰다. 그러나 하거보다 세 배나 더 힘이 센 니크라스는 다소 다정한 눈길로 그를 쳐다보았다.

"조용!"

니크라스는 천천히 말했다.

"말을 할 때는 공손해야지. 방금 전에 네가 내 말을 가로막았지. 너의 부인을 내가 유감스럽게 생각한다고 해도 네 부인은 물론 나하고는 아무런 상관이 없겠지."

"주둥이 닥쳐! 그렇지 않으면……."

"내가 술에 취해 보인다면 나중에 얘기할까? 내 분명히 말해두겠는데, 네 부인은 나와 아무런 상관이 없어. 또 네가 공장 아가씨들의 꽁무니를 쫓아다닌다고 해도 그것 또한 나와는 아무런 상관이 없어, 이 색골아! 그러나 마리아는 나와 상관이 있어. 너도 그 사실은 나만큼 잘 알고 있을 거야. 만일 네가 그녀에게 손이라도 까딱하는 날에는 넌 비참할 정도로 당할 테니까 각오하고 있어. 자, 이제 내 얘기는 끝났어."

하거는 분한 나머지 얼굴이 하얗게 질렸다. 그러나 감히 니크라스의 멱살을 붙잡지는 못했다.

그러는 사이에 한스와 견습공이 작업장 문간에 와 있었다. 상쾌한 아침에 작업장 안에서 고함 소리와 험상궂은 말들이 터져 나오는 것에 대해 그들은 이상스럽게 생각했다. 하거는 자신의 추잡한 일이 드러나지 않도록 해야겠다고 생각했다. 그는 떨리는 목소리를 진정시키려고 잠시 동안 숨을 삼키더니 큰 소리로 침착하게 말했다.

"그럼 이제 됐어. 넌 다음 주 안으로 일을 그만둬도 좋아. 벌써 새 견습공이 들어오기로 되어 있거든. 자, 들어와서 어서들 일을 시작해."

니크라스는 고개를 끄덕일 뿐 대답은 하지 않았다. 그는 조심스럽게 번쩍번쩍 광택이 나는 회전축을 돌려서 선반 안으로 넣고는 선반 끌을 시험해보더니, 다시 회전축을 돌려서 선반 끌을 끄집어내어 숫돌이 있는 곳으로 가지고 갔다.

다른 사람들도 역시 자기 일에 열중했다. 오전 내내 작업장에서는 말도 몇 마디 오가지 않았다. 휴식 시간이 되자 한스는 최고참 숙련공 니크라스를 찾아가, 정말 이곳을 그만둘 것인지 나지막이 물어보았다.

"물론."

니크라스는 짧게 말하더니 홱 돌아섰다.

정오에 그는 식사도 하지 않고 창고에 있는 대팻밥 자루에 누워 잠을 잤다. 오후가 지나자 그가 해고됐다는 소식은 쉼벡의 입을 통해서 직조 공장 노동자들의 귀에까지 흘러 들어갔고, 마리아는 한 친구에게서 그 소식을 듣게 되었다.

"얘, 니크라스가 떠난대. 해고당했대."

"니크라스? 그럴 리 없어!"

"틀림없어. 쉼벡 그 사람이 무슨 중대 사건인 양 여기저기 떠들고 다니던데? 그 사람 참 안됐다, 그치?"

"그래, 아마 사실일지도 몰라. 하거는 과격한 사람이야. 벌써 오래전부터 그 사람은 나와 가까워지고 싶어 했어."

"내가 그 사람 손에다 침을 뱉어버리겠어. 결혼한 남자와 연애를 해서는 안 돼. 그건 바보 같은 짓이야. 앞으론 아무도 너와 사귀지 못하게 할 거야."

"그건 대수로운 일이 아니야. 난 열 번이라도 결혼할 수 있어. 감독하고도! 내가 맘만 먹는다면……."

그녀는 하거와의 일은 되어가는 대로 그냥 내버려두기로

했다. 그동안 그는 그녀의 호감을 얻었다. 젊은 한스 역시 니크라스가 떠나가버리면 그녀를 차지할 생각을 했다. 한스는 친절하고 활기차며 매너가 매우 좋았다. 그녀는 그가 갑부의 아들이란 사실에 대해서는 생각지 않았다. 돈이라면 하거와 다른 사람에게서 얼마든지 받을 수 있었다. 그녀는 별다른 조건 없이 신참 견습공을 좋아했다. 그는 예쁘장하고 힘이 셌지만 아직 소년티를 못 벗은 얼굴이었다.

그녀는 니크라스가 마음에 걸렸다. 그가 떠나가기 전까지 하루하루를 두려움 속에서 보냈다. 그녀는 니크라스를 사랑해왔고, 아직도 그가 굉장히 의젓하고 멋있다고 생각했다. 하지만 그는 생각이 고루한 데다 쓸데없는 일에 집착하고 끊임없이 결혼을 꿈꾸더니 요즘에는 질투심까지 내보여서, 그를 잃는다 해도 크게 아쉬울 것 같지는 않았다.

저녁이 되자 그녀는 하거의 집 근처에서 니크라스를 기다렸다. 그는 저녁 식사를 마치자 곧 집에서 나왔다. 그를 본 그녀는 인사를 하고 그의 팔짱을 꼈다. 그들은 천천히 교외로 산책을 나갔다.

"그 사람이 당신을 해고했다는 게 사실이에요?"

그가 그 얘기를 꺼내지 않자 그녀가 물었다.

"그래, 너도 벌써 알고 있었어?"

"예, 그래서 어떻게 할 생각이에요?"

• 브리오네와 마지오레 호수의 전경

"에스링으로 가겠어. 그곳에 일자리가 있을 거야. 만약 일자리가 없으면 이리저리 돌아다녀야겠지."

"제 생각은 하지 않는군요?"

"이만저만 생각한 게 아냐. 나는 네가 나와 함께 꼭 가리라고 생각해."

"그래요, 일만 잘된다면요."

"대체 뭐가 문젠데?"

"아유, 좀 차분히 생각해보세요. 유랑인들처럼 여기저기 떠돌아다닐 수는 없잖아요."

"그건 그래. 하지만 내가 일자리를 얻는다면……."

"당신이 일자리를 얻는다면 그럴 수 있죠. 언제 떠날 거예요?"

"일요일에."

"그럼 그곳에 가서 일자리를 구하게 되면 저한테 편지를 보내주세요. 그때 우리 다시 만나요."

"그러면 바로 뒤따라와야 돼, 알았지?"

"아니요, 우선 그곳 일자리는 좋은지, 또 머무를 수 있는 곳인지 잘 알아봐야 해요. 그리고 당신 일이 잘되면 내가 일할 자리도 알아봐야죠. 그렇죠? 그런 다음 제가 가서 당신을 위로해줄게요. 우리, 잠시 동안만 참으면 돼요."

"그래, 노래 가사에도 있듯이……. '젊은 견습공들에게 필요한 게 무엇일까요? 그건 인내, 인내, 인내!' 빌어먹을! 하지만 네 말이 맞아. 그건 사실이야."

그녀는 그가 자신을 굳게 믿게 하는 데 성공했다. 그녀는 좋은 말들을 있는 대로 다 해주었다. 언젠가 그를 따라간다는 생각은 하지 않았지만, 당분간만이라도 그에게 희망을 심어주어야만 했다. 그렇지 않으면 그가 떠나기 전 얼마 동안은 참기 어려울 것이다. 그녀는 그를 진심으로 떠나보내야겠다고 마음먹으면서, 그가 에스링이나 혹은 다른 곳에서 자신을 금방 잊고 다른 여자를 찾을 거라고 확신했다. 그러면서도 그녀는 가슴 한구석에서 일어나는 이별의 뭉클함을 느꼈다. 그 어느 때보다도 그녀는 더 상냥하고 다정하게 그를 대했고, 그는 만족스러워했다.

그러나 마리아와 함께 있던 시간이 지나고 그가 집에 돌아와서 침대에 걸터앉자마자, 그녀에 대한 모든 신뢰는 바람처럼 사라져버렸다. 그는 다시 불안에 휩싸여 괴로워했다. 자신이 해고됐다는 소식을 듣고도 그녀가 전혀 슬퍼하지 않았다는 생각이 퍼뜩 그의 머리를 스쳐 갔다.

그녀는 그가 해고된 것에 대해 전혀 걱정하지 않았고, 또 그가 이곳에 계속 머물 수는 없는지 물어보지도 않았던 것이다. 그가 이곳에 머무를 수는 없지만, 그래도 그녀는 그것을 물어봤어야 했는데……. 그에게는 그녀의 계획이 불확실하게 여겨졌다.

그는 오늘 에스링에 보낼 편지를 쓰려고 했다. 그러나 이제 그의 머리는 텅 비었고, 서글펐다. 갑자기 피로가 엄습해와서 그는 옷을 입은 채 잠이 들 것 같았다. 일어서서 옷을 벗고 별 생각 없이 침대에 누웠다. 하지만 그는 편안한 밤을 보내지 못했다. 며칠 전부터 좁은 강기슭에 감돌던 후텁지근한 기운은 갈수록 더해지고 하늘에서는 계속 번개가 쳤다. 뇌우나 소나기가 시원한 바람을 몰고 올 기미는 전혀 보이지 않았다.

아침이 되자 니크라스는 몸도 피곤하고 뭔가 모르게 만족스럽지 못한 기분이었지만 정신만은 말짱했다. 또한 어제의 굳은 결심은 거의 사그라지고, 대신 고향을 떠나면 애처롭게 향수에 빠질 것 같은 예감이 그의 가슴을 죄어오기 시작했다.

저녁때가 되자 일을 마치고 집으로 돌아가는 기사, 숙련공, 견습공, 남녀 공원의 모습이 오늘따라 눈에 띄었고, 그들 모두는 고향과 집이 있다는 데 큰 기쁨을 느끼는 것 같았다. 그러나 그는 자신의 의지와는 상관없이 마음에 드는 일자리와 아늑한 고향을 떠나 다른 곳으로 가야 했고, 고향에서는 당연하게 소유하던 것을 타향에서 얻으려고 고심해야 할 형편이었다.

니크라스는 마음이 여려졌다. 그는 성실하고 묵묵히 자신의 일에 몰두했고, 하거나 쇰벡에게까지 다정하게 아침 인사를 했다. 하거가 자신의 곁을 지나갈 때면 거의 도망가듯 행동하는 것을 그는 보았다. 그는 매순간 '하거는 어제 나한테 일을 그만두라고 말한 것을 후회하고 있을 거야. 오늘은 내가 이렇게 고분고분하게 굴고 있으니까 해고 결정을 취소할 거야' 하고 생각했다. 그렇지만 하거는 그와 눈길이 마주치는 것을 피했고, 또 마치 니크라스가 이미 자신의 작업장에 소속되어 있지 않은 듯이 행동했다. 한스만은 그래도 그의 편이었다. 그러나 니크라스에게는 아무런 도움이 되어주지 못했다.

저녁때 니크라스는 슬프고 우울한 마음으로 마리아를 찾아갔다. 그러나 그녀 또한 그에게 아무런 위안을 주지 못했다. 그녀는 애교를 떨고 듣기 좋은 말들을 하면서 그를 애무했지만 그가 일을 그만두고 이곳을 떠나는 것은 이미 결정된, 변경할 수 없는 일이라고 아주 태연스럽게 말했다. 그리고 그가 위안을 얻었던 몇 가지 계획들에 대해서 얘기를 꺼내자, 그녀는 자신이 직접 제안한 것임에도 불구하고 별로 탐탁지 않게 여겼으며, 그 계획의 일부는 벌써 잊어버린 듯이 보였다. 그는 밤새도록 그녀와 함께 있고 싶었지만 생각을 바꾸어 마리아의 집에서 나왔다.

그는 슬픔에 잠겨 목적도 없이 이리저리 거리를 방황했다. 그는 고아였기 때문에 어린 시절을 낯선 사람들의 집에서 보냈다. 바로 지금 그때 살았던 교외의 조그만 집을 보자, 학창 시절과 견습공 시절의 아름다웠던 일들이 주마등처럼 머리를 스쳤다. 하지만 그때 일들은 이제 돌이킬 수 없는 머나먼 추억으로 접혀 있고, 아련한 추억만이 그의 가슴을 뭉클하게 했다. 그는 평소와 달리 이렇듯 감정의 동요에 탐닉하는 자신이 혐오스러웠다. 그는 담배 한 대를 피워 물고 아무 걱정도 없다는 듯이 공원의 술집으로 들어섰다. 직조 공장 노동자 몇 명이 그를 알아보았다.

"웬일이야, 이별식을 하려는 건가. 한잔 사지 않겠어?"

한 사람이 얼큰히 취해서 그를 향해 소리쳤다.

니크라스는 웃으면서 몇 명의 사람들 틈에 끼여 앉았다. 그는 자리를 함께한 사람들 전부에게 반 리터들이 맥주를 두 잔씩 사겠다고 약속했다.

"친절하고 인기 있는 자네가 떠난다니 정말 안됐구먼. 끝까지 이곳에 머무를 수는 없겠나?"

누군가 그를 위로하려는 듯 말을 건네왔다. 그런 말에 기운을 얻은 듯 그는 해고당한 것이 아니라 스스로 그 공장을 그만둔 것처럼 행동했고, 또 이곳을 떠나 다른 곳에 가면 더 좋은 일자리를 얻을 거라고 으스대며 자랑했다. 사람들은 이제 노래를 부르고 잔을 부딪치면서 점점 더 소란스러워졌다. 니크라스는 전혀 그럴 기분이 아니었지만 애써 큰 소리로 떠들고 유쾌한 척하면서 휩쓸려들었다. 그러나 마음속으로는 자신의 행동이 부끄러웠다. 하지만 그는 괜히 쾌활한 척하고 싶었고, 또 객기를 부려 가게에 가서 친구들에게 줄 여송연 열두 개비를 샀다.

그가 다시 술집으로 들어섰을 때, 그는 같이 술을 마시던 친구들이 자신의 이름을 들먹이는 소리를 들었다. 그곳에 앉아 있는 대부분의 친구들은 약간 술에 취해 있었고, 얘기를 할 때는 탁자를 두들기면서 배꼽이 빠질 정도로 웃어댔다. 니크라스는 사람들이 자기 얘기를 하고 있다는 것을 알아차리고 나무 뒤에 몸을 숨겼다. 그는 자기 얘기로 터져 나온 것 같은 시끌벅적한 그들의 웃음소리를 듣자 신이 나서 떠들던 기분이 사그라들었다. 어둠 속에서 그는 씁쓸한 기분으로 자신에 대한 얘기를 주의 깊게 엿들었다.

"그 친구 참 바보구먼."

아까 니크라스를 위로해주던 사람들 중 한 명이 말했다.

"하지만 하거는 더 바보일 거야. 니크라스 그 사람은 이번 기회에 이탈리아 여자의 품에서 벗어나게 될 거라고 기뻐하고 있는 모양이야."

또 다른 사람이 말했다.

"자넨 그 사람을 잘 모르는구먼. 그 사람이 찰거머리처럼 그 여자를 쫓아다니는걸. 그렇게 우둔하니까 일이 어떻게 되어 가는지도 모르지. 나중에 한번 시험해봅시다. 그리고 은근히 그의 심중을 떠봅시다."

"조심해, 니크라스의 기분이 상할 거야."

"아, 그 사람은 전혀 낌새를 못 채고 있어. 어제 저녁에 그는 그 여자하고 산책을 했어. 그리고 그가 자기 집에 들어가 잠자리에 들자마자 하거가 그녀의 집으로 가서 그녀와 함께 나가던데. 그 여자는 사람을 안 가리고 누구하고도 사귀거든. 그녀가 오늘은 누구를 자기 집에 들일지 그게 알고 싶을 뿐이야."

"그래, 그 여자는 신참 견습공인 한스하고도 사귀어왔어. 그 사람, 틀림없이 철물공이 될 것 같던데."

"그 사람은 돈이 있으니까! 하지만 한스가 그 여자하고 사귄다는 소리는 못 들었는데. 자네가 직접 봤나?"

"그야 물론이지. 언젠가는 계단에서 키스를 하는 걸 봤는데 아주 꼴불견이었어. 그 어린 녀석도 때가 되니까 할 짓은 다 하더라고. 그 여자랑 똑같지 뭐!"

니크라스는 맥이 확 풀리면서 절망감에 빠졌다. 그는 그 사내들에게 달려가서 한바탕 호통을 치고 싶었지만 꾹 참고 조용히 그 자리를 떠났다.

한스도 지난 며칠 동안 잠자리가 뒤숭숭했다. 여자 생각, 작업장 사람들의 짜증, 그리고 후텁지근한 더위가 그를 괴롭혔다. 그는 작업장에 지각하는 일이 종종 있었다.

그다음 날이었다. 그가 급히 커피를 마시고 서둘러 계단을 뛰어 내려갔을 때, 놀랍게도 니크라스가 그를 향해 걸어왔다.

"안녕하십니까? 무슨 일이시죠?"

한스가 큰 소리로 물었다.

"제재소에 일이 있으니, 자네와 함께 가야겠어."

한스는 니크라스의 갑작스런 방문과 '자네'라고 부르는 것에 놀랐다. 그는 니크라스가 망치 하나와 조그만 공구 상자를 들고 있는 것을 보고, 공구 상자를 빼앗아 들었다. 그리고 그들은 강을 따라 상류 쪽으로 나란히 걸어갔다. 도시 외곽으로 나가서 몇 개의 정원을 지난 다음 목초지를 지나갔다. 안개가 낀 더운 아침이었다. 서풍이 부는 듯했지만, 계곡 아래는 바람 한 점 불지 않고 잠잠했다.

고참 숙련공은 지난밤 술집에서 겪은 고약한 일 때문인지 우수에 잠겨 있었고, 또 피로해 보였다. 잠시 후 한스는 재잘거리기 시작했다. 그러나 니크라스는 대꾸하지 않았다. 한스는 니크라스의 그런 태도가 언짢았지만 감히 뭐라고 말을 할 수는 없었다.

제재소까지는 반쯤 남았을 때였다. 둥글게 휘감듯 흐르는 강줄기는 어린 오리나무들로 이루어진 조그만 반도를 품고 있었다. 니크라스는 그곳에 갑자기 멈춰 섰다. 그는 오리나무 쪽으로 내려가 풀밭에 눕더니, 한스더러 내려오라고 손짓을 했다. 한스는 기꺼이 따라 내려갔다. 아주 오랫동안 그들은 아무 말 없이 나란히 드러누워 있었다.

한스는 잠이 들었다. 그가 잠들자 니크라스는 몸을 숙여 잠시 동안 뚫어져라 그의 얼굴을 쳐다보았다. 니크라스는 한숨을 내쉬고 혼자 중얼중얼했다. 그러고는 갑자기 벌떡 일어나더니 화가 치민 듯 잠을 자고 있는 한스를 발로 걷어찼다. 한스는 깜짝 놀라 당황해하면서 겨우 일어났다.

"무슨 일입니까? 제가 그렇게 오래 잤습니까?"

그는 놀라서 물었다.

니크라스는 예전에 그를 처음 보았을 때처럼 진지한 눈빛으로 한스를 쳐다보았다. 니크라스가 물었다.

"잠이 깼어?"

한스는 겁먹은 표정으로 고개를 끄덕였다.

"조심해! 내 옆에 망치가 있어. 이게 눈에 보여?"

"예?"

"내가 무엇 때문에 이것을 가지고 왔는지 알아?"

니크라스의 눈을 쳐다본 한스는 말할 수 없이 겁에 질렸다. 무시무시한 예감이 들었다. 그는 달아나려고 했지만 니크라스가 우악스럽게 그를 꽉 잡고 있었다.

"도망가지 마. 내 말을 좀 들어야 돼. 이 망치…… 이것은 내가 가지고 왔어. 왜냐하면…… 이렇게 망치를……."

한스는 모든 사태를 파악하고 공포에 가득 차서 비명을 질렸다. 니크라스는 머리를 가로저었다.

"소리 지르지 마. 이유를 알고 싶겠지?"

"예……."

"내가 무슨 말을 하려는지 넌 벌써 알고 있을 거다. 마음 같아선 네 녀석 머리를 한 대 내려치고 싶은데, 조용히 내 얘기를 들어! 네가 잠들었을 때 없앨 수도 있었지만 그러지 못했어. 아니, 할 수 없었어. 그건 명예롭지 못한 일이니까. 그래서 하는 말인데, 우리 결투하자. 상대방을 깔고 앉으면 망치를 집어서 내려치는 거야. 너도 힘이 있으니까 너와 나 둘 중 한 사람은 그렇게 할 수 있겠지."

그러나 한스는 머리를 가로저었다. 차츰 죽음에 대한 불안은 사라지고, 가슴을 에는 듯한 슬픔과 견디기 힘든 동정심만이 생길 뿐이었다.

"기다려보세요."

그는 조그만 소리로 말했다.

"우선 얘기를 하고 싶습니다. 우리 한 번 더 자리에 앉도록 하지요."

니크라스는 그의 말에 따랐다. 한스도 할 말은 있을 거라고, 또 모든 것이 어젯밤 자신이 술집에서 듣고 상상한 대로는 아닐 거라고 생각했다.

"마리아 때문입니까?"

한스가 말을 꺼내자 니크라스가 고개를 끄덕였다. 한스는 모든 것을 털어놓았다. 그는 아무것도 숨기지 않았고, 어떤 변명도 하지 않으려고 애썼다. 또한 그녀를 감싸고돌지도 않았다. 니크라스의 마음을 그녀에게서 멀어지게 하는 것이 무엇보다도 중요하다고 생각했기 때문이다. 그래서 그는 니크라스의 생일날 밤에 있었던 일과, 마리아와의 마지막 밀회에 대해서 얘기했다. 그가 얘기를 끝내고 입을 다물자 니크라스가 악수를 청하며 말했다.

"난 자네가 거짓말을 하지 않았다는 것을 알고 있어. 함께 작업장으로 돌아가지 않겠나?"

"아닙니다."

한스가 말했다.

"저는 돌아가겠습니다만, 당신은 가지 마십시오. 당신은 이제 곧 떠나셔야 합니다. 그게 제일 좋을 것 같습니다."

"그럼 그렇게 하지. 하지만 난 실습서와 기사보증서가 필요한데……."

"제가 준비해놓겠습니다. 저녁때 저한테 오시면 모두 드리겠습니다. 그사이에 짐을 꾸릴 수 있겠지요?"

니크라스는 잠시 생각을 하더니 말했다.

"아니야, 그것은 옳은 방법이 아니야. 내가 작업장으로 가서, 오늘로 일을 그만두게 해달라고 하거에게 부탁을 해야겠어. 자네가 나를 위해서 그 모든 일을 하려고 하는 데는 깊이 감사하지만, 내가 직접 가는 게 더 좋겠어."

그들은 함께 작업장으로 돌아갔다. 그들이 작업장에 도착했을 때는 벌써 아침나절이 지난 시간이었다. 하거는 그들을 보고는 심하게 나무랐다. 그러나 니크라스는 헤어지는 마당이니 마음 편하게 이야기를 하고 싶다면서 하거를 문밖으로 데리고 나갔다. 한참 후 얘기를 끝내고 돌아온 그들은 잠자코 자기 자리에 앉아서 일을 시작했다. 그러나 오후가 되자 니크라스는 그 자리에 없었다. 그리고 일주일 후 하거는 신참 견습공 한 명을 고용했다.

— 모든 사랑에는 그 나름대로 비극이 있지만, 그 사실이 사랑하기를 그만두어야 할 근거가 되지는 못한다.

— 우리는 가능하면 자유롭게 우리의 사랑을 유지해야 한다. 매시간 그 사랑을 선사하기 위함이다. 우리는 우리가 헌신하는 대상들을 언제나 과대평가한다. 그러므로 그곳에서 고통이 흘러나온다.

— 청년이여! 그대 가슴으로 사랑의 슬픔과 사랑의 기쁨을 느껴라. 그러나 다른 청년들보다 더 많은 정서를 갖고

있다고는 믿지 말라!

— 사랑을 구걸하거나 요구해서는 안 된다. 사랑은 자기 내부에서 확실성에 도달한 힘을 가지고 있어야 한다. 그렇게 되면 사랑에 더 이상 끌려 다니지 않고 끌어당길 수 있게 되는 것이다.

게르트루트 부인에게

고독한 나의 성城, 포물선 모양의 작은 창 아래에 당신은 이따금 앉아 있었소. 생전에 나를 알았던 사람들 가운데 가장 다정한 그대, 선량한 당신의 모습은 비록 같이 있지 않고 손을 잡고 있지 않아도 여전히 내 곁에 있는 것 같소. 그것은 마치 떨어진 별이 한동안 빛을 발하고 있는 것과도 같소.

수많은 날이 지나는 동안 얼마나 몸을 뒤척였는지 모른다오. 다른 사람을 보고 당신인 줄로 착각하고 실망한 것이 얼마나 여러 번인지 이루 말로 다 할 수가 없다오. 어떤 아름다운 시구절이 당신의 아름다움에 비길 수 있겠소. 나는 가끔 당신이 단테를 황홀하게 하고 떠나간 그 여자가 아닌가, 이 세상에 단 한 번 존재할 뿐인 그런 여자가 아닌가 하는 생각을 한다오.

그리운 내 청춘의 그림자 아래에서 아스라이 떠오르는 그대, 내가 눈을 이글거리며 당신을 바라보는 것은, 당신의 손이 내 손안에 있는 것은, 당신이 가벼운 발걸음으로 사뿐사뿐 땅을 밟고 내 곁으로 오는 것은 이 지상을 초월한 하나의 은총이 아니겠소? 그것은 내 이마에 닿는 축복의 손이 아니겠소? 영원한 미의 왕국을 내 앞에 열어주는 문이 아니겠소?

꿈을 꾸면 당신의 생생한 모습이 자꾸 나타난다오. 아름다운 자태, 곱디고운 손, 하얀 손가락이 옷깃을 스치는 모습이 선연하게 떠오른다오. 혹은 뉘엿뉘엿 해가 떨어지는 황혼 녘에 아름다운 빛으로 가득한 눈동자를 반짝이며 서 있는 당신의 모습을 본다오. 그 눈동자는 나에게 예술가의 꿈이 무엇인가를 이야기했소. 그 눈동자는 아마도 내 일생에 주어진 아주 귀중한 것이리라 생각하오. 당신의 그 엄격함으로 가득 차 있다오. 거짓을 모르는 당신의 그 순수한 눈동자는 곧 하나의 법칙이며 시험이고, 하나의 판단이며 행복이라오. 이 빛을 간직하지 못하고, 그리고 또 이 빛의 고마움을 비추지 못하고서야 무엇을 영광이라 하고 무엇을 행복이라 일컬을 것이며, 명예나 칭찬이 대체 무슨 의미가 있단 말이오?

낮은 시끄럽고 끔찍하기만 하다오. 그것은 어린아이들이나 군인들에게나 좋을까, 나에게는 불만스러운 뒤척임일 뿐이오.

• 백일홍, 수채화로 그린 펜화 스케치, 1928

어둑어둑해져가는 황혼이야말로 하나의 귀성鬼星이며 열린 문이고, 영원으로 향하는 소리의 열림이 아니겠소? 그대, 아름다운 당신은 내게 고향으로 가는 법을 가르쳐주었고 영원의 목소리를 듣게 해주었소.

당신에게로 가는 날개를 달아주는 어둠의 문이 열렸을 때, 당신은 나에게 이렇게 말했지요.

"밤을 성스럽게 하세요. 당신의 밤을 너무 고즈넉하게 할 것 없어요. 하늘의 별을 잊지 마세요. 하늘의 별들이야말로 영원을 가장 잘 나타내주는 상징이니까요."

언젠가는 또 이런 말도 했지요.

"내가 당신의 여자가 되더라도 언제나 여자들과 함께 지내세요. 삶의 비밀은 여인들에게서 가장 잘 발견할 수 있으니까요."

그 이후로 나는 별들이나 여인들, 그 누구와도 한마디 말을 나눈 일이 없소. 우리가 친해졌을 때, 눈에 보이지도 않고 손으로 잡을 수도 없는 누군가가 우리에게 왔소. 글쎄, 수호신이었을까? 아주 축복받고 있는 자의 몸짓으로 이런 말을 한 적이 있다오.

"당신을 위해 행복한 때를 마련하시오."

이 말은 그 후 내 머리에 꼭 박혀서 여러 가지로 내게 지침이 되었다오. 위안의 팔처럼, 수수께끼의 힌트처럼 어떤 행운으로 여겨졌소. 그 말을 생각하면 초조해서 쪼그라든 두 손바닥이 도로 쭉 펴지기도 했다오. 또 아름다운 것을 보아도 이따금 그냥 지나쳐 보내기도 했다오. 이 말은 나를 진정시켜주고 뒤돌아보게 한 말이라오. 이따금 행복의 푸른 나뭇가지를 무심코 꺾으려고 들 때, 그 수호신은 나에게 이렇게 충고했지요.

"잠깐 기다리시오."

평화롭고 사랑스러우며 귀여운 목소리를 가진 것, 희귀하고 고상하며 빼어나게 아름다운 것, 그 후로 내게는 그것이 무엇인지 확연한 면모를 갖추게 되었으며, 내가 생각하는 데 길을 마련해주었고, 별들은 나의 의지 없이는 뜨지도 지지도 않게 되었다오.

어느 날 나의 이 위안자, 보이지 않는 제삼자가 낮인데도 불구하고 나에게 찾아왔소. 내 가슴의 고동은 그만 박자를 잃고 내 눈은 멀어버릴 것 같았소. 내 이마를 쓰다듬던 그는 내 귀에다 대고 속삭이는 것이 아니겠소. 그리고 내 손을 꼭 쥐었다 놓고는 급히 가버리고 말았소.

그러나 당신은 여전히 맑은 장미 속에 앉아서 가득한 평화, 가득한 빛을 뿌리면서 부드럽게, 그러나 웃음 없는 표정으로 기도를 드리고 있었지요. 당신은 어느 누구의 손도 잡지 않고 앉아 있는, 희고 차가울 뿐인 존재였소.

지금 이 시간은 끝을 알 수 없는 칠흑 같은 밤이오. 나는 깊은 어둠 속에서 지척을 분간 못 하고, 내가 어디 있는지조차 모르겠구려. 불 꺼진 등불에 둘러싸여 있는 것 같소. 나는 담담히 서 있으나 내 주위는 온통 나락이 입을 열고 있는 것 같다오. 단단하고 차가운 내 손만이 만져질 뿐 도대체 내일이 올 것인지조차 믿어지지 않는 심정이오. 이때 예의 그 위안자가 내 옆에 와서 내 몸을 단단한 팔로 휘감고서 고개를 뒤로 젖히고 있소. 보이지 않는 하늘의 한가운데 완벽한 어둠의 중심에서 맑고 부드럽고 희미한 빛의 아름다운 별이 축복을 받으며 서 있는 것을 나는 본 것이오.

별을 보았을 때, 나는 당신과 함께 숲을 거닐던 어느 날 저녁을 생각하지 않을 수 없었소. 그때 나는 당신의 어깨를 팔로 감싸고는 느닷없이 끌어당겼소. 그리고 당신의 얼굴 전체에 재빨리 목마른 키스를 퍼부었지요. 놀란 당신은 나를 밀어젖히고 황망히 나를 바라보더니 이렇게 말했지요.

"가만히 계세요. 난 당신의 품에 안기지 않았어요. 당신의 손과 입술로 나를 가까이하려고 하지 않을 날도 그리 멀지 않았어요. 오늘보다, 그리고 그 어느 때보다도 내가 당신에게 가까워질 시간은 올 거예요."

바로 그 가까움이 완벽한 눈 맞춤, 끝없는 입맞춤으로 달콤하기 짝이 없게 갑자기 이루어진 것이 아니겠소. 이 결합에 비길 때 온갖 종류의 사랑의 행위인들 무슨 의미가 있겠소!

함께 이곳저곳을 방랑하고 난 다음에도 이 기쁨은 나를 감쌌다오. 당신이 죽고 난 훨씬 다음에까지도 마찬가지였다오.

언젠가 슈바르츠발트의 울창한 삼림 사이를 거닐 때, 나는 당신의 해맑은 모습이 하늘에서부터 비치는 것을 보았소. 당신은 옛날의 그 손짓을 하며 산으로 내려오더니 나를 만나고서 그대로 사라지는 것이 아니겠소.

내 마음속 깊은 곳에 있던 당신의 존재 덕분에 깊고 달콤한 충만을 맛보았다오. 당신은 아주 빈번히 꿈속의 하늘에 나타나는구려. 어둠 속에 갇혀 어쩔 줄 몰라 하던 날의 따사로운 별, 은총의 별, 축복의 아름다움으로 가득한 별처럼 말이오.

음악과 시끄럽게 떠드는 소리가 후미진 정원 길가까지 들려오던 어느 날 저녁, 나는 당신이 거기 우두커니 서 있는 것을 보았소. 당신은 조심조심 걸어와서 내 손을 잡고 나를 따르는 것이 아니겠소? 그리고 당신은 이렇게 말하더군요.

"나 없이 당신 혼자 조용히 여기 남게 되면, 이 덧없는 저녁, 그리고 이미 지나가버린 수많은 저녁이야말로 당신이 당신의 손을 만지는 것보다 더 절실하고 더 허무할 거예요. 당신은 당신의 방구석 어딘가에서 한밤중에 깨어 잠들지 못할 것 같아요. 당신은 창문에 비치는 세상을 보면서 우리 둘이 거닐던 길을 찾아볼 생각을 하시겠죠?"

오늘 저녁이 바로 그렇다오. 멀리서 들리는 음악이 우리의 나지막한 목소리 사이에 끼어들고 있소. 사실 달빛이 비치는 이 지상의 저녁이 오늘 저녁인지, 아니면 다른 어느 날 저녁인지조차 나는 알 수가 없다오.

픽토르의 변화

픽토르는 한 번도 낙원에 발을 들여놓은 적이 없었다. 지금 그는 남자인 동시에 여자이기도 한 어떤 나무 앞에 서 있다.

픽토르는 경외감을 가지고 나무에게 인사하며 물었다.

"당신이 인생의 나무입니까?"

그러나 그 나무 대신에 뱀이 그에게 대답하려고 하자, 그는 돌아서서 계속 걸어갔다. 그는 정신없이 주위를 둘러보았고, 그 모든 것이 그의 마음에 쏙 들었다. 그는 지금 삶의 원천지인 고향에 있다는 것을 분명히 느꼈다.

그리고 그는 태양이며 동시에 달이기도 한 또 다른 나무를 보았다.

픽토르는 다시 물었다.

"당신이 인생의 나무입니까?"

태양은 고개를 끄덕이며 웃었고, 달도 미소 지으며 고개를 끄덕였다.

갖가지 색깔과 빛, 온갖 얼굴을 한 경이로운 꽃들이 그를 바라다보았다. 몇몇 꽃들은 고개를 끄덕이며 웃었고, 몇몇 꽃들은 미소 지으며 고개를 끄덕이기도 했다. 그러나 몇몇 다른 꽃들은 고개를 끄덕이지도, 미소를 짓지도 않았다. 그들은 침묵하며 자기만의 세계에 푹 빠져버린 듯이 자기만의 향기 속에 파묻혀 있었다.

한 꽃이 라일락 노래를 불렀고, 다른 꽃은 푸른색 자장가를 불렀다. 그 꽃들 중 하나는 푸르고 커다란 눈을 가졌는데, 그것은 그의 첫사랑을 떠올리게 해주었다. 마치 어머니의 목소리가 그 꽃의 달콤한 향기 속에서 울려 퍼지듯 어린 시절 정원의 냄새를 풍기기도 했다. 또 다른 꽃은 그를 보고 웃으며 숨어 있는 붉은 혀를 기다랗게 내밀었다. 그는 강하고도 거친 송진과 꿀맛을 내는 그 기다란 꽃술을 핥았다.

이 같은 갖가지 꽃들 사이에서 픽토르는 가득 찬 동경과 넘치는 기쁨으로 서 있었다. 그의 심장은 마치 무슨 종이라도 들어 있는 것처럼 빠르게 울렁거리기 시작했다.

그의 심장은 미지의 것으로 불타올랐으며, 그의 열망은 마법의 예감으로 불타올랐다.

픽토르는 새 한 마리가 풀밭에 앉아 있는 것을 보았다. 그 아름다운 새는 온갖 색깔로 번쩍이고 있어서, 마치 세상의 모든 색깔을 지닌 듯이 보였다. 그는 갖가지 색깔을 지닌 아름다운 새에게 물었다.

"새야, 행복은 어디 있지?"

"행복이라고?"

그 아름다운 새는 황금빛 부리로 웃으면서 대답했다.

"오, 친구여! 행복이란 어느 곳에나 있는 거라네. 산에도, 계곡에도, 나무와 수정 속에도, 그 어느 곳에나 있지."

이 말을 하면서 새는 기쁜 듯이 깃털을 흔들어댔고, 목을 움직이며 꼬리를 흔들고 눈을 깜박거리며 다시 웃었다. 그런 후에 움직이지 않고 잔디 위에 조용히 앉아 있었는데, 그 모습은 마치 새가 화사한 꽃으로 변한 것처럼 보였다. 깃털은 꽃잎으로, 뾰족한 발톱은 꽃의 뿌리로 변해버렸다. 갖가지 색깔을 빛내며 춤을 추던 그 새는 이제 식물이 되어버린 듯했다. 픽토르는 경이롭게 그 광경을 바라보았다.

또한 꽃이 된 새는 다시 꽃잎과 꽃가루를 마구 흔들어대더니, 뿌리가 없는 것처럼 아주 가볍게 천천히 위로 날아올라 나비가 되었다. 그 나비는 가볍게, 그리고 빛을 발하듯 반짝이며 움직였다. 이러한 광경을 지켜본 픽토르는 눈이 동그래졌다.

알록달록한 새에서 꽃으로, 꽃에서 다시 나비로 변한 그 나

• 가장 무도회, 1926

비는 밝은 얼굴을 하고, 놀라 서 있는 픽토르 주위를 태양 빛에 반짝거리며 맴돌더니 픽토르의 발 앞으로 마치 작은 부스러기인 양 살포시 내려앉아서 부드럽게 숨 쉬며 그 반짝이는 날개를 하느작거렸다. 그러고는 곧 수정으로 변했는데, 그 모서리에서 빨간빛이 쏟아져 나왔다. 그 빨간 보석은 마치 축제 때의 종소리같이 밝고 신비스럽게 풀잎 속에서 빛을 발했다.

그때 그 보석의 고향인 지구 내부에서 그를 부르는 소리가 들리는 것 같았다. 그러자 그 보석은 갑자기 아주 자그마해져 땅속으로 푹 가라앉을 것 같았다.

순간 픽토르는 걷잡을 수 없는 욕망에 사로잡혀 지금 막 사라져버리려는 그 보석을 집어 들었다. 그는 그 자신에게 모든 축복의 예감을 불어넣어주려는 듯 빛을 발하는 환상적인 돌에 매혹되어 바라보았다.

그때 갑자기, 이미 죽어버린 어떤 나뭇가지에 몸을 감은 뱀 한 마리가 픽토르에게 속삭였다.

"그 돌은 네가 되려고 하는 대로 변화시켜준단다. 자, 늦기 전에 어서 네 희망을 그에게 말해봐."

픽토르는 깜짝 놀랐고, 자신의 행복이 달아날까봐 두려워 즉시 희망을 말했다. 그러자 그는 곧 나무가 되었다. 그는 아주 오래전부터 나무가 되기를 원했다. 왜냐하면 나무는 그에게 큰 힘과 품위를 지닌 것처럼 여겨졌기 때문이다.

픽토르는 나무가 되었다. 그는 땅속에 뿌리를 박고 쭉쭉 자라나며 잎과 가지를 활짝 피게 했다. 그런 것들은 모두 즐거운 일이었다. 목마른 나무 밑동은 냉랭한 대지로부터 물기를 깊숙이 들이마셨고, 청록의 나뭇잎들은 바람에 흩날렸다. 나무 밑동에는 곤충들이 넘실댔고, 주위에는 산토끼와 고슴도치가 머물렀다. 또한 가지마다 새들이 어우러져 있었다.

나무가 된 픽토르는 행복했고, 세월이 얼마나 흘렀는지 알 수도 없었다. 그러나 아주 오랜 세월이 지나자 그는 자신의 행복이 완전한 것이 아님을 깨달았다. 이제 그는 서서히 나무의 눈으로 세상을 보는 법을 배웠고, 그럼으로써 슬픔을 느끼게 되었던 것이다.

왜냐하면 이 낙원에서 그를 둘러싸고 있는 주위의 모든 존재가 아주 빈번히 변화되는 것을 보았고, 또한 모든 것이 마법의 흐름 속에서 변화를 겪는다는 것을 알게 되었기 때문이다. 그는 마치 눈 깜박할 사이에 벌새가 날아가버리듯 꽃이 보석으로 변화되는 것을 보았고, 자기 곁에 서 있던 수많은 나무가 갑자기 사라지는 것을 보았다. 어떤 나무는 샘물로 녹아 흘러가고, 어떤 나무는 악어가 되고, 또 다른 나무는 싱싱한 물고기가 되어 기쁨에 찬 모습으로 새로운 놀이를 하며 시원스럽게 헤엄치기 시작했다. 코끼리들은 옷을 바윗덩어리로 갈아입고, 기린은 가련한 꽃들로 그 모습을 바꾸어버렸다.

그러나 나무가 된 픽토르 자신은 항상 똑같은 모습으로 남아 있었고, 더 변화할 수가 없었다. 그가 이 같은 사실을 깨달은 뒤로 행복은 사라져버렸다. 그는 늙기 시작했고, 점점 더 피곤해졌다.

픽토르는 아주 늙은 나무에서 관찰되곤 하는 걱정 어린 자세를 취하게 되었다. 그것은 말이나 새들이나 인간, 존재하는 모든 것에게서 일상적으로 볼 수 있는 것이었다. 즉 모든 존재가 변화할 수 있는 재능을 갖지 못한다면, 그것들은 유한함 속에서 슬픔과 근심을 느낄 것이며 결국 그들이 지닌 아름다움은 사라지게 된다.

어느 날 푸른 옷을 입은 금발의 어린 소녀가 파라다이스의 영역으로 달려 들어왔다. 금발의 소녀는 노래 부르고 춤을 추면서 나무 사이를 이리저리 뛰어다녔다. 그녀는 지금까지 변화라는 선물을 바란다는 생각은 전혀 해보지 못했다. 영리한 원숭이들이 그녀의 뒤쪽에서 미소 지었고, 무성한 덩굴이 부드럽게 그녀를 스쳤다. 또한 많은 나무가 그녀에게 꽃과 호두와 사과를 던졌지만, 그녀는 아랑곳하지 않았다.

나무가 된 픽토르는 소녀를 보며 그리움과 행복에 대한 엄청난 욕구에 사로잡혔다. 그것은 그가 아직까지 느껴보지 못한 감정들이었다. 그는 깊은 명상에 사로잡혔다. 왜냐하면 몸속의 피가 자신에게 소리치고 있는 것 같았기 때문이다.

"잘 생각해봐! 이 순간 네 모든 삶을 기억해봐! 정신 차려, 그러지 않으면 때는 너무 늦고 말아. 그리고 행복은 더 이상 너에게 오지 않아."

그는 그 말에 따랐다.

그는 자신의 출생과 인간이었던 시절, 파라다이스로의 행진, 그리고 특히 나무가 되기 이전, 또 마법의 돌을 손에 쥐었을 때의 놀라운 순간을 생각해냈다. 모든 변신이 그의 결정에 달려 있던 그 당시, 그의 삶은 그 어느 때보다 찬연히 빛났다. 그는 웃음을 머금은 새와 태양과 달을 가진 그때의 나무를 생각했다. 또한 자기가 등한시했던 것, 잊었던 것이 무엇인지를 생각했고, 뱀의 충고가 옳은 것이 아니었다는 느낌이 그의 마음을 사로잡았다.

픽토르 나무의 잎사귀들이 바스락대는 소리를 듣고 올려다본 소녀는 갑자기 가슴이 아파오면서 새로운 생각과 새로운 욕구와 새로운 꿈 들이 마음속에서 요동하고 있음을 느꼈다.

알 수 없는 어떤 힘에 이끌려 그녀는 픽토르 나무 아래에 앉았다. 그녀의 눈에 비친 나무의 모습은 고독해 보였다. 말을 못 하는 슬픔 속에서도 아름답고 감동적이고 고독한 나무의 모습 — 나지막이 바스락거리는 그의 노래가 그녀를 유혹하듯 울려왔다. 그녀는 거칠거칠한 픽토르 나무의 줄기에 자신의 몸을 기댔다. 그녀는 나무가 몹시 떨고 있음을 느꼈고, 또 자신도 그와 똑같이 전율하고 있음을 느꼈다. 그녀는 가슴이 아팠고, 두 눈에서는 서서히 눈물이 흘러내렸다. 사람은 왜 이렇게 고뇌해야만 할까? 심장은 왜 가슴을 부수어 아름다운 고독자인 그에게, 그의 안으로 녹아서 달라붙기를 갈망하는 걸까?

나무는 뿌리까지 부르르 떨었다. 그 나무는 소녀와 일체가 되고 싶은 열망으로 그녀를 향해 그의 몸 안에 있는 모든 생명력을 힘껏 모았다.

아! 뱀의 꾐에 빠져 영원히 홀로 나무 속에 갇혀 있어야 하다니! 도대체 그는 삶의 신비에 그렇게도 깜깜했었던가? 아니다. 어쩌면 그는 희미하게나마 예감하고 있었던 것 같다. 아! 슬픔과 깊은 통찰로 그는 남자와 여자로 이루어진 나무를 생각했다.

새 한 마리가 날아왔다. 빨갛고 파란 아름다운 그 새는 아치를 그리며 날아왔다. 소녀는 그 새가 날아가며 무엇인가를 떨어뜨리는 것을 보았다. 그것은 이글이글 타오르는 불처럼 붉게 빛났다. 그 붉은빛은 푸른 풀 속으로 떨어졌고, 소녀의 눈에 띄도록 매우 반짝였다. 그녀가 주운 것은 수정과 홍옥이었다. 이것이 있는 곳에는 어둠이 머무를 수 없었다.

소녀가 마법의 돌을 손에 쥐자마자 가슴속을 가득 메우고 있던 그 소원이 성취되었다. 아름다운 그녀는 감격했다. 그녀는 몸을 낮추어 픽토르 나무와 하나가 되었고, 나무의 줄기에서 뻗어 나오는 어린 가지처럼 힘차게 움직여 그를 향하여 쑥쑥 자랐다.

모든 것은 다 이루어졌다. 세계의 질서를 잡았고, 이제야 비로소 그 낙원이 발견되었다. 픽토르는 이제 옛날의 근심스런 나무가 아니었다. 그는 큰 소리로 빅토리아, 빅토리아를 노래 불렀다.

그는 변화되었다. 그리고 그는 이번에야말로 올바른, 영원한 변화를 이뤘고, 이제 반쪽에서 온전한 하나가 되었으므로, 그때부터 자기가 변화하려고 하면 무엇으로라도 계속해서 변화할 수 있었다. 그 마법의 강은 그의 열기를 통해 매시간 생성되는 창조에 영원히 참여하게 되었다.

그는 노루가 되었다가 물고기가 되었고, 인간이나 뱀이 되었다가 구름이나 새가 되었다. 그 모든 형태는 완전했고 쌍으로 이루어져 있었다. 달과 해, 남자와 여자, 그리고 쌍둥이강이 육지를 흘러갔고, 하늘에는 쌍둥이별들이 떠 있게 되었다.

사랑 모험가의 기대

산의 남쪽에 위치한 첫 번째 마을! 여기에서 비로소 내가 사랑한 방랑자의 삶, 목적 없는 배회와 태양이 비치는 곳에서의 휴식과 자유로운 유랑 생활이 시작된다. 나는 배낭을 등에 메고 사는 것과 술이 달린 바지를 입고 다니는 것을 매우 좋아한다.

포도주를 술집에서 내오는 동안 나는 갑자기 페루초 부소니가 떠올랐다. 우리가 그를 마지막으로 본 것은 취리히에서였는데, 그리 오래되지 않았다. 그때 그 사람은 이런 말로 나를 놀렸다.

“당신은 시골 사람처럼 보이는군요.”

안드레아는 말러 교향곡을 지휘했고, 우리는 낯익은 레스

토랑에 앉아 있었다. 나는 다시 부소니의 흐릿한 얼굴과, 아직도 우리가 갖고 있는 빛나는 블레셋 사람의 자유로운 의식성에 대해 기뻐했다.

그러나 나는 알고 있다. 내가 생각하는 것은 부소니가 아니다. 그렇다고 취리히도 아니고 말러도 아니다. 그것은 마음이 편안하지 않을 때 일어나는 기억의 혼동 현상일 뿐이다. 그럴 때면 무고한 모습들이 전면으로 나선다.

나는 이제야 알겠다. 그 식당에는 밝은 금발머리에 뺨이 아주 빨간 젊은 여인이 앉아 있었는데, 나는 그녀와 한마디 말도 주고받지 못했다. 당신은 천사구나! 그녀를 주시한다는 것은 환희인 동시에 고통이었다. 나는 그녀를 얼마나 오랫동안 사랑했던가!

나는 다시 열여덟의 청년 시절로 돌아갔다.

갑자기 모든 것이 명백해졌다. 아름답고 밝은 금발머리의 명랑한 부인이여! 나는 당신을 어떻게 불러야 할지 모르겠다. 나는 당신을 그 시절 내내 사랑했다. 그리고 오늘도 역시 태양이 비치는 마을의 작은 거리에서 한나절 내내 당신을 사랑한다. 어느 누구도 나보다 당신을 더 사랑하지 않는다. 어느 누구도 나만큼 그 어느 때나 당신에게 많은 힘을 조건 없이 부여하지는 않는다. 그러나 내가 불성실하다는 판결이 내려졌다. 한 여인을 사랑하는 것이 아니라 단지 사랑만을 사랑하는 바람둥이일 뿐이라고…….

우리 방랑자들은 모두 다 그렇다. 우리의 방랑욕과 유랑 생활은 사랑과 연애가 큰 몫을 차지한다. 여행의 낭만 그 절반은 사랑에 대한 기대고, 또 나머지 반은 연애를 변화시키고 해결하고자 하는 무의식적인 충동이다. 우리 방랑자들은 모험의 기대가 실현되기 어렵다는 것을 잘 알기 때문에 눈에 띄는 어떤 여인과도 사랑에 빠지며 마을과 산, 그리고 바다와 좁은 골짜기, 길가에 있는 아이들, 다리에서 구걸하는 자, 풀밭에 버려진 어리석은 자, 그리고 새와 나비 같은 미물들에게까지도 사랑을 나누어주기를 연습한다. 우리는 대상과 사랑을 분리한다. 우리는 사랑 자체만으로도 충분하다. 마치 우리가 유랑에서 어떤 목적을 추구하는 것이 아니라 단지 유랑 자체의 즐거움, 즉 여행하는 것을 추구하는 것처럼…….

순결한 얼굴의 젊은 여인이여! 나는 당신의 이름을 알고자 하지 않습니다. 나의 사랑으로 당신을 에워싸고 살찌게 하고 싶지는 않습니다. 당신은 내 사랑의 목적이 아니라 사랑의 동인動因일 뿐입니다. 나는 이런 사랑을 길가에 핀 꽃에게, 태양같이 빛나는 포도주 잔의 섬광에, 교회의 십자가에 주어버립니다. 당신은 내가 세상을 사랑하게끔 만듭니다.

아! 바보스런 풍문, 나는 오늘 밤 산에 있는 오두막에서 한 여인의 꿈을 꾸었습니다. 나는 정신없이 그녀에게 빠져들었습니다. 그녀가 만약 내 곁에 있었더라면 나는 내 삶의 나머지 전부를 그녀에게 바쳤을 것입니다. 그리고 더 이상 방랑하지 않았을 텐데…….

나는 오늘 하루 내내 그녀를 생각했습니다. 그녀를 생각하면서 나는 포도주를 마시고 빵을 먹습니다. 그녀를 생각하면서 나는 나의 작은 노트에 마을과 탑을 그립니다. 그녀가 살아 있고 내가 그녀를 볼 수 있도록 허락해주신 신에게 감사드립니다. 그녀를 생각하면서 나는 시를 짓고 이 붉은 포도주에 취할 것입니다.

따뜻한 남쪽에서 지낸 첫 번째 휴식은 밝은 금발의 한 여인에 대한 동경으로 보내버렸다. 그녀의 입술은 얼마나 아름답고 신선하고 신비로운가?

사랑에 빠진 어떤 남자가 있었다……

아무런 희망도 없이 사랑을 하는 한 남자가 있었다. 그는 완전히 그의 영혼 깊숙이 침잠해서 사랑에 열중해 있다고 생각했다. 그는 세상을 살아가는 의미를 잃어갔고, 파란 하늘과 푸른 숲을 더 이상 바라보지 않았다. 그에게는 졸졸거리는 개울물 소리도, 아름다운 선율의 하프 소리도 들리지 않았다. 모든 것은 가라앉아버렸다. 그는 가난에 찌들어 비참해졌다.

그러나 그의 사랑은 점점 깊어갔고, 그는 자신이 사랑하는 아름다운 여인을 포기하느니 차라리 죽어버리려 했다. 그때 그는 자신의 사랑이 다른 모든 것을 앗아 가버렸음을 느꼈다. 그의 사랑은 힘차게 계속해서 나아갔다. 아름다운 부인은 그의 사랑을 받아들이지 않을 수 없었다.

드디어 그녀는 그에게로 왔고, 그는 팔을 넓게 벌리고 그녀에게로 다가갔다. 그들은 이내 하나가 되었다.

하늘과 숲과 개울, 이 모든 것은 새로운 색깔로 신선하게 다가왔다. 모든 것은 그의 것이었으며, 그의 언어로 말을 했다. 그리고 단지 한 여인을 얻은 것 말고도 온 세상을 그의 마음속에 간직했다. 하늘에 있는 모든 별은 찬란하게 빛나며 그의 영혼을 밝게 비춰주었다. 그는 사랑을 했고, 거기에서 자신을 발견했다. 그러나 많은 사람은 자신을 잃어버리기 위해 사랑을 한다.

크링소르가 에디트에게

여름 하늘에서 빛나는 사랑스런 별이여! 당신은 나에게 선하고 진실한 편지를 적어 보내셨군요. 당신의 사랑은 나에게 괴로움같이, 영원한 비난같이 비쳐오는군요. 그러나 당신은, 당신이나 나에게, 마음속의 모든 감흥에 대해 책임진다면 편안한 상태에 이르게 될 것입니다.

단지 어떤 느낌도 사소하다고, 어떤 감흥도 무가치하다고 여기지 마십시오. 좋은 것입니다. 모든 것은 좋은 것입니다. 마음도 질투도, 또한 정열도 우울함도 모두 다! 우리는 가난하지만 아름답고 찬미할 만한 감정 이외의 다른 무엇으로도 살 수 없습니다. 그리고 우리가 잘못을 저지르는 것은, 마치 하나의 별을 없애버리는 것과 한가지입니다.

내가 지나를 사랑하는지 그렇지 않은지는 나도 알지 못합니다. 나는 아주 실망했습니다. 나는 그것을 위해 어떤 것도 희생하지 않을 겁니다. 나는 내가 도대체 사랑할 수 있는지 없는지조차도 아직 알지 못합니다. 나는 어리석은 짓을 할 수 있습니다. 다른 사람을 찾을 수 있고, 즐거움을 찾을 수도 있습니다. 또한 울림에 귀를 기울일 수 있고, 모범을 갈망할 수도 있습니다. 그리고 모든 것이 사랑처럼 보일 수도 있습니다.

우리 두 사람, 즉 당신과 나는 같은 방랑의 뜰, 사악한 세계에 너무 가까이 와 있는 감정의 뜰을 걸어갑니다. 그리고 우리는 이 나쁜 세계에서 모든 사람이 복수라는 형식에 따른다는 것을 인정합니다. 우리는 다양한 꿈 가운데 하나가 되고자 합니다. 그것은 바로 꿈의 포도주가 얼마나 달콤하고 맛있는지 알기 때문이죠.

삶을 믿는, 또한 미래에 있어서도 칭찬을 받을 수 있는 선하

• 베른에 있는 멜헨빌 길의 농가, 1917

고 확실한 사람들만이 그들의 감정에 대한, 그리고 전달의 깊이에 대한 명백성과 행동의 결과를 가지게 됩니다. 내게는 그들 속에 끼일 수 있는 행운이 없습니다. 나는 내일을 믿지 않고 오늘을 마지막 날처럼 간주하는 어떤 사람처럼 그렇게 행동하고 느낍니다.

사랑하는 가련한 부인이여!

나는 행복도 없이 나의 생각들을 표현하고자 노력합니다. 표현된 생각들은 언제나 그렇게 죽는 것과 같습니다. 그것들을 사랑하게 해주십시오! 당신이 나를 이해하고 당신에게 있는 무엇인가가 나와 유사하다는 것을 나는 깊이 느끼고 있으며, 그 사실에 감사하고 있습니다. 삶의 책 속에 묶을 수 있는 것처럼 우리의 감정(사랑, 편안함, 감사함)이 동정인지 아닌지, 어머니 같은지 어린아이 같은지 나는 알지 못합니다.

나는 모든 부인에게 나이 들고 노련하며 사치스러운 사람처럼, 때로는 어린 소년처럼 보입니다. 가장 순결한 부인이 나에게는 가장 큰 유혹입니다. 때로는 넘쳐흐르기도 합니다. 내가 사랑할 수 있는 모든 것은 아름답고 신성하며 끝없이 선합니다. 왜 그러한지, 얼마나 오랫동안인지, 어떤 경우인지, 라는 물음은 있을 수 없습니다.

나는 당신만을 사랑하지는 않습니다. 그것은 당신도 알 것입니다. 나는 또한 지나만을 사랑하지도 않습니다. 나는 내일도 모레도 다른 모습들을 사랑하고, 다른 형상들을 그릴 것입니다. 그러나 나는 내가 예전에 경험했던 어떤 사랑도, 내가 당신들을 위해 행했던 현명함이나 어리석음도 후회하지 않을 것입니다. 아마도 나는 당신이 나와 흡사하기에 당신을 사랑하는가 봅니다. 그리고 다른 사람들이 나와는 아주 다르기 때문에 그들을 사랑하는지도 모릅니다.

늦은 밤입니다. 달이 인사를 하고 있습니다. 삶은 얼마나 우스운가, 죽음은 또 얼마나 우스운가, 이 어리석은 편지를 화염 속으로 던져버리십시오. 부디 화염 속으로 던져버리십시오.

— 당신의 크링소르로부터

나는 종종 모든 예술은 단지 우리의 보충물일 뿐이라고 생각한다. 몇 배나 더 비싼 대가를 지불했음에도 불구하고 소홀한 삶이나, 등한시된 야만성이나, 도외시된 사랑을 위한 대치물일 뿐이다.

그렇지만 꼭 그런 것만은 아니다. 그것은 완전히 다른 것이다. 정신적인 것을 높이 평가한다는 말은 곧 그것을 그들에게 결핍된 감각의 대치물로 여긴다는 뜻이다. 감각적인 것이 정신적인 것보다 더 가치 있는 것이 아니듯, 정신 역시 감각에 비해 월등하게 더 가치 있는 것은 아니다. 그것은 모든 것 중 어떤 한 가지이고, 그것은 다른 모든 것과 마찬가지로 선하다. 당신이 한 여인을 얼싸안든 시를 짓든, 그것은 같은 일이다. 다만 거기에서 중요한 것은 사랑, 가슴앓이, 감동 등이다. 여러분이 아토스 산에서 승려가 되거나 파리의 시인이 되거나, 그것 역시 같다.

사고와 예술에서 나의 재능은 나의 삶에서, 특히 여인에 의해 종종 괴로움을 느끼게 한다. 그 괴로움은 내가 나의 사랑을 고정시킬 수 없다는 것과, 어느 한 여인을 사랑할 수 없으며 삶과 사랑 대부분을 사랑해야만 한다는 것이다.

모든 예술의 시작은 사랑이다. 온갖 예술의 가치와 범위는 무엇보다도 예술가의 사랑을 위한 소질에 의해 결정된다.

나는 작은 장난감, 유행하는 물건, 사치품 들이 단지 보잘것없고 시시하고 돈에 욕심이 많은 제조업자와 상인들의 발명품만은 아니라는 것을 배웠다. 그것은 사랑에 봉사하고 감각을 세련되게 하며, 죽은 듯한 주위 세계에 활기를 불어넣고 새로운 사랑의 조직으로 신비롭게 재능을 부여한다는 것을 발견했다. 화장분과 향료에서부터 무용화에 이르기까지, 버클에서부터 장갑에 이르기까지 모든 물건에는 작은 세계, 아니 오히려 커다란 세계를 아름답고 다양하게 하는 자력이 있음을 배웠다.

눈에 보이는 것만이 진실은 아니었다. 돈지갑은 단순한 돈지갑이 아니며, 꽃은 꽃이 아니고, 부채는 부채가 아니었다. 모든 것은 사랑의, 마술의, 매력의 입체적인 소재였다. 모든 것은 심부름꾼이고, 밀수업자이고, 무기이고, 아우성이었다.

인생은 분리와 대립을 통해서 비로소 풍부해지고 빛을 내게 된다. 감각의 즐거움 뒤에 죽음이 있지 않다면 그것은 무엇이겠는가. 황홀에 대해 알지 못하는 이성이나 지혜는 무엇이고, 한 종족의 영원한 죽음에 대한 적대감이 없는 사랑은 무엇인가?

내 생각에 우리 세대 사람들의 인생은 충동적인 삶에 대한 아주 거센 억압과 제지를 통해서 그 반대의 경우보다 더 엉망으로 되어버리는 것 같다. 그래서 나는 저서 중 몇 권에서 나를 억압된 욕망의 조력자로, 대리자로 만들었다. 그러나 지혜와 종교로부터 제기된 고상한 목적들에 대한 경위를 도외시한 것은 결코 아니다.

우리의 목적은 또한 선량함과 사랑, 인간적인 것을 희생하고 가능한 한 자연 그대로의 의지적인 삶을 영위하는 것 역시 아니다. 특이하게도 우리는 본능과 이성의 양쪽 욕구들 사이에서 우리의 길을 찾는다. 그것은 엄격한 중도가 아니라, 숨을 들이마시고 내쉬는 호흡 같은 자유로움과 구속이 교환되는 독자적이고 융통성 있는 길을 각자가 찾는 것이다.

당신은 열여덟 살이고 분명히 사랑의 꿈과 사랑의 소망을 간직하고 있을 것입니다. 아마도 당신은 그것들 앞에서 두려워할 것입니다. 그러나 두려워하지 마십시오. 당신이 가지고 있는 그것들은 가장 좋은 것입니다. 당신은 나를 믿을 수 있지요. 나는 내가 당신 또래였을 때 사랑의 꿈을 억제하였기에 많은 것을 잃었습니다. 그러나 그렇게 할 필요가 전혀 없습니다. 영혼이 자신들에게 원하는 것들 중 어느 것 하나도 두려워해서는 안 되고, 어느 것도 금지해서는 안 됩니다. 사람들은 그들의 욕구와 이른바 유혹을 관심과 사랑으로 다룰 수 있습니다. 그러고 나면 그것들, 즉 충동과 시련은 그 의미를 내보이고 그것들은 모든 의미를 갖게 됩니다.

예술에 있어서 사랑의 변화

만약 여인의 영혼에 대한 선천적이고 후천적인 존경심과 감각을 무시하는, 자기희생에 습관이 된 부끄러움이 스스로를 억제하지 않았다면 아마 나는 골드문트처럼 여인에 대해 순전히 감각적인 관계를 가졌을 것이며 무분별하게 사랑에 빠졌을 것이다.

골드문트가 여인에게서 어떠한 가치나 공유점을 결코 경험하지 못했고, 여인과 직접적인 관계에서 감각적인 만족을 초월하는 능력이 없었으면서도 의기소침하지 않았음은 여러분이 아는 바와 같다.

여인에 대한 육체적인 만족은 골드문트에게 있어 영혼을 소유하거나, 혹은 남성과 여성이 가치 있는 인격으로 승화되는 상태를 위한 길이 아니다. 그는 비로소 예술이라는 한 대용문을 통해서 간접적으로나마 사랑의 승화에 도달했다. 그것을 위해 나는 다음과 같은 사실들을 고백해야만 한다.

나는 단지 삶만을 위해, 또 여인만을 위해 살고 싶지는 않다. 나는 예술에 대한 우회로가 필요하다. 만족한 삶을 위해 고독하게 몰두하는 예술가의 즐거움이 필요한 것이다. 그것은 결코 이상적이지 않고 결코 모범적이지도 않은 허약한 삶

• 해바라기가 있는 화단, 1933

의 방식과 인간 유형을 의미한다는 것을 나는 잘 알고 있다. 그러나 그것이 내 방식이다. 내가 유일하게 이해하고 있고 묘사하고자 시도할 수 있는, 내가 유일하게 삶의 의미를 부여할 수 있는 내 고유의 방식인 것이다.

골드문트가 만일 체험을 철저히 고찰하지 않고 다시 부인을 요구한다면, 그것은 나에게 다음과 같이 여겨질 것이다. 즉 꿀벌이 꽃에게로 날아가 늘 같은 매력을 따르면서 소량의 즙을 마신다. 그러나 꽃과 꿀벌의 관계는 결코 깊어지거나 정신화되지 않는다. 그 대신 꽃은 그 관계를 잊고 다시 꿀을 만든다. 그들은 또한 어떤 고상하고 매우 의식적인 자극이 아니라 어떤 강제력에 의해서 행동한다. 왜냐하면 그들은 그들의 개체적인 삶에 도달할 수 없는 의미고, 꿀벌들의 본능이고, 그들의 미래와 후손을 요구하기 때문이다. 꿀벌은 어쨌든 봉사하고 헌신해야만 하기 때문이다.

골드문트는 그렇게 부인에게 봉사하지 않았고 사랑의 생기를 주는 데 헌신하지 않았다. 그는 자신에게 있어 가장 중요한 본성의 원천으로서 부인들에게서 약간의 체험과 즐거움과 괴로움을 마셨다. 만약 그에게 시간이 있었다면 그는 괴로워하며 그의 작품들, 즉 그의 꿀을 만들었을 것이다.

소크라테스는 그렇게 하지 않을 것이다. 그러나 모차르트 같은 사람은 골드문트와 매우 흡사하다. 그리고 소크라테스가 없는 세계보다는 모차르트가 없는 세상이 더 가난해질 것처럼 보인다. 그러나 나는 헨델이나 바흐, 티치아노 같은 사람들이 모차르트와는 매우 다른 인격의 소유자였다 할지라도 그들의 유형, 그들의 근면성은 아주 흡사했을 것이라고 믿는다.

그리고 그들 가운데 어느 누구도 꿀을 만드는 것의 의미에 대해, 체험된 것의 추출물을 다시 벌집에 저장해놓는(벌집을 가득 채우는 것이 곧 꿀벌의 행운이고 꿀벌의 운명이다) 삶의 의미에 대해 조용하고도 무의식적으로 형성된 믿음이 없이는 삶을 견뎌내지 못했을 것이다.

이것을 이해하나요

여러분은 혹시 사랑에 빠져본 적이 있습니까? 물론 있겠지요. 그러나 여러분은 사랑이 무엇인지를 여전히 모르고 있을지도 모릅니다. 그래요, 여러분이 그것을 모를 수도 있다는 말을 내가 하고 있는 겁니다. 여러분은 언젠가 밤새도록 눈물을 흘려본 적이 있습니까? 그리고 한 달 내내 잠 못 이룬 적도 있습니까? 시를 짓거나 잠시나마 비통한 마음으로 자살을 생각해본 적이 있습니까? 예, 나는 이미 예전에 이러한 일들을 경험했습니다. 그러나 이 모든 것이 사랑은 아닙니다. 사랑은 이것들과는 다른 무엇입니다.

10년 전까지만 해도 나는 존경받는 사람이었고, 또 상류사회의 사교계에 몸담고 있었습니다. 나는 행정 관리이자 예비

역 장교였고, 부유하고 자유로운 몸으로 승마를 했으며, 하인 두 명을 두고 있었습니다. 그리고 쾌적한 집에서 잘 살았습니다. 극장의 특별석, 여름 여행, 요트 타기, 보르도산産 포도주를 곁들인 아침 식사, 이 모든 것에 나는 오랫동안 익숙해져 있었습니다. 그러나 나는 아주 쉽게 그것을 버렸습니다. 먹고 마시고 승마하고 여행하는 그런 것들이 뭐 그리 중요합니까? 그 모든 것은 결국 깊이 없는 철학처럼 쓸데없는 것이고 우스꽝스러운 것입니다. 또한 사교와 자자한 명성, 그리고 사람들이 자기 앞에서 모자를 벗는다는 것은 무척 유쾌한 일이기는 하지만 본질적인 것은 아닙니다.

요즘은 사랑하는 여인을 위해 죽는다는 얘기를 듣는 일이 드뭅니다. 그것은 어쩌면 가장 아름다운 일일 겁니다. 내 말을 끊지 마십시오. 나는 불화를 일으키는 사랑이나 키스와 동침, 그리고 결혼에 대해 얘기하는 것이 아닙니다. 삶의 유일한 정서가 되는 사랑에 대해 얘기하는 겁니다. 이 '사랑'은 사람들이 말하는 '무엇'이 있더라도 고독하게 머무릅니다. 이런 사랑은 정열적인 한 인간의 모든 희망과 능력을 오직 한 가지 목표를 위하여 쏟고, 또 모든 희생이 환희로 변하는 과정 속에 있는 것입니다.

이런 종류의 사랑은 행복해지기를 바라지 않고, 스스로를 불태우고 고뇌하며 파괴하고자 합니다. 그리고 이 모든 사랑은 활활 타오르는 불꽃이며, 가장 마지막 것까지 불태우고야 꺼집니다.

내가 사랑했던 여인에 대해서 여러분은 아무것도 아실 필요가 없겠지요. 어쩌면 그녀는 놀라울 정도로 아름답거나 귀여웠겠지요. 또는 천재거나 천재가 아니었을 수도 있죠. 그게 뭐가 중요합니까? 그녀는 나에게 있어 깊이 떨어지는 나락이자, 나의 의미 없는 삶을 잡아주던 신의 손길이었습니다. 그리고 그때부터 나의 삶은 위대하고 품위가 있었습니다. 여러분도 아시겠지만, 그 삶은 더 이상 상류계급에 속하는 삶이 아니라 신과 어린아이의 삶이었으며, 미쳐 날뛰고 분별없이 활활 타올랐습니다.

그때부터 내가 중요시하던 모든 것은 초라해지고 따분해졌습니다. 나는 지금껏 결코 게을리하지 않던 일들을 게을리하게 됐고, 교묘한 꾀를 생각해내고 여행을 하기로 했습니다. 단지 한순간 그 여인이 웃는 모습을 보기 위해서……. 그녀는 내 기쁨의 전부였으며 그녀를 위해 나는 기뻐하고, 진지해지고, 수다를 떨다가 조용해지고, 올바른 정신이었다가 미치고, 부유했다가 가난해졌습니다. 나의 이러한 마음을 알아차린 그녀는 수없이 나를 시험했습니다. 그녀에게 봉사한다는 것이 나에게는 기쁨이었고, 작은 일이나마 그녀의 마음을 충족시킬 수 있는 어떤 일을 생각해내거나 소원을 성취해준다는 데

불가능은 없었습니다.

그 후 그녀는 어떤 다른 남자들보다도 내가 더 그녀를 사랑한다는 사실을 알게 되었습니다. 그러던 어느 날, 그녀가 나를 이해하고 내 사랑을 받아들이는 조용한 시간이 찾아왔습니다. 우리는 수없이 서로를 바라보았고, 함께 여행했으며, 둘이서 함께 있기 위해서라면 세상의 어떤 불가능한 일도 해냈습니다. 이제 나는 행복해졌다고 말할 수 있을 것입니다.

그녀는 나를 사랑하고 나 또한 그녀를 사랑한다는 사실이 행복했습니다. 그러나 나의 목적은 이 여인을 정복하는 것이 아니었습니다.

내가 한동안 그런 행복을 향유하고 더는 자신을 희생할 필요가 없어졌을 때, 내가 애쓰지 않고서도 미소와 키스, 그리고 사랑의 밤을 그녀에게서 얻게 되었을 때 나는 불안해지기 시작했습니다. 나에게는 부족한 것이 아무것도 없었으며, 그 당시 내가 가장 갈망하던 것보다 더한 상태에 이르러 있었는데도 말입니다.

앞서 말씀드렸듯, 나의 목적은 이 여인을 정복하는 것이 아니었습니다. 그렇기 때문에 그런 일이 나에게 일어났다는 것은 정말 우연이었습니다. 나의 목적은 내 사랑으로 인해 고뇌하는 것이었습니다. 그러나 이 고뇌를 치유하고 식혀주는, 사랑하는 여인을 소유하게 되자 불안이 엄습해왔던 것입니다.

얼마 동안 나는 그것을 견뎌냈습니다. 그런데 그것은 갑자기 나를 밀어냈습니다. 나는 그 여인을 떠나 휴식하기 위해 긴 여행을 떠났습니다. 그 당시 내 재산은 거의 바닥이 드러나 있었습니다. 그러나 그것이 무슨 대수로운 일이겠습니까?

나는 1년 만에 여행에서 돌아왔습니다. 진기한 여행이었습니다. 떠나자마자 예전의 정열이 다시 불타오르기 시작했습니다. 멀리 여행을 하면 할수록, 또 시간이 지나면 지날수록 나의 정열은 그만큼 고통으로 되돌아왔습니다. 이 정열을 더는 견뎌낼 수 없을 때까지, 또다시 내 여인의 곁으로 돌아갈 필요성을 느낄 때까지 나는 1년 내내 여행을 했습니다.

그리고 나는 1년 만에 이렇게 집으로 돌아왔습니다. 그녀는 화가 나고 몹시 마음이 상해 있었습니다. 그렇지 않겠습니까? 그녀는 나를 위해 헌신하고 나를 행복하게 해주었는데, 내가 그녀 곁을 떠났으니! 그녀는 새 애인을 구했습니다. 그러나 나는 그녀가 그를 사랑하지 않는다는 것을 알았습니다. 그녀는 나에게 복수를 하려고 그를 받아들였던 것입니다.

무엇이 나를 그녀에게서 떠나게 하고 또다시 그녀에게로 되돌아오게 했는지 그녀에게 말을 하거나 편지를 쓸 수는 없었습니다만, 나 자신은 그 이유를 알고 있었습니다. 그래서 나는 다시 그녀의 마음을 얻기 위해 노력하고 싸우기 시작했습니다. 나는 온갖 방법을 다 동원했습니다. 또 중요한 업무를 뒤로 밀쳐두고 그녀의 말 한마디를 듣기 위해서, 혹은 그녀의 웃음소리를 듣기 위해서 막대한 돈을 썼습니다. 그녀는 그 애인을 버렸지만 금방 또 다른 사람을 애인으로 받아들였습니다. 그녀가 나를 더는 믿지 못했기 때문입니다. 그럼에도 그녀는 가끔씩 사랑스런 눈길을 내게 보냈습니다. 저녁 만찬 자리나 극장에서 여러 번 그녀는 자기 주위에 앉아 있는 사람들 너머로 갑자기 내 쪽을 쳐다보았습니다. 이상할 정도로 온화하고 뭔가를 묻는 듯한 시선이었습니다.

그녀는 언제나 내가 아주 부자라고 생각했습니다. 나는 이러한 믿음을 그녀에게 일깨워주었고, 또 내 삶으로 나타내 보였습니다. 그것은 단지, 그녀가 가난한 남자와는 교제하지 않는다는 것을 알았기 때문이었습니다. 예전에 나는 그녀에게 많은 선물을 했었습니다. 그러나 이젠 효과가 없었습니다. 그래서 나는 그녀를 기쁘게 하고, 그녀를 위해 희생하기 위해서 새로운 방법을 연구해야만 했습니다. 나는 그녀가 존경하는 음악가들을 초청해서, 그녀가 좋아하는 작품을 연주하고 노래하는 음악회를 여러 번 개최했습니다. 그리고 초연 입장권을 그녀에게 주려고 특별관람석 표를 구했습니다. 이제 다시 그녀는 내가 그녀를 위해 온갖 일에 배려를 아끼지 않는다는 사실에 익숙해졌습니다.

그녀를 위하여 나 자신은 끊임없이 일의 소용돌이 속으로 휘말려들었습니다. 나는 재산을 탕진하고 빚을 지기 시작했으며, 돈을 마련하는 수완까지 부렸습니다. 나는 내가 소장하고 있던 그림들과 오래된 도자기, 그리고 말을 팔았습니다. 그래서 그 돈으로 그녀가 타고 다닐 승용차를 샀습니다.

결국 파산이 눈앞에 보이는 지경에까지 이르렀습니다. 내가 그녀를 다시 얻으리라는 확신을 갖는 동안, 내 마지막 샘들은 고갈되고 있었습니다. 그러나 중단하고 싶지 않았습니다. 나는 그때까지만 해도 공직과 영향력 있는 저명한 사회적 지위를 갖고 있었으니까요. 나는 그저 이 모든 것이 그녀를 위해서 소용된다는 것이 기뻤습니다. 그리하여 사기를 치고 돈을 횡령하는 지경에까지 이르렀고, 또 집행관을 무서워하지 않게 되었습니다. 그것보다는 그녀를 잃는 것이 더 무섭고 두렵기 때문이었습니다. 그러나 이러한 나의 행동이 헛되지만은 않았습니다. 그녀는 두 번째 애인을 떠나보냈습니다. 나는 이제 그녀가 다른 어느 누구도 받아들이지 않고 나를 받아들일 거라고 확신했습니다.

결국 그녀는 또다시 나를 받아들이게 되었습니다. 그녀는 스위스로 떠나면서 자기와 함께 가도 좋다고 했습니다. 그다음 날 아침, 나는 휴가 신청서를 냈습니다. 그러나 휴가 승낙을 받는 대신에 나는 체포되고 말았습니다. 죄명은 공문서 위조와 공금횡령이었습니다.

이 모든 것이 불필요한 행동이었다고 말씀하지 마십시오. 나도 알고 있습니다. 그러나 그것은 아직 내 가슴에 남아 있는 불꽃이며 정열이었고, 또 능욕당하고 단죄를 받는 육체의 마지막 옷을 잃어버린 사랑의 응보였다는 것을 아십니까? 젊은 연인 여러분, 당신들도 나의 행동을 이해하시겠습니까?

자신이 사랑하는 사람을 차지하거나 독점할 수 없다는 것은 이 세상에 얼마든지 있을 수 있는 일입니다. 그리고 이 문제를 해결한다는 것은, 우리가 우리의 사랑을 위해 지니고 있는 정열과 헌신을 사랑의 대상으로부터 빼앗아내서 다른 목표들, 즉 사회에 봉사하거나 예술을 위해 노력한다는 뜻이 됩니다. 이것은 여러분의 사랑이 열매를 맺고 의미를 갖게 되는 길입니다. 지금 여러분 자신의 가슴만을 불태우고 있는 그 불은 여러분의 소유일 뿐 아니라 세상과 인류의 것이며, 여러분이 그 불의 열매를 맺는다면 언젠가 고통 속에서 기쁨을 발견하게 될 것입니다.

사랑받는 것은 행복이 아닙니다. 인간이면 누구나 자기 자신을 사랑합니다. 사랑한다는 것, 그것이 바로 행복입니다.

• 제탈의 전경, 1931

두 명의 바이올리니스트

웃어요? 요구하지도 않은 질문을 반복하는구려. 당신에게 뭐라고 말해야겠소? 이 어두컴컴한 방, 어느 누구도 돌보지 않는 그림이 볼품없는 벽 구석에 걸려 있고, 작은 난로에서 우지직거리는 소리를 내며 타는 불덩이, 손등과 피아노 건반 위로 쏟아지는 달빛, 고즈넉함, 그리고 밤 깊은 이 시간은 무언가 지껄이고 싶어 하는 나의 입보다 더 많은 것을 이야기하고 있다오.

어느 젊은 친구와 친해졌소. 서로 말은 많이 안 했지만 시선과 몸짓으로 그 이상의 대화를 나눌 수 있는 친구였다오. 집 이야기, 고향 이야기 등 모든 이야기를 나누기에 충분한 친구였소. 그는 이따금 나에게,

"아직도 알고 있나?"

하고 물으면서, 콧노래를 흥얼거리는 나를 중간에 멈추게 하곤 했소.

"우리 어머니?"

하고 내가 말할 때, 당신은 무엇을 안단 말이오? 당신은 그녀의 검은 머리카락도, 그녀의 갈색 눈동자도 알지 못하오. 내가 당신에게,

"종이 울리는 초원?"

하고 묻는다면, 당신은 무엇을 생각하겠소? 당신은 거기에서 상수리나무 가지에 휘몰아치는 바람 소리의 속삭임을 듣지 못할 것이오. 또한 울타리를 넘는 라일락 향기도 맡지 못할 것이오. 그리고 방울이 흔들거리며 내는 소리로 가득한 푸른 평원을 보지도 못할 것이오. 그 소리만 들어도 피가 용솟음치는 내 고향에 대해 당신에게 말한다 해도, 당신은 그 도시의 탑이며 다리 아래로 흐르는 강물을 생각하지 못할 것이오. 눈 덮인 산기슭이며, 내 고향 특유의 사투리로 된 민요도 생각할 수 없을 것이오. 당신은 그곳에 대한 즐거움이나 향수조차 가지고 있지 않을 테니까!

자, 차라리 동화 같은 이야기를 하나 해보겠소.

두 명의 아주 친한 바이올리니스트가 있었다오. 둘은 걸식을 다닐 정도로 가난했소. 어두컴컴한 어느 날, 둘은 누가 더

훌륭한 바이올리니스트인가 내기를 하게 되었다오. 명예를 건 일이었소. 그러나 질투와 명예가 뼛속 깊이 배어 있는 두 사람은 서로를 깊이 신뢰하지 못했소.

어느 밝은 밤이었소. 한 사람이 먼저 슬픈 노래를 연주했다오. 그것은 슬픈 노래였기에 금이 간 두 사람 사이에 우울한 분위기를 더해주었소. 다른 한 사람은 자신의 연주보다 훨씬 심금을 울리는 그 연주에 질투를 느꼈다오. 그리고 그는 친구의 방에 뛰어 들어가서 친구를 죽여버렸소.

이날부터 그 살인자는 바이올린의 일인자가 되었소. 그는 궁중에 나가 연주함으로써 왕의 심금을 울렸다오. 그도 그럴 것이 그 선율은 천사와 악마의 심혼까지 파고드는 것이었으니까 말이오. 그러나 그의 얼굴은 날로 수척해지고 창백해졌으며, 그의 가슴은 온갖 불안으로 짓눌렸다오. 불신과 악이 압박해온 것이었소. 그의 연주는 남에게서 빼앗은 것이기 때문에 그의 영혼을 매일매일 갉아먹었다오.

어느 날 그는 수많은 청중 앞에서 그가 죽인 친구가 마지막으로 연주한 곡을 연주했소. 이때 갑자기 죽은 친구가 나타났다오. 가슴에 칼을 맞은 채 자기 옆에서 같이 바이올린을 켜는 게 아니겠소. 그의 연주는 뛰어났으며 갈수록 힘차졌다오. 연주하던 그는 놀라움에 얼굴이 파리해져서 청중 앞에 서 있었다오. 그는 죽은 친구를 제대로 바라볼 수가 없었소. 장내에는 불안감이 가득했으며, 연주가 다 끝나자 쥐 죽은 듯 정적이 흘렀다오.

당신은 웃고 있소? 요구하지도 않은 질문을 반복하시는구려. 당신이 칼을 들고 있는지 어쩐지 내가 어떻게 알겠소? 내가 당신 곁에 앉아 손을 잡고 있는데, 사랑하는 이가 내 곁에 앉아 있는데 그 빛나는 존재를 아직도 모른다고요? 질투가 날 정도의 매력적인 노래가 유혹하나요? 당신을 모욕할 만한 농담이라고요? 어느 날 내가 당신 눈을 바라보며 당신과 더불어 나의 곡을 연주한다면 당신은 어떻게 하겠소? 웃을 거요? 당장 내게 사과하시오. 이 답답한 친구여! 당신은 내가 연주할 때 곧잘 손가락에 금반지를 끼우기 좋아하는 대리석상이구려. 갑자기 당신이 웃음을 그치고 손가락처럼 오그라드는 것은 무슨 일이오?

이런 동화도 있다오.

어떤 기사가 있었소. 그에게 한 친구가 있었는데, 그는 자신의 장래가 어떻게 될지 몹시 궁금해했다오. 그 기사는 친구가 보내준 마법사에게 자신의 장래를 물어보았다오. 마법사는 기사를 한동안 바라보더니 잠시 후 입을 열었소.

"오늘 밤 꿈에 해답을 얻으리라."

그날 밤, 후텁지근함 속에서 잠에 빠졌을 때 기사는 두 줄기 생명의 선을 꿈꾸었소. 그것은 꼭 강 같은 모습이었는데, 서로 나란히 흐르고 있었다오. 그런데 두 개의 선이 갑자기 뒤엉키더니 하나가 되어버렸다오. 하나가 된 선은 넘실거리며 흘러갔소.

때마침 이 꿈을 꾼 후 기사에게는 좋지 않은 일이 생겼소. 친구 집에 몰래 들어가서 그 친구를 죽인 것이오. 담벼락을 타고 집 안에 몰래 숨어들어 친구의 목을 베어버린 것이었다오. 그 후 기사는 힘이 더욱 세지고 재산도 많아졌으며, 오래오래 장수했다오.

나는 이따금 우리 중 누가 더 고된 삶을 살아가고 있는지 생각해본다오. 소름 끼치는 꿈을 꾸게 될 때, 나는 당신이 언젠가 이야기를 시작하지 않을까 생각하오. 당신이 나에 관해 들을 수 있는 많은 이야기 가운데 하나를 갑자기 말할 것 같은 생각이 드는 것이오. 예기치 못한 말을 들음으로써 깜짝 놀라게 되지나 않을까 걱정이 되오. 혹은 당신이 내게서 떠나며 내가 당신에게 고백한 말을 짐처럼 지고 가게 된다면, 어린아이가 사람들이 많은 길거리에서 부자의 보석을 훔치게 되는 꼴은 아닌지……. 이렇듯 나는 당신에게 새로운 보물을 던져주는 동시에 새로운 부담을 지우는 것이라오. 그러나 당신은 아는지요? 내가 얼마나 잔혹한지를. 그 사실을 나보다 더 잘 알고 있는지요?

나는 이따금 나 자신보다 당신이 훨씬 더 나를 잘 아는 것이 아닌가 생각한다오. 아니면 내가 당신에게 옛일을 다시 이야기하거나 이름 하나, 제스처 하나라도 조금 다르게 말할 때 왜 당신은 고개를 설레설레 젓는지요? 내가 거짓말하는 것을 듣는다면? 우리 사이에 다툼이 생긴다면?

그것은 생사를 가름하는 분쟁일 수 없단 말이오? 당신이 참을성 있게 나를 따르는 것인지, 반대로 내가 당신을 참을성 있게 좇는 것인지 나는 모르오. 이따금 당신이 내 이야기를 들으면서 웃을 때, 나는 그것이 재인식된 웃음처럼 느껴진다오. 내가 이것을 한다, 저것을 못 한다 할 때 당신은 나와 함께 있을 건가요? 내가 나쁜 짓을 저지르고 좋은 일을 행했다고 할 때 당신은 벌써 다 알고 있지요? 당신이 내게 어쩔 수 없이 얽매여 있다는 것은 아마도 전생의 어떤 인연 때문이 아닐까요? 알 수 없는 어떤 현존, 어떤 비굴한 양심, 어떤 좋지 못한 공동운명에서 나온 결과가 아닐까요?

이렇듯 우리는 하나의 거울, 하나의 위안과 같은 것인지 모르겠소. 그 바탕에 함께 고통을 나누는 자의 아픔이 있고, 어쩌면 공동으로 나쁜 짓을 저지른 두 사람의 양심이 약하게나마 도사리고 있는지 모를 일이오. 어쨌든 우리는 살아도 함께 살고 죽어도 함께 죽어야 한단 말인가요?

무거운 꿈을 꾸게 되는 시간, 이 불안하고 후텁지근한 시간이면 나는 이따금 당신을 괴롭히고 싶은 욕망에 사로잡힌다오. 당신에게서 그 고통스러운 비밀을 빼앗아버리고 싶소. 당신이 신음하는 소리를 듣고 싶은 것이오. 발로 당신의 가슴을 차거나 목을 조르고 싶단 말이오. 당신의 신음 소리가 들린다거나 목에서 피가 흐른다고 상상할 때가 있소. 당신은 내게 달려오더군요. 그러나 나는 불안과 번민에 사로잡혀 당신의 손을 어루만지고 당신의 애칭을 부르면서 당신의 눈을 똑바로 쳐다보지 못하고 피하고 만다오.

무엇 때문에 내가 당신을 이렇게 두려워하나요? 그렇잖으면 무엇 때문에 나는 당신을 사랑하는 걸까요? 아무리 변해도 변하지 않고, 지고한 사랑보다도 더한 그런 사랑으로 당신을 사랑하기 때문이오. 나는 마치 말 잘 듣는 하인처럼 당신을 사랑하오. 내 예술 창작품을 사랑하듯 당신을 사랑하오. 수수께끼나 어떤 볼 만한 것에 사람들이 집착하듯이 당신을 사랑하오. 또한 내 육체의 일부처럼 사랑할 뿐 아니라, 밝아오는 하루의 여명처럼 당신을 사랑한다오. 나 자신의 모습을 사랑하듯이 당신을 사랑하며, 내가 지닌 광기나 나의 어떤 어감과도 같이 당신을 사랑하고 있소. 그런데 당신은 날 어떻게 사랑하고 있나요?

사랑

내 친구인 토머스 훼프너는 의심할 여지도 없이 내가 알고 있는 사람들 중에서는 사랑에 대해 제일 많이 경험한 사람이다. 최소한 그는 숙녀 네 명과 사랑을 나누었고, 많은 경험을 통해 사랑을 얻는 방법을 알고 있었다. 그가 나에게 사랑에 대해 얘기할 때면, 나는 나 자신이 마치 학생인 듯 느껴졌다. 물론 사랑의 본질에 대해서 가끔 냉정하게 생각할 때는 그도 더 이해하고 있는 게 없다고 단정 짓곤 했다.

나는 그가 한 번이라도 어느 애인을 위해 밤새도록 눈물을 흘렸으리라고 믿지 않는다. 아마도 그는 거의 그럴 필요가 없었을 것이다. 그러나 나는 그가 그러길 바라고 있다. 왜냐하면 그는 사랑에 성공해놓고도 만족스러워하는 것 같지 않았기 때문이다.

나는 종종 그가 가벼운 우울증에 사로잡혀 있는 것을 보았으며, 그의 행동은 약간 체념한 듯한 고요함과 기죽은 듯한 모습으로 비쳐졌다. 결코 편안하게 보이지 않았다.

그러나 그것은 나의 추측이고, 아마 착각일지도 모른다. 심리학적으로 사람들은 글을 쓸 수 있지만 사람들의 근본을 캘 수는 없다. 내 친구 토머스의 그러한 모습은 단지 사랑 놀이의 대가라고 여겨진다. 왜냐하면 그에게는 이제 놀이가 아닌 사랑으로서의 무언가가 결핍되어 있기 때문이다. 그는 또 자기 자신의 결점을 잘 알았으므로 종종 우울증에 빠지곤 했던 것이다.

그가 나에게 새로이 푀르스터 부인에 대해 해준 이야기는 나의 감성을 흥분시킬 만했다. 비록 실제 체험이나 모험이 중요한 것이 아니고, 단지 분위기가 중요하긴 하지만 말이다. 그것은 서정적인 일화다. 그가 마침 그 '파란 별'을 떠나고자 했을 때 나는 토머스를 만났다. 그리고 포도주 한 병을 마시자고 그를 설득했다. 나는 그에게 더 좋은 것을 대접하려고 평소에는 잘 마시지 않는 보통 모젤을 주문했다. 그는 언짢아하면서 종업원을 불렀다.

"모젤 말고, 잠깐만 기다리시오!"

그리고 그는 고급 포도주를 주문했다. 그것이 나에게는 더

맞았다. 좋은 포도주를 마시면서 우리는 곧 이야기를 시작했다. 나는 조심스럽게 푀르스터 부인에 대한 이야기를 꺼냈다. 그녀는 서른을 갓 넘은 아름다운 부인으로, 이 도시에 산 지는 그리 오래되지 않았고 수많은 연애 경험이 있는 것으로 유명했다.

그 남자는 멍청했다. 얼마 전부터 나는 내 친구가 그녀의 집에 출입하고 있다는 것을 알고 있었다.

"그런데 푀르스터 말이야……."

그는 풀이 죽어서 말했다.

"만약 그녀가 자네에게 남다른 관심을 보인다면 자네는 어떻게 하겠나?"

"난 어찌할 바를 모르겠네. 나는 그녀와 전혀 경험이 없다네."

"전혀 없다고?"

"그래. 사람들이 하려고 하는 것처럼 내가 실제로 이야기할 수 있는 것은 아무것도 없어. 우리는 차라리 시인이 되었어야만 했는데……."

나는 웃었다.

"자네는 시인에 대해 별로 아는 게 없군."

"왜? 시인들은 대부분 아무것도 경험하지 않은 사람들이지. 난 자네에게 시인들이 기록해두었을 수도 있는 천 가지 사건이 이미 나의 삶 속에서 일어났다고 말할 수 있어. 나는 왜 시인은 스스로 파멸하지 않는지, 왜 한 번도 그런 일을 체험하지 못하는지에 대해서 생각하네. 자네는 항상 자명함에 대한 죽음의 향연을 만들어내지. 모든 쓰레기 같은 것은 완전한 노벨레를 위해서 필요한 걸세."

"노벨레? 그것이 푀르스터와 관계가 있나?"

"아니, 스케치에 불과한 한 편의 시일 뿐이야. 자네도 느끼는 정취情趣……."

"나는 그 부인에게 흥미를 느꼈다네. 사람들이 그녀에 관해 하는 얘기를 자네도 알고 있지. 내가 확인한 바에 의하면, 그녀는 과거가 있었던 게 확실하네. 그녀는 여러 종류의 남자들을 알게 되고 사랑했지만, 어떤 남자도 오래 사귀지 못하는 성미지. 그 때문에 그녀는 아름다워……."

"자네가 말하는 그 아름답다는 게 뭔가?"

"매우 간단해. 그녀는 지나침이 없다는 걸세. 그녀의 몸은 단련되었고 제어되었으며 자신의 의지대로 할 수 있네. 또한 그녀의 육체 각 부분은 훈련되지 않은 곳이 없고, 그 무엇도 거부하지 않으며, 어떤 것에도 태만하지 않다네. 나는 어떤 경우에도 그녀가 미의 외적인 가능성을 얻을 수 없는 그런 상황을 생각할 수 없게 되었네. 바로 그것이 내 마음을 끌었네. 왜냐하면 나에게 있어 소박함이란 지루한 것이니까. 나는 의식적인 아름다움을 찾네. 길들여진 형식과 문화 말일세. 그렇다고 어떤 특별한 이론에 의한 것은 아니라네. 그래서 나는 나를 소개하고 몇 차례 찾아갔었지. 당시 그녀에게는 사랑하는 사람이 없었어. 그것은 쉽게 알 수 있었지. 그녀의 남편 푀르스터 씨는 허깨비 같은 사람이었기 때문에 내가 접근하기가 수월했어. 식탁에서 오간 몇 번의 눈길과 포도주 잔을 부딪칠 때의 부드러운 말씨, 눈길이 오래 머무르곤 했던 손등 입맞춤……. 그녀는 그것을 받아들였고 다음 기회를 기다리는 듯했네. 그래서 나는 그녀가 혼자 있을 시간만을 골라 그녀를 방문해서 허락을 받았네. 내가 그녀와 마주 앉았을 때, 마주 보고 앉아 있기만 하면 무슨 뾰족한 수가 없다는 것을 깨달았네. 그래서 나는 모든 것을 운명에 맡기고 단도직입적으로 그녀에게 말했네. '나는 사랑에 빠졌습니다…….' 그러고는 그녀의 대답을 기다렸지. 모든 게 그녀가 원하는 쪽으로 결말지어질 것 같은 생각이 들었네. 잠시 후 그녀가 입을 열었다네."

"흥미로운 것에 대해 얘기해요."

"오! 자비로운 부인. 당신 말고 흥미로운 것은 아무것도 없습니다. 당신에게 이 말을 하려고 온 것입니다. 마음이 상하셨다면 돌아가겠습니다."

"그럼 도대체 내게서 뭘 원하시죠?"

"사랑하는 부인!"

"사랑이라고요? 나는 당신을 잘 알지도 못할뿐더러 사랑하지도 않아요!"

"내 말이 거짓이 아니란 걸 당신은 곧 알게 되실 겁니다. 제가 할 수 있는 모든 것을 당신께 해드리겠습니다. 당신을 위해서라면 나는 많은 일을 할 수 있을 겁니다."

"네, 모든 사람이 그렇게 말하죠. 그건 구애하는 데 있어 결코 새로운 방법이 아니에요. 나의 마음을 사로잡기 위해 무슨 일을 할 수 있다는 거예요? 당신이 정말 나를 사랑한다면 이미 오래전에 어떤 것을 했을 테죠."

"무엇으로 증명을 해 보여야 합니까?"

"그건 당신 자신이 더 잘 아실 텐데요. 일주일 동안 단식을 할 수도 있었고, 권총으로 자살을 한다거나 최소한 시를 쓸 수도 있었겠죠."

"나는 시인이 아닙니다."

"왜 못 해요? 미치도록 사랑한다면, 보통 사람들이 하듯이 자기가 사랑하는 사람의 미소를, 단 한 번의 눈짓을, 그리고 한마디 말을 듣기 위해 시인도 되고 영웅도 될 수 있는 거예요. 비록 시가 훌륭하지는 않더라도 뜨거운 사랑만은 충만할 거예요."

"당신 말이 맞습니다, 부인! 나는 시인도 아니고 영웅도 아닙니다. 또한 나는 권총으로 자살하지도 않았습니다. 만약 그렇게 했다면, 당신이 요구하는 만큼 나의 사랑이 강해지거나 불타지 않는 데 대한 고통에서 그랬을 겁니다. 그러나 이 모든 것 대신에 나에게는 작은 장점이 있습니다. 그것은 내가 당신을 이해하고 있다는 것입니다."

"무엇을 이해하고 계시죠?"

"당신도 나와 마찬가지로 욕망을 가지고 있다는 것입니다. 당신은 사랑에 빠진 남자를 원하는 게 아니라 당신이 사랑할, 별 의미 없이 사랑할 수 있는 남자를 원하고 있습니다. 그런데 당신은 그렇게 할 수 없습니다."

"그렇게 생각하시나요?"

"나는 확신합니다. 나와 마찬가지로 당신도 사랑을 찾고 있습니다. 그렇지 않습니까?"

"아마 그럴 거예요."

"그렇기 때문에 당신은 나를 필요로 하지 않을 수도 있겠지요. 만약 그렇다면 당신을 더는 괴롭히지 않겠습니다. 그렇지만 내가 가기 전에 언젠가 당신이 경험했던 진정한 사랑에 대해서 얘기해주실 수는 있겠지요. 계속 물어봐도 되겠습니까?"

"상관없어요. 나는 한 남자를 알게 되었고, 그는 나를 좋아했어요. 그는 내가 이미 결혼을 했다는 사실을 알고 있으면서도 전혀 내색하지 않았어요. 그는 내가 남편을 사랑하지 않으

• 크리스탈 산맥, 1931

며 다른 사람을 사랑하고 있다는 것을 알고는 남편과 헤어질 것을 요구해왔습니다. 결과적으로 헤어지지는 않았지만 그때부터 그는 나를 정성으로 돌보아주고 충고도 하곤 했어요. 우리는 가장 좋은 조력자인 동시에 친구가 되었지요. 내가 마음에 두었던 사람을 떠나보내고 그를 받아들일 준비가 되었을 때, 그는 나를 경멸하고 떠나서는 다시 돌아오지 않았어요. 그는 다른 누구보다 나를 사랑했던 거지요."

"이해합니다."

"이제 그만 돌아가셔야죠? 우리는 너무 많은 얘기를 한 것 같은데요?"

"안녕히 계세요. 내가 다시 오지 않는 편이 오히려 더 좋겠군요."

나의 친구는 조용해지더니, 잠시 후 아가씨를 불러 계산을 하고는 나가버렸다. 나는 그의 얘기를 듣고 나서 올바른 사랑을 하는 능력이 부족하다고 단정 지었다. 그는 스스로도 그렇게 말했다. 어떤 사람이 자신의 결점에 대해서 말한다면, 우리는 그것을 그대로 믿을 수밖에 없다. 사람들은 대부분 자신이 완전하다고 생각한다. 왜냐하면 그들은 자신에게 최소한을 요구할 뿐이니까……. 그렇지만 내 친구는 그렇지가 않았다. 아마 진실한 사랑이 그를 그렇게 행동하도록 한 것 같다.

어쩌면 그 영리한 친구는 나를 속였는지도 모른다. 푀르스터 부인의 얘기도 그가 꾸며낸 얘기일 수 있으리라. 그는 그 부인과의 일을 자신만이 아는 비밀로 간직하고 싶어 했을 수도 있으니까. 나만의 추측이거나 착각이겠지만…….

이성과 논리학에 있어서 삶은 기쁨의 동기도, 슬픔의 동기도 되지 않는다. 그러나 우리가 삶이나 정취를 모든 가치와 이성에 의존하고자 할 때에 종종 실패하는 경우를 보게 된다. 우리는 그것을 사랑에서 가장 잘 볼 수 있다. 이성이나 자신의 의지로 사랑에 빠지는 사람이 있을까? 그런 사람은 결코 없다. 사랑은 우리를 괴롭힐 수도 있다. 그러나 우리가 사랑에 대해 절망을 하면 할수록 우리는 더욱 강해진다.

나의 노래는

나의 노래는
그대의 문 앞에서
문을 두드리고 있네.
문 좀 열어주시겠어요?

나의 노래는
비단 옷자락 스치는 울림으로
당신 옷의 바삭거리는 소리와 함께
계단을 오르네.

나의 노래는
부드러운 향기가 나네.
당신이 가장 좋아하는
꽃밭의 히아신스처럼.

나의 노래는
분홍빛 옷을 입고 있네.

당신의 비단 옷자락 스치는 소리같이
바삭 소리를 내며 있네.

나의 가장 아름다운 노래는
당신과 아주 비슷하다네.
그것은 현관문에 서서 문을 두드리네.
문 좀 열어주시겠어요?

우리 각자는 매일의 개인적인 체념에서 오래된 경험을 한다. 어떤 관계도, 우정도, 느낌도 우리에게 진실하게 남아 있는 것은 없다. 확실하지 않다는 그 느낌에 우리는 우리 자신의 피를 바치지 않았고 사랑과 공생, 제물과 싸움도 제공하지 않았다. 각자는 서로 사랑하기가 얼마나 쉬우며, 또 진정으로 사랑한다는 것이 얼마나 어렵고 아름다운지를 체험한다. 사랑은 다른 모든 일상의 가치처럼 돈으로 살 수 있는 것이 아니다. 사들일 수 있는 기쁨은 있지만 살 수 있는 사랑은 없다.

나는 젊은 시절에 그 앞에 무릎을 꿇었던 모든 여자를 생각했다. 삶의 내면으로 더 가까이 다가가기 위해서, 다만 나의 내면에서 나직하게 묻고 있는 목소리에 대한 해답을 찾기 위해서 그들에게 나의 가장 사랑스럽고 가장 훌륭한 것을 보내고자 했다.

우리는 나이를 먹어 어른이 되었고, 머리에는 화환을 만들고 안락함을 찾는다. 그들을 위해 사랑의 첫 아침 햇살을 보냈던 그 부인들과 소녀들은 어떨까? 그들에게서 우리가 떠나면 그들은 무엇을 느낄까? 그리고 그들이 꿈속에서 부유하던 젊은 시절의 끝에서 마지막을 고하고 손을 내밀어 악수를 청할 때 무엇을 느낄까?

우리 남자들은 수백 가지 일을 시도하고, 창조하고, 연구한다. 우리에게는 공무가 있고, 직업이 있고, 작은 기쁨이 있고, 작은 의무도 있다. 하지만 단지 사랑만을 갈구하는 여자들은 무엇을 가질까? 그들에게 마지막 남자가 마지막으로 남은 무언가를 주어야 하는 것은 얼마나 어려운 일인가! 그 부인들과 소녀들이 부끄러워하는 사람들과 약속하고, 시를 쓰고, 거짓말을 했던 일이!

예전에 우리 모두가 용감하고 무례한 소년이었을 때, 삶으로부터 정의를 기대했던 것을 생각했다. 그러나 기대했던 것만큼 삶의 정의를 찾은 적은 거의 없다.

그래도 삶은 아름다운 것이고 좋은 것이다. 매일 그 성스러운 힘으로 우리의 마음을 쓰다듬어준다. 아마 사랑을 가진 여자들에게도 그럴 것이다. 사람들이 그들에게 동화의 숲과 달빛 비치는 정원에 대해 이야기를 하면, 그들은 장미 대신 잡초가 있는 거친 땅을 생각한다.

그것으로 그들은 다발을 만들어 창가에 세운다. 그리고 저녁때 어둠이 그 색깔을 지워 없애도 은은한 미풍이 멀리서 불어오면, 그들은 꽃다발을 어루만지고 미소 짓는다. 마치 그것이 장미인 것처럼, 저 밖의 농경지가 동화 속의 정원이기나 한 것처럼……. 그러나 사랑하는 사람에 대한 명상만큼 헛된 것은 없다.

후가 가家
소년의 초상

열일곱 살 나던 해, 나는 어느 변호사의 딸을 사랑하게 되었다. 그녀는 예뻤다. 나는 일생을 통해 언제나 아름다운 여자하고만 사랑을 했다는 것을 자랑스럽게 여긴다. 그 여자 때문에, 다른 여자와의 만남을 얼마나 고민했던가는 다른 기회에 말하기로 하자. 레디 길타너라는 이름의 그녀는 나와 정반대의 사람에게 사랑받아야 할 여자였다.

그때 난 온몸에서 솟아나는 청춘의 약동을 느끼고 있었다. 나는 터무니없이 친구들과 싸움질을 했으며 레슬링, 테니스, 육상, 보트 타기에 뛰어난 것을 자랑스럽게 생각했다. 그러면서도 한편으로는 언제나 우울해 있었다. 그것은 연애와 관계없는 일이었다. 다만 이른 봄의 달콤한 우울증이 다른 사람보다는 좀 더 거세게 나를 사로잡았다고나 할까. 그래서 나는 슬픈 상상, 죽음 이외에도 염세적인 생각에 빠져들면서 즐거움을 느낀 것이다.

하이네의 시집을 읽어보라고 빌려준 친구도 있었다. 나는 그것을 읽는다기보다는 오히려 공허한 시구에 넘치는 정열을 쏟아 함께 괴로워하고 함께 시를 지었으며, 서정적인 열광에 함께 빠져버리기도 했다. 그것은 어쩌면 돼지 새끼가 옷을 걸친 몰골이었으리라. 그때까지도 나는 문학이라는 것을 전혀 몰랐던 것이다. 그런데 이젠 레나우실레에서부터 괴테, 셰익스피어에까지 이르렀다. 문학이라는 파리한 환영이 갑자기 성스러운 신으로 변해버린 것이다.

그것은 내 가슴에 감동의 물결을 일으켰고, 그 운명을 체험하려는 향긋하고 차가운 생기의 생명이 나를 향해 밀려오는 듯한 달콤한 흥분을 느낄 수 있었다. 다락방에서 독서를 할 때는 가까이 있는 시계탑의 시간 알리는 소리와 지붕 옆에 둥우리를 튼 비둘기의 까칠까칠한 부리 부딪치는 소리밖에 들려오지 않았다.

그곳에서 괴테나 셰익스피어 같은 인물들이 내 속으로 들락거리며 모든 인간적 본질의 신성한 면과 우스꽝스러운 점 등을 점차로 알게 해주었다. 우리의 분열된, 억제하기 어려운 마음의 수수께끼, 세계사의 깊은 본질, 정신력의 기적 따위가 차츰차츰 풀려가는 것 같았다. 이 정신이야말로 우리의 짧은 인생을 빛으로 가득 채우고, 인식의 힘으로써 우리의 자그만 존재를 영원하고 필연적인 영역으로 끌어올리는 것이다.

작은 창으로 머리를 내밀면 태양이 비치는 지붕과 골목길이 보이고 일상생활의 자질구레한 움직임들이 한눈에 들어와, 위대한 정신과 다락방의 고독과 신비가 아름다운 옛날이야기인 양 나를 감싸는 것을 느낄 수 있었다. 점점 많은 것을 느끼게 됨에 따라 지붕이나 골목길 등 일상적인 것들을 보면서 이상한 감정에 휩싸여 나 자신이 예언자일지도 모른다는 생각을 하게 되었다. 또한 내 앞에 펼쳐진 광활한 세계의 일부 보물을 캐내고, 저속하고 비참한 껍질을 벗겨서 시인의 힘으로 소멸에서 구해내고 영원화해주기를 기다리고 있는 것인지도 모른다는 생각에 가슴이 벅차오르기도 했다.

사랑에 대해서만큼은 나는 평생 어린애 티를 벗지 못했다. 나에게 있어 여성에 대한 사랑이란 깨끗한 사모였다. 내 우울은 수심에서 바로 타오르는 불꽃이었고, 푸른 하늘에 뻗친 기도의 손길이었다. 나는 어머니에게서 물려받은 기질인 순진함에 의해, 모든 여성은 수수께끼 같은 신비로운 존재며 타고난 아름다움과 잘 가꾸어진 성품의 소유자이므로 우리 남성들보다 우울하고, 또 별이나 푸른 산봉우리처럼 우리와는 멀리 떨어진 신에 가까운 존재인 것 같아 신성시하지 않으면 안 된다고 생각했던 것이다.

그런데 문란한 생활이 규칙적인 생활에다 겨잣가루를 마구 뿌렸으므로 여성에 대한 나의 사랑은 달콤하면서도 쓰디쓴 맛을 보게 했다. 실제로 여성은 언제나 높은 곳에 올라서 있었지만, 내 쪽에서는 예배하는 사제로서의 엄숙한 역할이 너무도 쉽사리 멍텅구리의 역할로 변해버렸던 것이다.

나는 식사하러 갈 때 거의 날마다 레디 길타너를 만났다. 그녀는 열다섯 살 난 소녀로 다부지고 날씬했다. 갸름하면서도 발그레한, 맑고 아름다운 얼굴에 정숙함이 어려 있었다. 그것은 그녀의 어머니가 지녔던 아름다움, 또한 그녀의 할머니와 증조할머니가 지녔던 아름다움이었다.

이 명문가에는 대대로 미인이 많았다. 정숙하고 기품이 있어서 그 어디도 흠잡을 데가 없는 미인들이었다. 그 집안에는 이름 모를 명장明匠의 손에서 탄생한 후가 가家 소년의 초상이 있었는데, 그 초상은 16세기에 그려진 작품으로서 내가 본 초상 가운데 가장 인상적이었다. 길타너 집안의 미인은 모두가 그 초상을 닮았고, 레디 또한 그랬다.

그 당시 나는 아무것도 몰랐다. 다만 그 여자의 고요하고 정숙한 품위에서 꾸밈없는 아름다움을 느꼈을 뿐이다. 그러던 어느 날 저녁, 나는 황혼 무렵에 깊이 생각에 잠겨 앉아 있었는데 그 여자의 모습이 소년의 초상처럼 똑똑히 떠오르는 것이었다. 그러자 이상야릇한 흥분이 온몸을 오싹하게 만들면서 어린 가슴을 스치고 지나갔다. 하지만 이 즐거운 순간은 잠시 후 사라져버리고, 대신 쓰디쓴 고통을 맛보게 되었다. 그 여자와 나는 아무런 인연도 없고, 그녀는 나를 알지도 못하거니와 서로 만나본 일조차 없는 사이가 아닌가.

나의 아름다운 몽상은 결국 행복한 그 여자에 대한 도둑 행위에 지나지 않는다는 것을 느꼈다. 그러나 그런 일을 가슴 깊이 느낄 적마다 그 여자의 모습이 비록 순간적이라 할지라도 실로 절실하게, 언제나 나와 함께 호흡하는 것처럼 생생하게 눈앞에 어른거렸다. 그 때문에 뜨거운 물결이 내 가슴에 밀려와, 손끝으로 흐르는 맥에서까지도 야릇한 고통이 느껴졌다.

이 물결은 낮에 수업을 받을 때나 장난을 칠 때에도 밀어닥쳤다. 그럴 때면 눈을 감고 두 손으로 턱을 괴고는 심연으로 빠져 들어갔고, 선생에게 지적을 당하거나 친구들에게 주먹으로 얻어맞고서야 제정신으로 돌아오곤 했다. 그때마다 나는 그 심연에서 빠져나와 꿈꾸듯 주변을 두리번거리곤 했다. 그 순간은 지상의 모든 것이 아름답고 활기차 보였다.

그런데 맑게 흐르는 시냇물과 빨간 지붕, 나를 둘러싼 푸른 산의 아름다움도 나의 마음을 가라앉혀주지는 못했다. 나는 그러한 사실에서 슬픔을 절실히 맛보았다. 아름다운 것일수록 나를 받아주지 않고 내동댕이치는 현실에서 그것은 모든 소외로 느껴졌으며, 그때마다 내 마음은 다시 레디에게 되돌아갔다. 지금 내가 죽는다 해도 그 여자는 그 사실을 모를 테니 찾아오지도 않고 슬퍼하지도 않을 것이라고 생각되었기 때문에 나는 내가 그 여자의 눈에 띄게 되기를 바라지 않았다. 다만 뭔가 그 여자를 위해 세상에서 깜짝 놀랄 일을 한다든지, 또는 그 여자가 눈치채지 않게 선물을 하고 싶을 뿐이었다.

아니, 실제로 나는 그 여자를 위해 여러 가지 일을 했다. 며칠 동안 휴가를 받아 집에 갈 기회가 있었다. 나는 그때 갖가지 힘에 겨운 일을 많이 했는데, 그것도 레디에게 잘 보이기 위해서였다. 일부러 정복하기 어려운 산마루의 가장 험한 곳을 골라 오르기도 하고, 호수에서 보트로 먼 거리를 짧은 시간에 저어 가는 위험한 장난도 했다. 살갗은 까맣게 그을었으며, 쫄쫄 굶고 돌아와서 먹지도 마시지도 않고 견디기도 했다.

이 모든 것이 레디 길타너만을 위해 이루어졌다. 나는 그 여자의 이름과 그녀에 대한 찬미를 머나먼 산등성이까지, 혹은 아무도 밟지 않은 협곡에까지도 옮겨 갔다. 이런 모든 일은 교실에서 움츠러들기만 했던 내 청춘의 욕망을 충족시켜주었다. 얼굴을 비롯한 온 몸뚱이는 까맣게 그을었으며, 팔뚝은 힘차게 부풀어 오르고 온몸의 근육이 단단해져갔다.

휴가의 마지막 날, 난 애인에게 보낼 꽃 때문에 고심했다. 여기저기 그럴듯한 낭떠러지며 평지에 스노드롭이 피어 있다는 걸 알았지만, 향기도 없는 은색의 그 꽃은 어쩐지 넋이 없는 것 같아 아름답지가 않았다. 그 대신 몇 그루 안 되지만 석남등石南藤이 피어 있는 곳을 알고 있던 나는 그 꽃을 그녀에게 선물하기로 마음먹었다.

간담이 서늘해지는 가파른 낭떠러지의 움푹 팬 곳에 피어 있는 그 꽃에 과연 마음이 끌리지 않은 바 아니었으나, 그쪽으로 건너간다는 것은 힘에 겨운 일이었다. 그러나 그것을 꺾지 않으면 안 되었다. 손등에 상처를 입고 다리를 덜덜 떨면서 목표에 이르렀다.

아름다운 가지를 꺾어 손에 넣은 순간, 발 디딜 곳이 마땅찮아 환성을 지를 수는 없었으나 즐거운 나머지 콧노래가 저절로 흘러나왔다. 되돌아설 때는 꽃을 입에 물고, 절벽에 등을 바짝 붙이고 내려와야만 했다. 조심성이 모자란 내가 어떻게 그 낭떠러지에서 무사히 내려왔는지 알 수 없었다. 어느 기슭을 보아도 석남등은 이미 자색을 잃고 있었다.

다음 날 나는 망울진 봉오리가 탐스럽게 매달린, 올해로서는 마지막인 가지를 다섯 시간 동안 여행하면서 줄곧 손에 들고 있었다. 처음에는 마음이 아름다운 레디가 있는 마을에 끌려 설렜지만, 높은 산맥이 점점 뒤로 멀어지면서 고향에 대한 애착이 세차게 내 마음을 점령했다.

나는 지금 그날의 기차 여행을 분명히 기억하고 있다. 젠알

프의 고개는 이미 보이지 않았지만, 계속해서 톱니처럼 이웃해 있는 산들이 아득히 뒤로 멀어져갔다. 그 하나하나가 무어라 형언할 수 없는 서글픔 속에서 내 가슴을 떠나가는 것이었다. 고향 산천이 사라지자 넓고 낮은 담녹색 풍경이 눈앞에 펼쳐졌다. 처음 여행할 때는 이런 데 마음이 쓰이지 않았지만, 차츰 낮은 지대의 마을로 들어섬에 따라 고향의 산천과 시민권 상실을 선고받는 것과도 같은 불안한 걱정과 슬픔이 휘몰아쳤다. 그와 함께 레디의 갸름하고 예쁜 얼굴이 눈앞에 어른거렸다.

그러나 그녀의 얼굴은 예뻤지만 서먹할 정도로 차가웠고, 나에게 무관심한 척했기 때문에 나는 울화가 치밀어 숨이 막힐 지경이었다. 곧게 솟은 탑이며 하얀 처마가 보이는 맑고 깨끗한 집들이 차창에 어른거리며 지나갔다. 사람들이 내리고 타고 말하며, 인사하고 웃으며, 담배 피우고 농지거리를 주고받았다. 고지의 젊은이로서 성격이 활달하거나 명랑하지 못한 나는 낮은 지대에 사는 명랑한 사람들, 재치 있고 상냥하며 다정스럽게 그늘이 없는 사람들을 보면서 말없이 멍청하게 앉아 있을 뿐이었다.

나는 고향을 떠난 것이다. 고향의 산들과 영이별을 한 것이라고 생각하면서, 낮은 지대에 사는 사람들같이 상냥하고 즐거운 표정의 붙임성 있는 사람이 될 수 없을 것 같은 느낌이

들었다. 이런 사람들 가운데 누군가가 나 같은 것은 반드시 웃음거리로 만들리라. 이런 사람들 가운데 누군가가 길타너와 결혼을 하게 되리라. 이런 사람들 가운데 누군가가 언제고 내 길을 가로막고 한 발짝 앞서게 되리라.

이런저런 생각을 하는 사이에 목적지에 닿았다. 집에 들어서면서는 인사도 하는 둥 마는 둥 하고 다락방으로 기어 올라가 서랍을 열어 종이 뭉치를 끄집어냈다. 좋은 종이는 아니었다. 그 종이에 석남등을 둘둘 말아 일부러 집에서 가져온 노끈으로 매어보았지만, 아무래도 사랑을 담아 보내는 선물 같아 보이지는 않았다. 그러나 나는 그것을 소중히 들고서 길타너 변호사가 살고 있는 거리로 나갔다. 절호의 이 기회를 놓치지 않으려고 열려 있는 대문으로 들어선 나는 황혼이 깔린 어둠침침한 현관을 기웃거리다가, 모양 없는 꽃다발을 널찍한 계단에 내려놓았다.

아무도 나의 이러한 행동을 본 사람은 없었다. 레디가 이러한 내 경의의 행동을 눈여겨보았는지, 아니면 그냥 지나쳤는지 알 수 없었다. 그렇지만 나는 이 한 묶음의 꽃을 그 집 계단에 놓아두기 위해 목숨을 걸고 낭떠러지를 기어오르고 기어내려왔다. 거기에는 뭔가 달콤한 것, 슬프고도 즐거운 것, 시적인 낭만 같은 것이 있었다. 나는 오로지 그것만을 생각했으며, 지금도 그렇게 생각하고 있다.

가끔 신을 잃어버리게 됐을 때, 그 꽃을 꺾던 모험은 그 뒤에도 모든 사랑과 마찬가지로 돈키호테적인 당돌함이었다고 생각하게 되었다.

이 첫사랑은 끝나지 않고 해결되지 않은 채 그대로 내 청년 시절에 여운을 남겼고, 정숙한 누님같이 사랑의 길잡이가 되어주었다.

그래서 지금 탄력 있는 몸매와 조용한 눈망울을 가졌던 명문가의 아가씨들보다 더 순수하고 고귀하며 아름다운 것을 생각할 수 있게 되었다.

내 사랑하는 형제로서의 포도주

유년 시절, 말없는 자연을 바라보는 내 시각이 변화하기 시작했다. 나는 아름다운 유라 산맥을 즐겨 찾게 되었다. 숲이나 목장, 과일나무를 보면서 그들이 무엇인가 기다리고 있다는 것을 몇 번이나 느꼈다. 혹시 나를 기다리거나, 아니면 사랑을 기다리고 있을지 모른다는 생각을 했다.

그래서 나는 산에 오르는 것을 좋아하기 시작했다. 내 마음속에는 그들 무언의 아름다움에 대한 강렬한 욕망이 용솟음쳤다. 또 약동하는 생명에 대한 동경이 복받쳐 올라 자각되고 이해되기를 바랐으며 사랑받을 것이라 믿었다.

많은 사람은 자연을 사랑한다고 말한다. 그 말은 수시로 자연이 안겨주는 매력을 받아들이는 것을 싫어하지 않는다는 뜻이다. 사람은 들에 나가 대지의 아름다움을 즐기면서도 목초지를 짓밟고, 많은 꽃과 가지를 꺾어 곧장 내던져버리거나 집으로 가지고 가 그것이 시드는 모습을 바라본다. 사람들이 자연을 사랑한다는 것은 이런 정도다. 그들은 일요일에 날씨가 좋으면 이런 '사랑'을 연상한다. 그리고 자신의 아름답고 그 고운 마음에 스스로 감동한다. 하지만 실제로 이러한 것들은 불필요한 것이리라. '사랑은 자연의 왕관'이기 때문이다.

나는 언제나 모든 사물의 심연을 들여다보았다. 바람이 나뭇가지를 스치는 갖가지 소리를 들었으며, 개울이 협곡에서부터 평원으로 잔잔하게 흘러가는 소리를 들었다. 나는 신의 언어이며 유현幽玄한, 근본적으로 아름다운 이 언어를 이해할 때 낙원을 재발견할 수 있으리라는 것을 알았다.

책에서는 이러한 언어를 거의 찾아볼 수가 없다. 성경에 피조물의 '말 못 할 탄식'이라는 훌륭한 말이 있다. 그러나 어느 시대에도 이 이해할 수 없는 말에 감동을 받고, 일상생활을 버리고 고요를 찾으며, 피조물의 노래에 귀를 기울이고, 구름이 흘러가는 것을 바라보며 끝없이 솟아오르는 동경에 쫓겨 기도하는 손길을 영원한 존재에 바치는 사람이 있다는 것을, 은자며 참회자며 성자가 있다는 것을 나는 어렴풋이 느끼고 있었다.

당신은 피사의 캄포산토 묘지를 방문한 적이 있는가. 그곳의 벽은 과거 몇 세기 전의 퇴색한 그림으로 꾸며져 있다. 그 중 하나는 터이바 사막의 은자의 생활을 나타낸 소박한 그림으로, 색이 바랬음에도 불구하고 오늘날에도 여전히 행복함과 평화로움이 흘러넘치고 있다. 그 그림을 봄으로써 당신은 갑자기 번뇌가 이는 것을 느끼고, 어딘가 속세와 떨어진 먼 성지에서 죄와 더러움을 눈물로 씻고 다시는 속세로 되돌아오지 않으리라는 생각을 하게 될 것이다.

많은 예술가가 이러한 향수를 성스러운 그림으로 표현하려고 애썼다. 루드비히 리히터의 작고 사랑스런 어린아이 그림 한 장이 피사의 벽화와 같은 노래를 부르고 있다. 티치아노는 현실적이며 육체적인 것을 즐겨 그리면서도, 그 명쾌하고 구체적인 그림에 왜 감미롭기 그지없는 엷은 하늘색을 가끔씩 배경으로 썼을까. 그것은 감청색의 다사로운 한 변형이다. 티치아노가 표현하려는 것이 먼 산들인지, 아니면 무한한 공간에 지나지 않는 것인지 나는 모른다. 사실파인 티치아노 스스로도 몰랐던 것이다. 그는 미술가들이 주장하는 것처럼 색의 조화를 생각하고 그림을 그린 것이 아니라, 명랑하고 행복한 사람의 영혼에 숨어 살았던, 어떤 억누르기 어려운 존재에게 그 나름대로 공물을 바쳤던 것이다. 이런 예술가는 어느 시대고 우리들 마음 가운데 있는 신성한 소망에 언어를 부여하려고 노력해왔다고, 나는 생각한다. 성聖 프란체스코는 그것

• 실내, 봄, 1918

을 원숙한 형태로 더 아름답게, 그러나 훨씬 순진하게 표현했다. 나는 그를 충분히 이해할 수 있을 것 같았다. 그는 대지 전체를, 식물을, 별을, 동물을, 바람을, 물을 신의 사랑에 포함시킴으로써 중세를 뛰어넘고 단테까지 뛰어넘으면서 시공을 초월했다. 인간적인 그의 언어를 발견한 것이다. 자연의 모든 힘과 현상을 그의 사랑하는 형제자매라 부른 것이다. 만년에 이르러 의사에게서 빨갛게 단 쇠로 이마를 지지도록 선고받았을 때도, 그는 그 고통을 오히려 '사랑하는 형제로서의 불'로 생각하고 달게 받았다.

자연을 인격적으로 사랑하고 외국어를 잘하는 길동무같이

자연에 귀를 기울이기 시작하면서, 내 영혼이 맑아지고 귀와 눈은 날카로워졌다. 나는 아름다운 조화와 그 작은 차이까지도 곧장 느낄 수 있게 되었다. 그리하여 모든 생명의 고통을 정말로 가까이, 정말로 똑똑히 듣고 싶었다. 또 할 수만 있다면 언제나 그것을 이해하고, 시인의 언어로 그것을 표현할 수 있는 재능이 생기며, 또 그로써 다른 사람도 그 고통에 한결 가까이 접근할 수 있게 되기를 바랐다.

그러나 궁극적으로 그것은 소망이요 꿈이었다. 언제 그것이 실현될 것인가는 알 수 없었다. 나는 눈에 띄는 모든 것에 사랑을 바치고, 어떠한 것에 대해서도 무관심하지 않고 경멸을 보내지 않는 습관을 길들이는 한편, 가까운 것부터 시도해 나갔다.

이러한 것들이 내 어두운 생활에 심기일전할 수 있는 기회를 주었는지는 알 수가 없다. 무언중에 정열을 쏟은 애정보다 고귀하고 행복한 것은 이 세상에 없다.

이 글을 읽는 사람들 가운데 몇 사람, 아니 단 한 사람이라도 이 순수한 행복의 방법을 터득하기를 나는 간절히 소망한다. 태어나면서부터 이러한 기술을 지니고 한평생 무의식적으로 실현해가는 사람도 적지 않다. 그런 사람이야말로 신의 은총을 받은 사람이고, 선인이며 어린이다.

이 기술을 괴로운 고뇌 끝에 터득한 사람도 적지 않다. 당신들은 혹 불구자나 비참한 사람들 가운데 총기 있고 빛나는 눈을 가진 사람을 본 일이 있는지……. 만약 당신이 내 궁색한 말소리에 귀 기울이기가 싫거든 그들에게로 가보는 것이 좋겠다. 그들은 욕망 없는 사랑으로써 고뇌를 이겨내 광명을 얻기 때문이다.

나는 가난을 참고 견디는 사람을 존경하는 오늘에 이르기까지 그들의 발치에도 못 미친다. 하지만 오랜 세월을 두고 나는 완성의 바른길로 가는 신념을 잃은 적이 거의 없다.

그러면 그 바른길을 언제나 걷고 있었느냐고 누군가 내게 묻는다면, 그렇다고 말할 수도 없다. 왜냐하면 나는 그 길로 가는 도중에 한눈을 팔기도 하고 옳지 못한 길로 돌아간 적도 한두 번이 아니기 때문이다. 두 개의 강한 이기심이 내 마음속에서 참다운 사랑을 거역하며 싸움질했다. 나는 술꾼이고 사람을 싫어했다. 주량을 많이 줄이긴 했지만, 몇 주일마다 그럴듯한 공치사를 늘어놓는 주신酒神에게 설복을 당해 나는 그의 품속으로 뛰어들었다. 그러나 밤에 길거리에서 잠이 들거나 그와 비슷한 추태를 벌인 적은 아직 없다. 왜냐하면 술은 나를 사랑했으며, 혹 유혹한다고 해도 주신의 정신이 내 정신과 사이좋은 담론을 벌일 정도였기 때문이다.

그리고 술을 마시고 난 뒤 나는 오랫동안 양심의 가책을 받았다. 결국 술에 대한 강한 집착은 아버지에게서 이어받은 것으로, 그 사랑을 끊을 수는 없었다. 나는 아버지로부터 물려받은 이 유산을 오랜 세월에 걸쳐 정성 들여 아름답게 기르면서 내 것으로 만들었다.

거기서 나는 한 꾀를 생각해냈다. 욕망과 양심 사이에서 나는 어느 정도는 진정이면서도 한편으로는 장난삼아 계약을 맺었다. 즉 아시시의 성자의 찬가에 '내 사랑하는 형제로서의 포도주'를 덧붙인 것이다.

사이클론

열아홉 살 중반기에 나는 고향에 있는 어떤 작은 공장에서 무급 견습공 노릇을 했고, 같은 해에 그곳을 영원히 떠났다. 그 당시 만 열여덟 살이었던 나는 마치 새가 하늘을 나는 것 같은 자유를 만끽했으나, 나의 청춘이 얼마나 아름다운 것인가는 전혀 생각하지 못했다. 나이가 많은 사람들, 그들은 그해에 있었던 일들을 하나하나 기억하고 있지 않을지도 모른다.

그해에 내가 살고 있는 지역에 사이클론이 엄습했었다. 그 같은 일은 우리나라에서는 그 전에도 그 후에도 볼 수 없었던 천재지변이었다. 나는 그 일이 있기 2~3일 전에 강철 끌에 왼손을 베었다. 손에는 구멍이 생겼고 부풀어 올랐다. 나는 그 손을 붕대로 감아 떠받치고 다녀야 했고, 공장에는 나갈 수가 없었다.

그해 늦여름 내내 전례 없는 더위가 좁은 골짜기에 가득 차 있었고, 때로는 하루 종일 뇌우가 몰아쳤다. 자연에는 예기치 못할 어떤 불안이 있었다. 나는 그러한 상황을 무의식중에 접하게 되었고, 지금도 여전히 그것들을 하찮은 일로 기억한다.

예를 들어 저녁 무렵 낚시를 하러 갈 때면 무더운 날씨 때문에 물고기들이 이상하게 흥분해 있는 것을 알게 되었다. 그 물고기들은 서로 밀고 밀리면서 몰려다녔고, 자주 수면 위로 튀어 올랐으며, 낚싯대를 드리우면 무조건 걸려들었다. 날씨가 조금 서늘해지자 물고기들은 조용해졌고, 하늘도 푸르러졌다. 그리고 이른 아침에는 약하게나마 가을 냄새를 맡을 수 있었다.

어느 날 아침에 나는 책 한 권과 빵을 호주머니에 넣고 나의 즐거움을 찾아 집을 나섰다. 그것은 소년 시절부터 줄곧 해온 일이라 이제는 습관이 되어버렸다. 우선 나는 그늘이 드리워진 정원으로 달려갔다. 그곳에는 우리 아버지가 심어놓은 전나무들이 우람하게 서 있었다(나는 그것을 아직도 가는 줄기의 아주 어린 나무로만 알고 있었는데 말이다). 오래전부터 상록수 말고는 아무것도 자라지 않는 곳이었다.

그리고 가장자리에 위치한 좁고 긴 모양의 꽃밭에는 우리 어머니가 가꾼 화분들이 늘어서 있었다. 그 꽃들은 풍성하고 화려했으며, 어머니의 손길로 일요일마다 커다란 꽃다발로 만들어졌다. 붉은색의 작은 꽃묶음은 '불타는 사랑'으로 불렸고, 가는 줄기에 수많은 하트 모양의 붉고 하얀 꽃들이 달린 부드러운 관목은 '여인의 마음'이라 불렸다. 또 다른 어떤 관목은 '향기로운 교만'이라고 불렸다.

그 사이사이에는 줄기가 긴 과꽃들이 심어져 있었지만 아직 꽃이 피지는 않았다. 그리고 그 밖으로는 가시가 있는, 약간 통통하게 살찐 셈페르뷔붐 텍토룸(쌍떡잎식물 장미목 돌나물과의 다육식물)과 우스꽝스럽게 생긴 쇠비름이 뻗어가고 있었다. 이 길고 좁은 화단은 우리의 애인이고 우리의 꿈이었다. 왜냐하면 거기에는 여러 종류의 수많은 꽃이 나란히 피어 있었기 때문이다.

그것은 정원에 피어 있는 모든 장미보다도 우리에게 더 기억될 만했고 더욱 사랑스러웠다. 댕댕이덩굴 위에서 태양이 반짝일 때면 모든 관목은 그것들만의 특성과 아름다움을 갖게 되었다. 통통한 글라디올러스는 화려한 색깔을 뽐냈고, 헬리오트로프는 마치 마술에 걸린 듯이 이슬 속에서 비탄에 잠겨 음울하게 피어 있었다. 줄맨드라미는 시들어서 아래쪽으로 몸을 맡기고는 힘없이 매달려 있었으며, 아케라이는 덩굴손 위로 몸을 세우고 4중으로 된 여름 종들을 울리고 있었다. 황금빛에 젖은 나뭇가지와 푸른 색깔의 풀꽃들 주위에서는 꿀벌들이 시끄럽게 북적거렸고, 두꺼운 댕댕이덩굴 위에는 갈색의 작은 거미들이 여기저기로 성급하게 기어 다녔다. 흰제비꽃들 위에서는 재빠르게 이리저리 날아다니는 나비들이 통통한 복부와 투명한 날개를 파르르 떨고 있었는데, 사람들은 그 나비를 '방탕자' 혹은 '비둘기 꼬리'라고 불렀다.

축제일의 기쁨 가운데 나는 이 꽃에서 저 꽃으로 옮겨 다니며 향기로운 냄새를 맡거나, 손가락으로 조심스럽게 꽃잎을 열고 비밀 가득한 심연의 혈맥과 암술의 고요한 질서, 부드러운 털 같은 거미줄과 수정 같은 홈을 관찰했다. 그러면서 나는 구름이 떠 있는 아침 하늘을 발견했는데, 그곳은 줄무늬 진 증기와 양모 같은 작은 솜털구름들의 어지러운 혼란이 지배하고 있었다.

틀림없이 오늘 다시 한 번 뇌우가 올 것이라는 생각이 들었지만, 나는 오후에 몇 시간 동안 낚시를 하기로 했다. 지렁이를 잡겠다는 일념으로 울타리 곁의 응회암 밑을 몇 군데 열심히 파보았으나, 말라빠진 회색 쥐며느리들만이 사방에서 기어 나오는 바람에 나는 당황하여 도망쳤다.

나는 이제 무엇을 할 것인지 깊이 생각했다. 그러나 좋은 생각이 떠오르지 않았다. 마지막으로 방학을 보냈던 1년 전까지만 해도 나는 아주 어린애였다. 그 당시 내가 가장 좋아했던 것은 개암나무 활로 과녁 맞히기, 연날리기, 그리고 밭에 있는 쥐구멍들을 화약으로 폭파하기 등이었는데, 이 모든 것은 그 무렵의 흥분을 간직하고 있을 뿐 미련은 없었다. 그것은 마치 내 영혼의 일부분이 된 것 같았고, 한때는 유쾌하고 기쁨을 주던 그 영혼의 목소리도 아무런 대답이 없었다.

이상한 불안감이 감도는 정적 가운데 나는 어린 시절 즐거움을 주던 낯익은 곳들을 둘러보았다. 작은 정원, 아름답게 장식된 발코니, 그리고 푸른색 이끼로 덮인 포석이 깔린 눅눅하고 빛이 안 드는 마당 등이 펼쳐져 있었지만, 예전과는 다른 모습이었다. 더군다나 꽃들은 그들만이 지닌 매력을 어느 정도 상실해버렸다.

정원 모퉁이에는 수도관이 달린 오래된 물통이 있었다. 옛날에 나는 아버지를 괴롭히느라고 반나절 동안 물을 흐르게 해서 나무로 된 수차 바퀴를 멈추게 해버렸다. 나는 길 위에 제방을 만들고 물이 흐를 수 있도록 수로를 만들었다. 그 부서진 물통은 내 충실한 애인이었고 오락이었다. 그것들을 바라보는 동안 나의 마음속에는 어린 시절 희열의 메아리가 세차게 울렸지만, 그 희열에는 슬픔이 묻어 있었다. 그러나 그 물통은 이제 나에게 샘도, 강도, 나이아가라도 아니었다.

나는 우울하게 울타리를 기어올랐다. 메꽃이 내 얼굴을 스쳤다. 나는 그것을 꺾어서 입에 물었다. 나는 산보를 하고, 산 아래에 있는 도시를 내려다보기로 결심했다. 산보는 나에게 어느 정도 즐거움을 주었다. 옛날 같으면 그런 일은 생각지도 않았을 것이다. 어린애는 산보를 하지 않는다. 어린애는 도둑이나 기사, 혹은 인디언이 되어 숲 속으로 갔다. 또는 뗏목 벌부筏夫나 어부, 그리고 물방아 목수가 되어 강가로 갔다. 어린애는 나비와 도마뱀을 사냥하기 위해 초원으로 달려갔다. 산보는 나 자신도 무엇을 시작했는지 올바로 알지 못하는 행동으로서 어른에게나 어울리는, 약간은 위엄 있고 약간은 지루한 행동처럼 생각되었다.

푸른색의 메꽃은 금방 시들어서 내던져버렸다. 그러고는 회양목 가지의 껍질을 벗겨 잘근잘근 씹었다. 그 가지는 썼지만 향기는 좋았다. 키가 큰 금잔화가 피어 있는 철도 제방 옆에서 초록색의 도마뱀 한 마리가 내 앞으로 기어왔다. 그때 불현듯 어린 시절의 놀이가 머릿속을 스쳤다.

나는 가만히 있지 않고 달려가다가 살금살금 기어서, 겁먹은 도마뱀이 햇볕을 받아 따뜻한 내 손에 오를 때까지 숨을 죽이며 기다렸다. 나는 작고 빛나는 보석 같은 도마뱀의 눈을 보았다. 그리고 부드럽고 힘 있는 몸과 내 손가락 사이에서 저항하듯 몸을 버티고 있는 딱딱한 다리들을 느꼈다. 그 순간 옛날 사냥에서 맛보았던 즐거움은 사라졌다. 그리고 포로가 된 이 동물로 무엇을 해야 할지 생각해보았지만 결정하지 못했다. 그것은 더 이상 즐거움일 수 없었다. 나는 몸을 굽혀서 그

도마뱀을 놓아주었다. 한순간 도마뱀은 놀라서 가쁜 숨을 몰아쉬더니 이내 풀 속으로 사라졌다.

기차 한 대가 햇빛에 반사되어 반짝이는 철도 레일 저쪽에서 달려와서는 쏜살같이 내 곁을 지나갔다. 기차를 지나쳐 보내는 순간, 나는 이제 여기서는 진짜 즐거움을 얻을 수 없으리라는 것을 아주 분명하게 느꼈다. 그리고 그 기차를 타고 미지의 세계로 떠나고 싶은 강렬한 충동을 느꼈다.

나는 근처에 건널목지기가 있는지 없는지 둘러보았다. 아무도 없는 것을 확인한 나는 재빨리 철길을 가로질러 건너편에 있는 높고 험한 암석으로 기어올랐다. 그곳에는 여기저기에 녹이 슨, 철도 공사 때 사용한 폭탄 소화기가 있었다. 나는 위로 뚫린 작은 구멍을 보았다.

나는 이미 시들어버린 질긴 금잔화에 몸을 의지했다. 붉은 암석에는 따뜻한 태양의 온기가 숨 쉬고 있었다. 기어오를 때 뜨거운 모래가 소매 속으로 흘러들었다. 위쪽을 쳐다보자 수직으로 뻗은 암벽 위로 빛나는 하늘이 눈에 들어왔다. 나는 가까스로 올라가 암석 가장자리에 잠시 몸을 기대고 섰다. 두 발을 조심스럽게 떼고 가시가 돋친 아카시아 줄기를 붙잡고 올라가기만 하면 가파르게 경사진 초지가 나올 것이다. 급경사 아래로 열차가 지나가고 있는 이 조그마하고 고요한 초지는 그 옛날 내게는 잊을 수 없는 안식처였다.

벨 수 없는 질기고 거친 풀 말고도, 이곳에는 작고 가는 가시가 있는 장미나무와 바람에 실려 씨가 옮겨진 몇 그루의 작은 아카시아나무들이 자라고 있었다. 그 나무의 얇고 투명한 꽃잎 사이로 태양이 빛나고 있었다. 붉은 암벽에 의해서 자연적으로 성이 된 이곳에서 나는 언젠가 로빈슨이 되어 머문 적이 있었다. 수직의 가파른 절벽으로 된 이 적막한 성은 용기와 모험 정신을 가진 사람 이외에는 그 누구도 정복할 수 없는 곳이었다. 나는 열두 살 때 정으로 바위에 내 이름을 새긴 이곳에서《로자 폰 타넨부르크Rosa von Tonnenburg》를 읽기도 했고, 멸망해가는 어떤 인디언 부족의 용감한 추장을 다룬 소설을 써보기도 했다.

햇볕에 말라비틀어진 풀들은 비탈진 언덕에 매달려 있었고, 햇볕으로 타버린 금잔화 잎은 바람도 없는 무더위 속에서 쓴 냄새를 강하게 풍기고 있었다. 나는 황폐한 불모지에서 몸을 일으켰다. 그리고 가느다란 아카시아 꽃잎이 햇빛을 받아 반짝이며 짙푸른 하늘 아래서 고요히 쉬고 있는 것을 보며 깊은 생각에 잠겼다. 나의 삶과 나의 미래를 생각해볼 수 있는 적당한 시간이었다.

그러나 나는 어떤 새로운 것도 발견할 수가 없었다. 다만 나를 모든 면에서 위협했던, 기억하고 싶지 않은 빈곤과 사랑스럽던 상념들이 퇴색해가는 것을 느꼈을 뿐이다. 내가 마지못해서 포기해야만 했던 것들에 대해서, 완전히 잃어버린 어린 시절의 즐거움에 대해서 내 직업은 그 어떤 보상도 될 수 없었다. 나는 지금의 내 직업을 좋아하지 않았다. 그리고 그것에 오랫동안 충실히 머무를 수 없을 것 같았다. 나에게 직업이란 바깥세계로 통하는 하나의 길일 뿐 아무 의미도 없었다. 분명 만족할 수 있는 어떤 새로운 길을 찾을 수 있을 것이다. 그런데 그 새로운 길이란 어떤 종류일까?

사람들은 세상을 알 수 있고 돈도 벌 수 있었다. 사람들은 무언가를 행하거나 기도하기 전에 아버지나 어머니에게 물어볼 필요가 없었다. 사람들은 일요일에 기도를 할 수 있었고 맥주를 마실 수 있었다. 그러나 내가 잘 알고 있던 이 모든 것은 다만 부차적인 것들에 지나지 않았고, 나를 기다리고 있는 새로운 삶의 의미는 결코 아니었다. 내가 기다리던 삶은 더욱 심오한, 더욱 아름다운 다른 곳에 놓여 있을 것 같았다. 그것은 소녀와의 사랑과 연결되어 있을 것이라고 나는 느꼈다. 거기에는 강한 욕망과 만족이 있어야만 했다. 그렇지 않으면 어린 시절의 즐거움을 희생한 의미가 없어지게 될 것이다.

사랑에 대해서라면, 수많은 연인을 보았고 황홀경으로 빠져들게 하는 연애소설도 읽었다. 나 스스로도 사랑을 느낀 적이 여러 번이고, 꿈속에서 달콤한 그 어떤 것을 느껴보기도 했다. 어떤 사람은 그 달콤함에 자신의 삶을 저당 잡히기도 하지만, 그것은 그의 행동과 노력의 의미이기도 하다. 내 주위에는 이미 아가씨와 함께 다니는 학교 동창들이 있다. 또한 일요일에 댄스홀에 가거나 밤에 침실 창가로 올라가는 것에 대해 부끄럼 없이 얘기하는 공장의 동료들도 있었다. 그러나 그들과 같은 열렬한 사랑이란 것이 그동안 내게는 굳게 닫혀 있어 들어갈 수 없는 하나의 정원이었으며, 수줍은 그리움이었다.

정 때문에 사고가 나기 전인 지난주에야 비로소 처음으로 나의 내면에서 나를 부르는 분명한 외침이 들렸다. 그 이후부터 나는 안절부절못하고 우울해했으며, 지금까지의 삶은 내게 있어서 과거가 되고 미래의 의미는 분명해졌다.

어느 날 저녁, 우리 작업장에서 서열이 두 번째인 도제徒弟가 귀갓길에 나에게 말했다. 그는 나에게 어울리는 아름다운 한 여인을 알고 있다면서, 그녀는 지금까지 한 사람의 애인도 가져본 적이 없고 나 이외에는 어느 누구도 원하지 않으며, 비단실로 돈주머니를 하나 뜨고 있는데 그것을 나에게 선물하려고 한다는 것이었다. 그는 그녀의 이름을 내게 말하려 하지 않았다. 그녀가 누구인지 내가 이미 알고 있으리라고 생각했던 모양이다.

내가 다그쳐 물어보고 마침내는 경멸스러운 행동을 취하자 그는 걸음을 멈추었다. (우리는 다리를 건너 방앗간으로 나 있는 오솔길에 있었다.) 그리고 작은 소리로 내게 말했다.

"그녀가 지금 우리들 뒤로 가고 있어."

나는 그가 짓궂은 농담을 하는 것이라고 반신반의하면서 뒤를 돌아다보았다. 그때 다리 계단 위쪽에 있는 방적 공장에서 젊은 아가씨 하나가 걸어 나왔다. 베르타 푀크트린이었다. 나는 그녀를 견진성사 성서 강독 시간 때부터 알고 있었다. 그녀는 나를 보더니 멈춰 서서 미소 지었다. 그녀의 얼굴은 발그스름했다. 나는 급히 집으로 달려갔다.

그 이후 나는 그녀를 두 번 만났다. 한 번은 우리가 일하던 방적 공장에서, 또 한 번은 저녁때 귀갓길에서였다. 그녀는 나를 만날 때마다 똑같은 인사를 했다.

"벌써 하루 일이 끝났군요."

그것은 사람들이 대화를 시작하고 싶은 의향이 있을 때 하는 말임을 알고 있었지만, 나는 당황하여 고개만 끄덕이며,

"그래요."

라는 한마디만 했을 뿐 계속 걸어갔다. 나는 온통 이 사건에 신경이 쏠려 있었으며, 가야 할 길을 올바로 찾지 못했다. 귀여운 아가씨에 대한 사랑을 꿈꾸었던 내게 이제 한 여인이 나타난 것이었다. 그녀는 예뻤고, 머리는 금발이었으며, 나보다 키가 약간 컸다. 그녀는 생기 있고 발랄했다. 또한 살결은 하얗고 혈색이 좋았다.

그녀는 나의 키스를 받고 싶어 했고, 내 품에 안기고 싶어

했으며, 그녀의 시선은 나의 사랑을 갈구하고 있었다. 그러나 나는 한 번도 그녀를 생각해본 적이 없었으며, 그녀의 꿈을 꾼 적도 없었고, 이불 속에서 그녀의 이름을 속삭이지도 않았다. 내가 원한다면 그녀를 애무할 수도, 소유할 수도 있었지만 나는 그녀를 사모할 수가 없었고, 그녀 앞에서 무릎을 꿇을 수도 없었으며, 그녀를 숭배하지도 않았다. 그렇다면 이제 어떻게 될 것인가? 도대체 나는 무엇을 해야 한단 말인가?

나는 더 이상 생각하고 싶지 않아 나의 잔디 침대에서 일어났다. 아아, 정말 생각하고 싶지 않은 시간이었다. 내일 공장 생활을 끝낼 수만 있다면 멀리 여행이라도 떠나 모든 것을 잊고 새롭게 시작할 수 있을 텐데…….

무슨 일인가를 하기 위해서, 그리고 내가 살아 있다는 것을 느끼기 위해서 나는 산 정상까지 오르기로 결심했다. 여기서부터가 힘들었다. 위쪽에서는 저 멀리 도시까지 볼 수 있었다. 폭풍우를 헤치고 나는 돌 사이에 몸을 밀착시키면서 조심스럽게 높은 지대로 올라갔다. 거친 암석 조각들로 둘러싸인 황량한 산들이 완만한 경사를 이루고 있었다. 온몸이 땀에 젖고 호흡 곤란을 느끼면서도 나는 위로 올라가 태양이 비치는 정상의 부드러운 기류를 탐닉하며 해방된 듯이 숨을 들이켰다.

시들어서 퇴색해버린 장미 꽃잎들은 내가 스치고 지나갈 때마다 바스락 소리를 내며 덩굴에서 부서져 내렸다. 여기저기 초록색의 작은 딸기가 자랐으며, 햇빛을 받은 쪽은 금속 같은 희미한 갈색 빛을 발하고 있었다. 엉겅퀴들이 잔잔한 온기 속에서 한적하게 피어 여러 꽃들과 조화를 이루었고, 하얀 가루가 낀 것 같은 산형화 위에는 붉고 검은 반점이 있는 풍뎅이들이 수없이 앉아 있었다. 그것들은 길고 가느다란 다리를 기계적으로 움직이고 있었다. 벌써 오래전에 모든 구름은 사라지고 짙은 푸른색의 하늘이 드러났다. 하늘은 근처의 검은 전나무 가지 끝으로 날카롭게 잘려 있었다.

나는 우리가 학생 때 항상 가을걷이를 끝내고 불을 지르던 바위의 가장 높은 곳에 멈추어 서서 반대 방향으로 몸을 돌렸다. 그때 나는 그림자가 반쯤 드리워진 계곡으로 흐르는 물과 하얀 거품이 반짝이는 것을 보았다. 그리고 멀리 빽빽하게 들어앉은 갈색 지붕들도 보았다. 그 지붕들 위로 푸른 연기가 한가로이 하늘로 피어올랐다. 저기에 우리 아버지의 집과 낡은 다리들이 있었으며, 작은 대장간의 불꽃이 활활 타오르는 우리의 작업장이 있었고, 내를 끼고 방적 공장이 자리하고 있었다. 그 공장의 허름한 지붕 위에서는 풀이 자라났고, 유리창 뒤로는 많은 사람과 함께 베르타 푀크트린도 업무에 열중하고 있었다. 아, 그녀! 나는 그녀에 대해서 정말 아무것도 알고 싶지 않았다.

고향의 모든 것은 내게 친밀하게 다가왔다. 황금빛 교회 시계가 햇빛 속에서 반짝이고, 그림자가 드리워진 방앗간 수로에서는 집들과 나무들이 분명하게 반사되고 있었다. 나 혼자만이 변해 있는 것 같았다. 그것은 나의 책임이었다. 성벽과 강, 그리고 숲으로 이루어진 이 작은 공간에서 나의 삶은 확실하지 않을뿐더러 만족스럽지도 못했다. 그 삶은 성벽의 거미줄처럼 여기저기에 매어져 있었으나 더 이상 새로울 것도 없었다. 저 멀리 높은 성벽 너머로는 동경의 큰 파도가 출렁거리고 있었다.

내가 가늠할 수 없는 슬픔 가운데 아래쪽을 내려다보는 동안 내 모든 삶의 희망, 이를테면 아버지의 말씀과 내가 존경하는 작가의 말들이 엄숙하게 나의 가슴에 자리를 잡았다. 한 남자가 되어간다는 것, 그리고 나 자신의 운명을 자각한다는 것이 내게는 아주 보람차고 가치 있는 일로 여겨졌다. 그리고 이러한 생각들은 베르타 푀크트린과의 사건 때문에 번민하고 있는 내 의식 속으로 하나의 빛처럼 떨어졌다. 그녀는 항상 아름다워지기를 바랐으며 나의 사랑을 받고 싶어 하는 듯했다.

해가 얼마 남지 않아 산을 오르는 나의 즐거움은 순식간에 사라져버렸다. 이러한 문제들에 대해 깊이 생각하면서 나는 도시 쪽으로 난 길을 따라 하산했다. 해마다 여름이면 빽빽한 쐐기풀을 헤치며 솜털이 나 있는 나비 유충을 채집하곤 하던 작은 철교 밑을 지나, 묘지의 담을 끼고 옆으로 돌았다. 그 묘지의 입구에는 이끼가 낀 호두나무 한 그루가 긴 그림자를 깔고 있었다. 문은 열려 있었으며, 안쪽으로부터 호수의 찰싹거림이 들려왔다. 호수 근처에는 놀이와 축제를 위한 시장이 있어서, 5월 축제 때와 승리의 날에는 이곳에서 먹고 마시고 얘기하고 춤추곤 했다. 그러나 이젠 조용히 잊힌 채로 거대한 밤나무의 그림자에 가려져 있었다.

계곡 아래의 강을 따라 태양이 빛나는 거리에는 오후의 열기가 타오르고 있었다. 그리고 눈부신 빛을 받고 있는 집들의 건너편 강 쪽으로는 드문드문 밭들이 보이고, 늦여름인데도 벌써 노란색으로 물들어가는 단풍나무들이 서 있었다. 나는 습관대로 강으로 가서 물고기들이 노는 모습을 바라보았다. 유리처럼 투명한 강물 속에서는 기다란 수초들이 유유하게 흔들거렸다. 그 수초들 사이에는 통통하게 살찐 물고기 한 마리가 강물을 거스르며 유유히 헤엄치고 있었고, 가끔씩 수면 위로 어린 물고기들이 무리 지어 이리저리 몰려다녔다.

나는 오늘 아침 낚시를 가지 않은 것은 정말 잘한 일이라고 생각했다. 그러나 강물 속에 있는 커다랗고 둥그런 두 개의 돌 사이에서 짙은 갈색의 늙은 돌잉어가 정지한 듯한 모습을 하고 있어, 오늘 오후에는 아마도 무슨 일인가 시작될 것 같은 예감이 들었다. 나는 그 사실을 염두에 두고 계속 걸어갔다. 태양이 쏟아지는 거리를 지나 우리 집 지하실처럼 시원한 평

• 책이 쌓여 있는 의자, 1921

야로 나왔을 때, 나는 크게 심호흡을 했다.

"내 생각에는 오늘 다시 뇌우가 올 것 같다."

다음 날 아침, 날씨 감각이 예민한 아버지가 식탁에서 말씀하셨다. 내가 하늘에는 구름 한 조각 없으며 서풍의 기미를 느낄 수 없다고 이의를 제기하자, 아버지는 살며시 웃으면서 말씀하셨다.

"넌 공기가 팽창되어 있는 것을 느끼지 못하겠니? 이제 곧 알게 될 거다."

물론 날씨는 후텁지근했고, 개숫물은 두엄이 썩는 것 같은 냄새를 풍겼다. 산을 오르느라 더위를 먹었는지 뒤늦게 피로가 몰려왔다. 그래서 베란다로 나가 정원 쪽을 향하고 앉았다. 졸음이 밀려오는 눈을 끔벅이면서 나는 하르툼의 영웅인 고든 장군의 이야기를 읽었다. 하늘은 여느 때와 마찬가지로 짙은 푸른색을 띠고 있었지만 곧 뇌우가 칠 것 같다는 생각을 나 또한 하게 되었다. 공기는 팽창되어 있었고, 태양의 열화로 채워진 듯 후텁지근하고 무더웠다.

2시에 나는 다시 집으로 돌아왔다. 그리고 낚시 도구들을 챙기기 시작했다. 낚싯줄과 낚시찌를 살펴보는 동안 나는 흥분을 느꼈으며, 아직도 나에게 낚시에 대한 열정이 남아 있다는 사실에 감사했다.

그날 오후는 유난히도 무더웠다. 나는 낚시 도구들을 챙겨

들고 아래쪽의 작은 길까지 내를 따라 내려갔다. 오솔길의 절반가량은 큰 집들의 그림자 속에 놓여 있었다. 근처 방적 공장에서는 꿀벌들의 날개 부딪치는 소리와 비슷한, 규칙적이고도 졸린 듯한 기계의 윙윙거리는 소리가 들려왔다. 그리고 위쪽 방앗간에서는 날이 빠진 톱니바퀴들의 삐걱거림이 짜증스럽게 들려왔다. 그 밖에 정적을 깨뜨리는 것은 없었다. 이제 직공들은 공장의 긴 그림자 속으로 빨려 들어가고, 골목에는 사람의 그림자 하나 없었다. 방앗간 섬에서는 어린애 하나가 발가벗은 채로 물기가 마르지 않은 돌들 사이를 이리저리 뛰어다녔고, 목공소 앞에는 마루청을 만들 원목들이 햇빛 속으로 아주 강한 냄새를 풍기며 벽에 기대어져 있었다. 그 특유한 냄새는 바람을 타고 내 코로 스며들었으며, 비린내가 풍기는 물의 향기를 분명히 맡을 수 있었다.

물고기들은 여느 때와 다른 날씨를 예감하고는 변덕스럽게 굴었다. 15분쯤 지나자 황어 몇 마리가 입질을 하기 시작했다. 나는 붉은색 계열의 아름다운 배지느러미를 가진 무겁고 널찍한 녀석 하나가 미끼를 무는 순간 낚싯대를 잡아챘지만, 이내 놓치고 말았다.

이어서 물고기들 사이에 동요가 일었고, 황어들이 진흙 속으로 깊이 숨어버리며 더는 입질을 하지 않았다.

강 위쪽에서는 어린 물고기들이 떼를 지어 노는 것이 보였고, 새로 나타난 물고기 떼는 마치 도망치듯 재빠르게 강 위쪽으로 이동해 갔다. 이 모든 것이 날씨가 심상치 않음을 예시해주었다. 호수는 잔잔했고 하늘에는 구름 한 점 없었다. 나는 깨끗하지 않은 개숫물이 흘러 들어와 물고기들을 쫓아버렸을지도 모른다는 생각을 했다.

나는 낚시를 그만둘 마음이 없었으므로, 새로운 장소를 생각해내고는 방적 공장의 수로를 찾아갔다. 차고 옆에서 적당한 장소를 발견한 나는 낚시 도구들을 다시 풀었다. 그런데 베르타가 공장으로 오르는 계단 창가에 앉아서 이쪽을 향해 소리를 지르더니 나에게 윙크를 하는 것이었다. 나는 그녀를 못 본 척하고 낚싯대로 시선을 던졌다.

거무스름한 빛깔의 강물은 제방을 쌓아놓은 수로로 흘렀다. 나는 그 속에서 물결 모양으로 흔들리는 나의 모습을 보았다. 여전히 베르타는 저쪽 창가에 앉아서 나를 부르고 있었다. 그러나 나는 동요하지 않고 낚시찌를 응시했으며, 아무런 반응도 보이지 않았다.

낚시는 내 어지러운 마음을 가라앉히지 못했다. 또한 물고기들은 급한 볼일이라도 있다는 듯이 여기저기 헤엄쳐 다녔다. 내리퍼붓는 열기에 지친 나는 아무 기대 없이 낮은 담 위에 앉아 있었다. 그리고 어서 저녁때가 되었으면 하고 바랐다. 방적 공장에서는 끊임없이 기계 돌아가는 소리가 윙윙거리며 들려왔다. 강물은 살랑살랑 나지막한 소리를 내며 초록색 이끼가 낀 축축한 담을 스쳐 흘렀다. 나는 졸린 눈으로 먼 곳을 바라보며 앉아 있을 뿐이었다. 낚싯줄을 다시 감아올리기가 귀찮았기 때문이다.

30분쯤 지났을까? 나는 갑자기 무언가가 걱정스럽고 불쾌해졌다. 공기는 숨이 답답할 만큼 건조했으며, 제비 몇 쌍이 놀라서 강 건너 저쪽으로 날아갔다. 어지러웠다. 일사병에 걸린 것이라고 생각했다. 물은 점점 더 역겨운 냄새를 풍기는 것 같았다. 위胃에서부터 올라오는 메스꺼움 때문에 머리가 멍했고, 온몸에서 땀이 흘렀다. 물속에 손을 담그니 조금은 시원했다. 나는 낚싯줄을 바깥으로 끌어내고는 도구들을 챙기기 시작했다.

낚시 도구들을 모두 정리하고 일어났을 때, 방적 공장 앞 광장에 낮게 내리깔린 구름 속으로 휴지들이 소용돌이치는 것이 보였다. 그 휴지들은 갑자기 하늘 위로 올라가더니 구름과 합쳐졌다. 스산한 하늘에서는 새들이 돌팔매질을 당한 듯이 날아다녔다. 그리고 공기는 마치 심한 눈보라처럼 차갑게 변했다. 찬바람은 수면 위로 튀어 오르는 작은 물고기들을 놀라게 했고, 내 모자를 날려 보냈으며, 주먹으로 치듯 내 얼굴을 때렸다. 저 멀리 지붕들 위로 눈이 쌓인 듯 보이던 하얀 공기가 갑자기 차가운 바람이 되어 내 주위로 몰려왔다. 그러자 수로의 물은 수차 바퀴 아래에서 수면 위로 물방울을 튀겼고, 광란한 폭풍이 내 머리와 손을 때렸으며, 흙과 모래와 나무 조각들이 하늘로 날아갔다.

나는 이 모든 현상을 이해할 수가 없었다. 다만 무언가 무서운 일이 일어나고 있으며, 그것은 대단히 위험하리라고 느낄 뿐이었다. 나는 놀람과 충격으로 어찌할 바를 몰라 단숨에 차고 안으로 달려 들어가서 몸을 피했다. 나는 쇠로 된 지주支柱에 몸을 단단히 묶었다.

그리고 사태가 파악될 때까지 동물적인 불안에 떨면서 숨을 죽이고 있었다. 내가 한 번도 본 적이 없고, 또 평소에 믿지도 않았던 어마어마한 위력의 폭풍이 악마같이 할퀴고 지나갔다. 차고 지붕에서는 사나운 바람 소리가 불안스럽게 들려왔다. 내 머리 위의 편편한 지붕과 입구 앞쪽의 땅바닥으로 굵은 우박이 쏟아졌다. 우박과 바람이 내는 소리는 실로 가공할 만했다. 수로에서는 거품이 일었으며, 거친 파도가 되어 방파제를 때렸다. 마루 판자들과 지붕을 덮는 널빤지들, 그리고 작은 나뭇가지들이 여기저기에 흩어지고, 돌멩이와 모르타르가 갑자기 쏟아져 우박 파편들 덩어리에 뒤덮이는 등, 나는 이 모든 것을 한순간에 다 보았다. 또한 격렬하게 망치질을 하듯이 기왓장이 날아가 유리가 산산조각이 나고, 추녀의 홈통이 파괴되는 소리를 들었다.

그때 한 사람이 공장 쪽에서 폭풍 속으로 몸을 던지며, 우박 덩어리로 뒤덮인 마당을 가로질러 이쪽으로 다가오고 있었다. 소름이 끼치도록 오싹한 그 폭풍을 헤치고 나를 향하여 허우적거리며 오는 그 모습은 점점 더 가까이 다가올수록 비틀거렸다. 바로 베르타였다. 그녀는 차고로 들어오자마자 나에게로 달려왔다. 사랑으로 충만한 커다란 눈동자를 지닌, 낯설면서도 눈에 익은 갸름한 얼굴이 내 눈앞에서 고통스러운 미소를 지었다. 그녀의 따스한 입술이 나의 입술을 찾았고, 그녀의 두 손은 나의 목을 감고 오랫동안 쉬지 않고 숨 가쁜 키스를 퍼부었다. 그리고 축축한 금발의 머리카락이 내 눈앞에서 어른거렸다. 세상이 진동할 만큼 우박이 쏟아지는 동안 내게는 잊을 수 없는 충격적인 사랑의 폭풍이 기습해왔다.

우리는 서로를 꼭 껴안고 널빤지 더미 위에 말없이 앉았다. 나는 수줍고 놀란 가슴으로 베르타의 머리를 조심스럽게 쓰다듬었다. 나의 입술은 꼭 다문 두툼한 그녀의 입술을 눌렀다. 순간 그녀의 따뜻한 온기가 내 몸에 전해져왔으며, 그녀 특유의 체취가 코에 스며왔다. 나는 두 눈을 감았다. 그리고 그녀의 두근거리는 가슴에 내 얼굴을 파묻었다. 그녀는 잠시 머뭇거리더니 두 손으로 내 얼굴과 머리를 부드럽게 쓰다듬었다.

나는 미처 느껴보지 못했던 기쁨 속에서 서서히 의식이 깨어나면서 그녀를 올려다보았다. 그녀는 약간 슬픈 듯한 아름다운 눈으로 나를 응시했다. 그녀의 시선은 초점을 잃었으며, 그녀의 환한 이마 위의 헝클어진 머리카락 밑으로 선홍색의 피가 얼굴을 적시며 목까지 가느다랗게 흐르고 있었다.

"무슨 일이지? 도대체 어떻게 된 일이야?"

나는 흥분된 목소리로 물었다. 그녀의 눈동자는 나를 더욱 애절하게 바라보았고, 그녀는 희미하게 미소 지으며 말했다.

"세상이 온통 무너지는 것 같아."

요란한 폭풍 소리가 그녀의 힘없는 말을 삼켜버렸다.

"피가 흐르는구나."

내가 말했다.

"우박 때문이야. 괜찮아. 왜, 불안하니?"

"아니야. 너는?"

"나는 불안하지 않아. 이제 온 도시가 쑥밭이 되어버릴 거야. 그런데 넌 정말 나를 사랑하는 거야?"

그녀의 물음에 나는 잠시 침묵했다. 조금은 슬픈 듯하면서도 사랑으로 가득 찬 그녀의 커다랗고 맑은 눈을 나는 마법에 사로잡힌 듯이 바라보았다. 그녀의 초롱초롱한 눈망울이 나를 응시하면서 그녀의 달콤한 입술이 나의 입술 위로 포개지는 동안, 나는 꼼짝 않고 그녀의 행동을 주시하며 희고 싱싱한 피부 위로 흘러내리는 선홍색 피를 보았다. 나의 의식은 어지럽고 혼란스러웠으며, 나의 의지는 그러한 혼란 가운데서도 자포자기에 빠지지 않으려고 안간힘을 썼다. 순간 나는 그녀의 몸을 밀치며 일어섰고, 그녀에게 어렴풋이나마 동정을 느낀 나의 시선을 그녀는 알아차린 것 같았다.

그녀는 몸을 뒤로 젖히고는 애원하듯이 나를 바라보았다. 나는 그녀에게 동정과 근심 어린 몸짓으로 손을 내밀었고, 그녀는 두 손으로 나의 손을 잡았다. 그녀는 내 손에 얼굴을 묻은 채 무릎을 꿇고 울기 시작했다. 그녀의 따뜻한 눈물은 떨고 있는 나의 손 위로 흘러내렸다. 나는 당황스러움을 감추지 못하고 그녀를 내려다보았다. 그녀의 목덜미에는 보송보송한 솜털이 돋아 있었다.

내가 정말 사랑하고 나의 영혼을 바칠 수 있는 여인이었더라면……. 가느다란 금발의 머리카락을 애정 어린 손길로 어루만지며 하얀 목에 입을 맞출 수 있다면……. 나는 이성을 되찾기 위해 안간힘을 썼고, 나의 청춘과 나의 이상을 현실화해 줄 의향이 없는 여인이 내 앞에서 무릎을 꿇은 것에 대한 수치심에 온몸을 떨었다.

마술에 걸린 듯한 긴 시간을 체험하고, 수많은 흥분과 떨리는 몸짓으로 오늘날까지 기억 속에 존재하는 이 모든 일이 실제로는 단지 몇 분 동안 일어났다.

하늘은 언제 그랬느냐 싶게 대낮처럼 환해졌고, 아무런 일도 없었다는 듯 푸르름 가운데 빛났다. 폭풍우의 혼란과 어지러움은 칼로 자른 듯이 사라지고, 믿을 수 없을 정도의 무서운 정적이 우리를 에워쌌다.

미로를 헤매던 꿈속에서 나는 다시 일상의 생활로 되돌아왔다. 내가 살아 있다는 것이 신기하기만 했다. 뜰은 마치 말들이 짓밟은 것같이 황폐하게 파헤쳐졌고, 주변에는 딱딱한 우박 덩어리가 쌓여 있었으며, 나의 낚시 도구와 낚시 통은 눈에 띄지 않았다. 공장에서는 사람들의 아우성이 흘러나왔고, 산산이 깨어진 유리창을 통해 물밀듯 밀려 나오는 인파가 보였다. 땅바닥은 깨어진 유리 파편과 벽돌들로 어지러웠다. 양철로 된 기다란 추녀의 통로는 뜯겨 비스듬히 매달려 있고, 집의 반 이상은 무너져 있었다.

나는 지금까지 일어났던 모든 일을 잊었고, 날씨가 얼마나 많은 징후로 예고하는지를 깨달았으며, 불안하고 근심 어린 호기심만이 강렬하게 일어났다. 창문과 지붕의 기와는 모두 부서져서 처음 보는 순간에는 아주 암담했으나, 절망적일 정도로 황폐해진 것은 아니었다.

또한 내가 열대성 저기압에 대해 가졌던 일말의 공포와 피해 정도가 꼭 정비례하는 것도 아니었다. 나는 깊이 심호흡을 하고는 이 모든 불안에서 깨어나고자 했다. 집들은 언제나처럼 내 앞에 있었고, 계곡의 양쪽에 위치한 산 또한 여전히 제자리였다. 세계는 사라지지 않은 것이다.

내가 공장 뜰을 지나 다리를 건너 첫 번째 골목에 이르는 동안에도 피해를 입은 거리의 모습이 눈에 들어왔다. 거리에는 여기저기 조각나고 부서진 덧문이 널려 있었다. 굴뚝은 무너졌고, 지붕은 뜯어졌으며, 사람들은 문 앞에서 황당하고 비탄에 찬 표정으로 서 있었다. 모든 것이 불시에 공격을 받고 약탈당한 도시의 모습 그 자체였다. 부서진 돌과 꺾인 나뭇가지들이 길을 막고 있었다. 아이들은 행방불명이 되었으며, 사람들은 들에서 우박을 맞아 쓰러졌다고 했다. 곳곳에 쌓여 있는 우박 조각들은 크기가 은화만 했고, 어떤 것은 훨씬 더 크게 보였다.

우리 집과 정원에 미친 피해에 생각이 미치자, 집으로 가는 나의 발걸음은 빨라졌고 마음은 안절부절못했다. 나는 길을 가로막고 있는 장애물 때문에 시간을 지체하지 않으려고 야외로 빠지는 길로 갔다. 내가 즐겨 찾는 장소에 이르자 옛 추억들이 떠올랐다.

그곳은 오래된 축제식장이었는데, 어린 시절 모든 큰 축제는 그곳에서 거행되었다. 불과 네다섯 시간 전에 그곳을 지나왔다는 데 생각이 미치자 놀라움으로 발길이 멈춰졌다. 너무 오랜 시간이 흘러가버린 것처럼 느껴졌기 때문이다. 나는 거리로 다시 나와서 낮은 다리를 건넜고, 정면에 마주 보이는 사암으로 된 빨간 교회 탑이 잘 보존되어 있는 것을 보았다. 그리고 체육관도 조금 훼손된 정도였으며, 저쪽 멀리 보이는 오래된 음식점의 지붕 또한 여느 때와 다름이 없었다. 하지만 어딘가 모르게 약간 달라 보였는데, 나는 그 이유를 즉시 알아차리지는 못했다. 오랜 생각 끝에 비로소 음식점 앞에 서 있던 두 그루의 큰 백양목이 기억났다. 그러나 백양목은 거기에 없었다. 어린 시절에 친근감을 주던 사랑스런 나무는 이제 영원히 사라져버린 것이었다.

더 많은 고귀한 것들이 파괴되었을지도 모른다는 생각으로 불안해졌다. 갑자기 가슴을 죄는 듯한 답답함이 느껴졌다. 그것은 내가 고향을 말할 수 없이 사랑하고 나의 마음을 이곳의 지붕과 탑, 다리와 거리, 나무와 정원, 그리고 숲에 매우 깊이 의존하고 있었다는 사실에서 오는 불안감이었다. 나는 축제 광장으로 빨리 달려갔다.

나는 내 기억 속에서 가장 잊히지 않는 장소가 이루 말할 수 없이 파괴되어 황폐해져 있음을 보았다. 그 그늘 아래에서 축제일을 보냈고 어린아이 서너 명의 팔로는 다 안을 수도 없던 늙은 밤나무는 부러지고 금이 간 상태로 뿌리째 뽑혀 있었다. 바닥에는 포탄이 떨어진 자리처럼 커다란 구덩이가 패어 있었다. 그곳에는 아무도 없었고, 끔찍한 전쟁터를 방불케 했다. 또한 보리수와 단풍 들도 서로 엉키고 겹쳐 쓰러져 있었다. 넓은 장소에는 부러진 나뭇가지와 뽑힌 흙덩어리의 뿌리 등이 소름 끼칠 정도로 참담하게 널려 있었다. 거대한 나무들은 꺾이고 비틀려 형체를 알아볼 수 없을 정도로 여기저기 쓰러져 있었다.

앞으로 더 나아간다는 것은 불가능했다. 거리에는 쓰러진 나무와 나무 조각들이 집 높이만큼 어지럽게 쌓여 있었다. 어린 시절 오묘하고 성스러운 그늘과 높은 나무가 있는 사원으로만 알았던 그 장소에는 단지 텅 빈 하늘만이 폐허를 응시하고 있을 뿐이었다.

그것은 마치 나 자신의 은밀한 모든 뿌리가 뽑힌 것 같았다. 그리고 이 무정하고 비정한 날씨가 원망스러웠다. 여러 날 동안 나는 이곳저곳을 배회했지만 친숙한 오솔길도, 어린아이들이 오르던 호두나무와 떡갈나무도 다시 발견하지 못했다. 도시 주변 곳곳은 단지 파편과 웅덩이, 그리고 황폐하게 부서진 숲의 비탈뿐이었으며, 죽은 나무들의 뿌리가 햇빛에 반사되고 있었다.

현재의 나와 어린 시절의 나 사이에는 깊은 강이 가로놓였다. 나의 고향은 더 이상 옛날의 그 모습이 아니었다. 이제 옛날의 사랑스러움과 포근함은 사라졌다. 나는 곧 그 도시를 떠났다. 한 남자가 되기 위해, 또 내 삶에 최초로 어두운 그림자를 안겨준 날들을 극복하기 위해…….

예전에는 사랑하는 것보다 사랑받는 것이 특별한 즐거움이라고 믿었다. 나는 이제 아무 반응이 없는, 혼자서만 가슴 졸이는 사랑이 얼마나 고통스러운지 경험했다. 그렇지만 나는 낯선 여인이 나를 사랑하고 남편으로 맞기를 원하는 것에 대해 조금도 자부심을 갖지 않는다. 행운은 소망 이외의 것을 충만케 하는 데 전혀 관계가 없으며, 사랑에 빠진 청년들이 비록 고통스럽다 할지라도 그들의 괴로움에는 어떠한 비극도 없다는 것을 나는 차차 이해하게 되었다.

• 비오그노 마을, 1922

헤르만 헤세의 문학과 생애

방랑 시인 헤르만 헤세는 1877년 7월 2일 신교新敎 목사의 가정에서 태어나, 내면의 신앙을 중시하는 프로테스탄트적인 분위기에서 성장했다. 헤세의 고향은 남부 독일의 칼프라는 곳으로, 훗날 헤세는 이 마을에 다음과 같은 찬사를 보내기도 했다.

"브레멘과 나폴리, 빈과 싱가포르 중에서 가장 아름다운 고장이다."

헤세의 조부모와 부모는 모두 인도에서 선교 활동을 했다. 후일 헤세를 둘러싸고 있는 동양적인 분위기와 헤세가 중국이나 인도의 종교 사상에 깊은 관심을 가지게 된 것은 그러한 부모에게서 영향을 받았다고 할 수 있다.

고향인 슈바벤과 라인 강변의 바젤에서 보낸 유년 시절의 추억은 헤세 문학의 원천이다. 다음과 같은 헤세의 회상은 그것을 잘 말해준다.

> 전에 내가 낚싯대를 수없이 늘어뜨리곤 하던 그 다리 난간에 잠시라도 다시 앉을 수 있다면……. 지상의 한 작은 부분인 고향 집과 집 안의 창들, 그리고 그 안에 살고 있는 사람들. 나무의 생명인 뿌리가 땅과 깊이 관련되어 있듯이, 이 지상의 일정한 장소와 끊을 수 없는 관련을 맺고 있다는 것은 참으로 대단한 일이 아닐 수 없다.

'자기를 발견하는 것이 인간의 사명'이라는 구도자적인 기질은 헤세의 소년 시절부터 나타났다고 볼 수 있다. 자식을 자기와 같은 목사로 키우는 것이 아버지의 소원이었지만 헤세는 철저히 반발했고, 결국은 마울브론 신학교를 그만두었다. 그 후 그는 몇 가지 직업을 가졌으나 어느 것에도 안주하지 못하고 시계 공장이나 서점 점원 생활을 전전했다.

신학교는 비록 반년 남짓 다녔을 뿐이지만 그때의 생활이 《수레바퀴 아래서Unterm Rad》, 《나르치스와 골드문트Narziss und Goldmund》 등의 작품에 마르지 않는 샘이 되었다. 또한 여러 직업을 거치면서 겪은 생활도 많은 작품에 흥미 있는 모티브를 제공하고 있다.

헤세 문학의 토대를 이루는 근본은 '통일과 분열의 대립'이다. 갈등이나 분열은 신神 또는 자연으로부터 부여받은 인간의 어쩔 수 없는 근본 성격이므로, 인간은 본래의 정신과 관능이라는 전혀 다른 두 영역에서 살도록 운명 지어져 있다. 때문에 어느 한쪽에만 안주하는 것을 허용하지 않는다. 양극성이야말로 인간 존재의 본질이다. 그러나 이 양극적인 긴장은 분리되기도 하고 결합되기도 한다. 분리는 동시에 결합을 의미하기 때문이다. 즉 낮과 밤, 남자와 여자, 하늘과 땅, 창조와 수태, 물질과 형식, 역사와 섭리, 생성과 존재 등 세계는 숱한 대립으로 이루어져 있다. 이들 대립을 결합하고 융합하는 것이 인간의 사명이다.

헤세는 이러한 대립이나 모순을 융합하고 긴장을 지양해서 조화를 이루어 나가는 과정을 작품 세계에 표현했는데, 이것은 곧 '자기 내면'을 향한 추구이기도 하다. 따라서 그의 작중 인물들은 모두 이 양극성의 문제를 짊어지고 있다. 그러므로 이 인물들은 각각 헤세 자신이 양극성을 어떻게 체험했는가를 대변한다고 볼 수 있다.

그는 본격적인 작품 활동을 위하여 라인 강변의 한적한 시골에 은둔하면서, 자연을 벗 삼아 《게르트루트Gertrud》, 《청춘은 아름다워라Schön ist die Jugend》 등 주옥같은 작품을 썼다.

강변의 전원생활에서 문학적으로는 이렇게 풍성한 수확을 거두었지만, 헤세 자신은 그다지 자유롭지 못했다. 아홉 살 연상인 마리아는 아내라기보다는 어머니의 이미지에 가까웠고, 결혼 생활은 안락하지 못했다.

유럽의 문화와 결혼 생활과 작가 생활에 지친 그는 머나먼 동양의 영혼에 이끌린다. 이것은 앞에서 말한 바와 같이 그가 자라난 가정환경에서 영향을 받은 탓도 있으나, 유럽 정신이 그에게 줄 수 없었던 세계와의 조화와 일치의 실마리를 석가의 가르침에서 구하고자 했던 것이다. 그는 불교적인 명상이야말로 세계의 마음에 도달하는 길을 열어주고, 영혼의 가장 깊은 곳에 있는 평안으로 인도해준다고 생각했다.

1911년 여름, 그는 이러한 기대에 부풀어 인도로 여행을 떠났다. 그러나 인도 근처의 몇몇 섬만을 전전했을 뿐, 정작 인도 본토에는 발을 들여놓지 않았다. 이 여행은 환멸로 끝나고 말았다. 왜냐하면 20세기의 인도에는 고대의 인도 철학과 관계될 만한 것이 없음을 알게 되었기 때문이다. 이에 비해 중국의 윤리 사상에는 충분한 만족을 얻은 듯하다. 노자老子가 말하는 '도道'가 인도의 '완성完成'이나 그리스도의 '은총恩寵'보다도 심오한 사상이었던 것이다.

동양을 여행한 후, 그는 스위스의 베른에 살면서 《인도 기행Aus Indien》을 썼다. 한편 부부생활은 점점 심각해졌다. 《로

스할데Rosshalde》는 자신의 체험을 바탕으로 예술가의 결혼 생활의 파국을 그린 작품이다.

1916년경 헤세는 심한 신경쇠약에 걸려 정신과 의사 랑Lang 박사의 치료를 받았는데, 이를 계기로 프로이트와 융의 정신분석적 세계와 접하게 된다. 1918년《예술가의 심리 분석》에서 헤세는 다음과 같이 말하고 있다.

> 분석과 회상, 꿈, 연상의 근원적인 동기를 연구하고 깊이 탐구해보려는 사람들은 '무의식에 대한 내적 관계'라고 부를 수 있는 어떤 것을 얻게 된다. 그들은 의식과 무의식 사이를 오가는 따스하고 풍성하고 열정적인 무엇인가가 있음을 체험하게 되는데, 그것은 전에는 의식의 '문지방'에만 머물러서 의식의 표층으로는 떠오르지 않았던 것들이다. 그처럼 깊은 무의식의 세계에서 꿈으로만 나타났던 것은 의식 세계에서 볼 수 있게 된다.

헤세는 자신을 타인의 눈으로 관찰하게 된다. 자아의 긴장은 관념복합이나 유전인자, 요컨대 자신의 인격 속에 있는 비아非我의 존재에 의해서 설명된다. 이와 같은 사고방식은《데미안Demian》이후의 작품에서 나타나고 있다. 헤세 자신의 표현으로 '세상과 평화롭게 조화되었던' 시대에 쓰인《크눌프Knulp》나《향수Märchen》가 책으로 출간되었을 때는 이미 제1차 세계대전이 시작되어 세계가 전쟁의 폭풍우 속으로 휘말려든 다음이었다. 이러한 시대 상황은 헤세에게 외면적으로나 내면적으로 새로운 변신을 요구했다. 전기前期의 헤세는 붕괴되고 새로운 헤세가 태어나는 고통의 과정을 철저하게 음미하면서, 그는 소설《데미안》을 집필했다.

제1차 세계대전이 끝난 다음 해에 출판된《데미안》은 가장 화려하게 성공을 거둔 소설이다. 이 한 작품으로 헤세는 20세기 문학 사상 흔들리지 않는 지위를 확보했다. 이 작품에서 처음으로 '자아'의 문제가 심각하게 제기되었는데, 그 배후에는 전쟁, 아버지의 죽음, 자식의 중병, 아내의 정신병 악화, 더욱이 헤세 자신의 신경쇠약 등 여러 가지 악조건이 요인으로 작용했음을 간과해서는 안 된다.

그 후 그는 혼자서 남南 스위스의 루가노 호수 근처로 거처를 옮겨 몹시 고독한 생활을 하면서 창작에만 전념했다. 이 재출발기의 정점을 이룬 작품이《싯다르타Siddhartha》다. 이 무렵 그는 세상의 모순이나 대립을 기독교적 신神이라는 초월적인 원리로써 해결하는 것을 거부하고, 인도의 종교 사상으로 눈을 돌렸다. 유럽적인 개념 규정에서 보면 일종의 무신론無神論이라고 할 수 있는 불교 사상은 그리스도교적인 초월론超越論보다는 내재론內在論의 입장에 선다. 즉 불교 사상은 세상에 존재하는 양극성이나 긴장을 초월적인 피안의 세계로 도피시키지 않고, 현세에서 극복해야 할 것으로 본다.

그것은 우리들 내부에서 일어나는 소리에 귀를 기울일 때 비로소 가능해진다. 이러한 근본 사상에 입각해서 헤세는 인도의 유구한 강을 떠올리게 하는 문체로 소설 《싯다르타》를 쓴 것이다. 강은 이 소설에 내재하는 실질적인 주인공이며, 일체의 모순이나 대립을 융화하여 새 생명을 탄생시키는 모체로 상징화되었다.

또 이 무렵에 쓰인 《황야의 이리Der Steppenwolf》는 헤세의 모든 작품 중에서도 가장 분명하고 대담한 작품이다. 주인공 하리 할러는 생의 분열과 양극성, 성자와 방탕자, 이 둘 사이에서 괴로워한다. 시민사회에 반발하면서도 그것에서 완전히 헤어나지 못하고 집착하는 그는 50세 생일을 맞아 결국 자살을 기도한다. 이 절망적인 남자에게 생이 어떻게 가능하겠는가? 이것이 이 작품의 테마다. 하리 할러로서는 이 문제가 해결되지 않았으나, 작중作中에 등장하는 괴테와 모차르트의 환영에 상징적으로 나타나듯, 생의 다양성과 자아의 양극성을 동시에 긍정하고 지향하는 경지가 제시되어 있는 것은 주목할 만하다.

그 후 헤세는 루트 벵거라는 젊은 여성과 결혼했으나 금방 파국에 이르렀고, 니논 여사를 비서로 채용하여(나중에 그녀와

Pastell Farben

결혼함) 여생의 벗으로 삼았다. 비로소 헤세의 생활과 심경은 평온과 조화를 되찾게 되었다.

이러한 평온은《나르치스와 골드문트》에 반영되어, 싱싱하고 윤기 흐르는 감성과 깊고 풍부한 예지가 융합된 대작으로 탄생했다. 이 소설에서 지혜의 상징인 나르치스와 현실의 유혹에 빠지기 쉬운 사랑의 상징인 골드문트의 우정은 원숙한 아름다움으로 승화되어 있다.

헤세는 마녀의 주술에 갇힌 것 같은 시대에 대해 직접적으로 비판하지 않았다. 대신 그는 11년간《유리알 유희Das Glasperlenspiel》를 완성하는 데 온 힘을 쏟았다. 이러한 태도야말로 시인 헤세가 현실을 비판하는 유일한 형식이었다. 전쟁과 잡문학이 들끓는 특수한 상황에서 헤세는 고도의 정신문화가 지배한 이상향理想鄕을 그려 나갔다. 제2차 세계대전이 한창인 1942년 4월 말에 탈고하여 원고를 베를린에 보냈으나 독일에서는 출판되지 못했고, 다음 해에 스위스에서《유리알 유희》가 발간되었다.

그 이후 헤세는 더 이상 작품을 발표하지 않았다. 제2차 세계대전이 종결된 다음 해인 1946년,《유리알 유희》는 독일에서 출판되어 괴테상과 노벨문학상을 연속해서 받는 영예를 얻는다. 헤세는 각지에서 날아드는 수많은 편지와 끊임없는 방문에 둘러싸였지만, 명성을 멀리하고 조용히 말년을 즐기다가 1962년 8월 9일 뇌출혈로 85세의 생애를 마쳤다.

85년에 걸친 생애 동안에 헤세는 수많은 작품을 썼고, 그의 작품 세계는 모두 '내면內面으로의 길'이란 정의로 요약될 수가 있다. 헤세야말로 오로지 '내면세계'를 추구해온 현대 작가들 중에서 단연 손꼽히는 한 사람이다. "인간의 생활은 자기 내면세계를 향한 추구다"라고, 소설 《데미안》에서 단적으로 표현하고 있는 것만 봐도 알 수 있다.

따라서 그의 많은 작품에 표면적인 이름이나 연령, 직업 등이 다른 여러 주인공이 등장하지만 성격상으로는 단 한 사람의 주인공밖에 없다고 해도 지나친 표현은 아닐 것이다. 이러한 주인공들은 사회와의 관계 맺음에서 외적인 세계와 내적인 세계를 조화시켜 자아 추구 또는 자기완성의 길을 향하고 있는데, 이것이 바로 헤세 문학의 총체다.

유럽 현대 작가들이 당면한 문제는 인간이 세계 속에 존재함으로써 발생되는 모순이나 당착撞着, 자아의 자유로운 발전을 질식시키는 제한이나 질곡桎梏을 어떻게 해결할 것인가 하는 데로 귀결되고 있으나, 헤세는 세계·사회사적인 사건에 눈을 돌리지 않고, 오로지 '어떻게 하면 나 자신에 도달할 수 있을까, 어떻게 하면 보다 깊은 자신을 발견할 수 있을까?' 하는 문제를 추구했다.

어떤 의미에서 이 문제는 동양적인 주제다. 그렇다고 해서 헤세가 유럽에 등을 돌린 것은 아니고, 이러한 동양적인 사고로써 유럽의 문제를 제기했다고 볼 수 있다. 유럽과는 이질적인 동양의 오랜 경험이나 인식을 통해 자기 자신을 발견하는 길을 배우고자 한 것이다.

끝으로 같은 고향 출신의 시인 알프레히트 게스Albrecht Goes의 말을 인용하여 헤세 문학의 정수를 정리해보고자 한다.

> 헤르만 헤세가 갖는 가장 강력한 힘의 근원은, 모든 나라의 젊은이들이 헤세를 신봉하고 있다고 하는 고백이다. 존경과 사랑이 담긴 이 고백의 이유는 헤세의 인생과 작품에 나타난 진실성과 성실한 태도, 그리고 설령 그것이 아름답다고 하더라도 거짓말을 절대 하지 않으려는 자세 때문이다.

헤르만 헤세 연보

1877년 7월 2일, 바덴뷔르템베르크Baden-Württemberg 주州의 소도시 칼프Calw에서 출생. 칼프는 나골트Nagold 강가에 놓여 있고, 주위는 유명한 휴양지 슈바르츠발트(흑림黑林)에 둘러싸여 있음. 아버지 요한네스 헤세Johannes Hesse는 발틱계 독일인으로서 인도에서 선교사 활동을 했고, 건강이 나빠져 귀국한 뒤 후일 장인이 되는 헤르만 군데르트Hermann Gundert의 기독교 서적 출판협회 일을 도와주다가 그의 딸과 결혼함. 어머니 마리 군데르트Marie Gundert는 인도 태생으로 선교사 출신의 찰스 아이젠버그Charles Isenberg와 결혼했다가 미망인이 되었으며, 32세 되던 해에 요한네스 헤세와 재혼함. 첫 남편과의 사이에 두 아들을 두었고, 두 번째 결혼에서는 아델레Adele(1875~1949), 헤르만Hermann(1877~1962), 파울Paul(1878년 출생 후 사망), 게르트루트Gertrud(1879~1880), 마리Marie(1880~1953)와 한스Hans(1882~1935)를 둠.

1881~1886년 부친이 스위스 바젤Basel에 선교사로 가게 되어 가족이 이주함. 스위스 국적을 가짐(그 이전에는 러시아 국적이었음).

1886년 가족이 다시 고향인 칼프로 돌아옴.

1886~1889년 실업학교에 다님.

1890년 국가시험 자격을 얻기 위하여 독일 국적을 취득함.

1890~1891년 국가시험을 준비하기 위해 괴핑겐Göppingen의 라틴어 학교에 입학함. 1891년 9월에 국가고시에 합격하여 마울브론 신학교Maulbronner Seminar에 입학함.

1892년 3월에 신학교에서 도주하여 작가가 되기로 마음먹음. 자살 미수. 바트 볼Bad Boll, 슈테텐Stetten, 바젤 등지에서 정신과 치료를 받음.

1892~1893년 칸슈타트Canstatt 고등학교 김나지움Gymnasium에 입학함.

1893년 10월에 에슬링겐Esslingen에서 서점원 견습생으로 5일간 일한 후 그만둠. 고향으로 돌아옴.

1894~1895년 고향의 페로Perrot 탑시계 공장에 실습생으로 취직함.

1895~1898년 10월부터 튀빙겐Tübingen의 헤켄하우어Heckenhauer 서점에서 서적 분류 견습생으로 일함. 습작을 시작함.

1899년 시집 《낭만적인 노래Romantische Lieder》와 산문집 《자정 뒤의 한 시간Eine Stunde hinter Mitternacht》 출간.

1899~1903년 바젤의 라이히Reich 서점에서 서적 분류 일을 하다, 후에는 고서적 일을 담당함.

1901년 첫 번째 이탈리아 여행(피렌체, 제노바, 피사, 베네치아 등). 《헤르만 라우셔의 유고Hinterlassene Schriften und Gedichte von Hermann Lauscher》 발표.

1902년 모친 사망. 《시집Gedichte》 발표.

1903년 두 번째 이탈리아 여행.

1904년 출세작 《페터 카멘친트Peter Camenzind》 발표. 서점원을 그만두고 연상의 마리아 베르누이Maria Bernouli와 결혼하여 보덴Boden 호수가 있는 가이엔호펜Gaienhofen으로 이주한 뒤 자유 작가가 됨. 여러 신문과 잡지의 공동 편집인으로 활동하고 활발히 기고도 함.

1905년 첫 아들 브루노Bruno 태어남.

1906년 《수레바퀴 아래서Unterm Rad》 발표.

1907년 가이엔호펜에서 새 집을 짓고 이사함. 단편집 《이 편에서Diesseits》 발표.

1908년 단편집 《이웃 사람들Nachbarn》 발표.

1909년 둘째 아들 하이너Heiner 태어남. 스위스, 독일, 오스트리아로 강연 여행.

1910년 《게르트루트Gertrud》 발표.

1911년 시집 《도중에서Unterwegs》 발표. 셋째 아들 마틴Martin 태어남. 가정생활에 파탄이 옴. 화가 친구인 한스 스투르체네거Hans Sturzenegger와 인도 여행.

1912년 단편집 《우회로Umwege》 발표.

1912~1919년 스위스 베른으로 이주. 화가 알베르트 벨티Albert Welti의 별장에 거주. 로맹 롤랑Romain Rolland과 사귐.

1913년 여행기 《인도 기행Aus Indien》 발표.

1914년 《로스할데Rosshalde》 발표. 제1차 세계대전이 발발하여 자원입대를 했으나 시력이 나빠 복무 불능 판정을 받음. 포로를 위한 신문과 문집을 펴냄.

1914~1919년 반전 기사와 수많은 정치 평론을 기고함.

1915년 《크눌프Knulp》, 《도중에서Am Wege》 발표. 시집 《고독자의 음악Musik des Einsamen》 발표.

1916년 부친 사망. 부인과 마틴이 발병함. 융Jung의 제자인 랑Lang 박사에게 심리 치료를 받음. 《청춘은 아름다워라Schön ist die Jugend》 발표.

1919~1923년 잡지 《비보스 보코Vivos voco》의 공동 발행인.

1919년 에밀 싱클레어라는 익명으로 《데미안Demian》 발표. 《작은 정원Kleiner Garten》, 《동화집Märchen》, 《차라투스트라의 귀환Zarathustras Wiederkehr》 발표. 거처를 베른에서 테신의 몬타뇰라Montagnola로 옮겨 카사 카무치Casa Camuzzi에 거주함. 수채화를 그리기 시작함.

1920년 시화집《화가의 시Gedichte des Malers》, 표현주의적 단편집《클링조어의 마지막 여름Klingsors letzter Sommer》,《방랑Wanderung》발표. 다다이즘의 선구자 후고 발Hugo Ball과 교류함.

1921년 '인도의 시詩'라는 부제가 붙은《싯다르타Siddhartha》발표.

1923년 《싱클레어의 비망록Sinclairs Notizbuch》발표. 스위스 국적 취득. 첫 번째 부인 마리아 베르누이와 이혼.

1924년 여류 작가의 딸인 루트 벵거Ruth Wenger와 결혼.

1925년 《요양객Kurgast》발표. 동화《픽토르의 변신Piktors Verwandlungen》을 벵거에게 헌정함.

1925~1931년 겨울에 자주 취리히에 체류함.

1926년 《그림책Bilderbuch》발표. 프러시아 예술원 회원이 됨.

1927년 《황야의 이리Der Steppenwolf》발표. 헤세의 50회 생일에 후고 발이《헤세 평전Hermann Hesse》을 출간함. 루트 벵거와 이혼.

1928년 《관찰Betrachtungen》,《위기, 한 편의 일기Krisis, Ein Stück Tagebuch》발표.

1929년 《밤의 위안 Trost der Nacht》,《세계 문학 도서관 Eine Bibliothek der Weltliteratur》발표.

1930년 《나르치스와 골드문트Narziss und Goldmund》발표. 프러시아 예술원 탈퇴.

1931년 만년의 대작《유리알 유희Das Glasperlenspiel》집필 착수.

1931년 니논 돌빈Ninon Dolbin과 결혼. 화가 친구 한스 보드머Hans Bodmer가 지어준 몬타뇰라의 새 집으로 이사함.

1932년 《동방 여행Die Morgenlandfahrt》 발표.

1934년 시선집《생명의 나무Vom Baum des Lebens》 출간.

1936년 《정원에서의 시간Stunden im Garten》 발표. 고트프리트 켈러Gottfried Keller 상 수상.

1937년 《회고록Gedenkblätter》,《신 시집Neue Gedichte》 발표.

1939~1945년 반나치적 평론을 발표하여 히틀러에게 배격당함. 그의 작품은 독일에서 '원치 않는 문학'으로 간주되고, 그의 작품을 인쇄하기 위한 종이를 허락하지 않음. 그래서 그의 작품이 취리히에서 출판됨.

1942년 최초의 시 전집《시집Die Gedichte》 출간.

1943년 《유리알 유희》 발표.

1945년 단편과 동화 모음집《꿈 여행Traumfährte》 발표.

1946년 제2차 세계대전이 끝나면서 다시 독일에서 헤세의 책이 출판됨. 프랑크푸르트 시의 괴테상, 노벨상을 수상함. 정치평론집《전쟁과 평화Krieg und Frieden》 발표.

1947년 베른대학에서 명예박사학위 받음. 고향 칼프 시의 명예시민이 됨.

1950년 빌헬름 라베Wilhelm Raabe 상 수상.

1951년 《후기 산문집Spaete Prosa》,《서간집Briefe》 발표.

1954년 《헤르만 헤세-로맹 롤랑 서신 교환집Hermann Hesse-Romain Rolland Briefe》 발간.

1955년 헤세의 75회 생일을 맞이하여 6권으로 된《헤세 전집 Gesammelte Dichtungen》발간. 독일서적상연합회의 평화상 수상.

1956년 헤르만 헤세 상Hermann Hesse-Preis 제정.

1957년 헤세의 80회 생일을 맞이하여 7권으로 된《헤세 전집 Gesammelte Schriften》발간.

1962년 8월 9일, 뇌출혈로 몬타뇰라에서 사망. 이틀 후에 성 아본 디오St. Abbondio 교회 묘지에 안치됨.

옮긴이 **송영택**

서울대학교 문리과대학 독문과를 졸업하고
서울대학교 강사로 재직했으며, 시인으로 활동하면서
한국문인협회 사무국장과 이사를 역임했다.
저서로는 시집《너와 나의 목숨을 위하여》가 있고,
번역서로는 괴테《젊은 베르테르의 슬픔》,《괴테 시집》,
릴케《말테의 수기》,《어느 시인의 고백》,《릴케 시집》,《릴케 후기 시집》,
헤세《데미안》,《수레바퀴 아래서》,《헤르만 헤세 시집》,
힐티《잠 못 이루는 밤을 위하여》, 레마르크《개선문》 등이 있다.

헤세, 사랑이 지나간 순간들

1판 1쇄 발행 2017년 2월 20일

지은이 헤르만 헤세 | 옮긴이 송영택
펴낸곳 (주)문예출판사 | 펴낸이 전준배
출판등록 1966. 12. 2. 제 1-134호
주 소 03992 서울시 마포구 월드컵북로 6길 30
전화 393-5681 | 팩스 393-5685
홈페이지 www.moonye.com | 블로그 blog.naver.com/imoonye
페이스북 www.facebook.com/moonyepublishing | 이메일 info@moonye.com

ISBN 978-89-310-1031-2 03850